UN HÉROS POUR ANNIE

DELTA FORCE HEROES, TOME 12

SUSAN STOKER

DU MÊME AUTEUR

<u>Autres livres de Susan Stoker</u>

<u>Delta Force Heroes Series</u>

Un héros pour Rayne

Un héros pour Emily

Un héros pour Harley

Un mari pour Emily

Un héros pour Kassie

Un héros pour Bryn

Un héros pour Casey

Un héros pour Wendy

Un héros pour Mary

Un héros pour Macie

Un héros pour Sadie

Un héros pour Annie

<u>Delta Force Deux</u>

Un refuge pour Gillian

Un refuge pour Kinley

Un refuge pour Aspen

Un refuge pour Jayme

Un refuge pour Riley

Un refuge pour Devyn

Un refuge pour Ember

Un refuge pour Sierra

Sauvetage à Eagle Point

Un sauveteur pour Lilly (29 Mars 2022)

Un sauveteur pour Elsie (28 Juin 2022)

Un sauveteur pour Bristol

Un sauveteur pour Caryn

Un sauveteur pour Finley

Un sauveteur pour Heather

Un sauveteur pour Khloe

Hawaï : Soldats d'élite

Un paradis pour Élodie

Un paradis pour Lexie

Un paradis pour Kenna

Un paradis pour Monica (10 May 2022)

Un paradis pour Carly

Un paradis pour Ashlyn

Un paradis pour Jodelle

Forces Très Spéciales Series

Un Protecteur Pour Caroline

Un Protecteur Pour Alabama

Un Protecteur Pour Fiona

Un Mari Pour Caroline

Un Protecteur Pour Summer

Un Protecteur Pour Cheyenne

Un Protecteur Pour Jessyka

Un Protecteur Pour Julie

Un Protecteur Pour Melody

Un Protecteur pour l'avenir

Un Protecteur Pour Les Enfants de Alabama

Un Protecteur Pour Kiera

Un Protecteur Pour Dakota

Forces Très Spéciales : L'Héritage

Un Sanctuaire pour Caite

Un Sanctuaire pour Brenae

Un Sanctuaire pour Sidney

Un Sanctuaire pour Piper

Un Sanctuaire pour Zoey

Un Sanctuaire pour Avery

Un Sanctuaire pour Kalee

Un Sanctuaire pour Jane

Mercenaires Rebelles

Un Défenseur pour Allye

Un Défenseur pour Chloé

Un Défenseur pour Morgan

Un Défenseur pour Harlow

Un Défenseur pour Everly

Un Défenseur pour Zara

Un Défenseur pour Raven

Ace Sécurité

Au Secours de Grace

Au Secours d'Alexis

Au Secours de Bailey

Au Secours de Felicity

Au Secours de Sarah

Autre

Un moment suspendu : Recueil de nouvelles

AUDIO

Un paradis pour Élodie

CHAPITRE UN

La capitaine Ann Fletcher regarda autour d'elle, cherchant à comprendre comment tout avait pu dégénérer si vite. Avec son escouade de Bérets Verts des Forces Spéciales, elle était allée faire un peu de reconnaissance du terrain... et d'une façon ou d'une autre, ils s'étaient retrouvés au milieu d'une fusillade.

Ils étaient arrivés dans l'est de l'Afghanistan une semaine auparavant, et depuis, ils avaient passé leur temps à se renseigner sur la configuration du terrain et sur les déplacements et soutiens de leur cible. Il était prévu de faire une descente dans dix jours. Ann et son escouade allaient mener environ une centaine de commandos afghans pour essayer de tuer ou de capturer Sahib Lal Wakil. C'était le chef le plus récent du groupe de Talibans local, et l'un des plus brutaux. Les rapports indiquaient qu'il n'avait pas hésité à tuer son propre fils qui l'avait contredit devant ses partisans.

Ann et ses coéquipiers étaient arrivés dans le pays et ils s'étaient immédiatement mis au travail en rencontrant des officiels afghans, cherchant à trouver le meilleur moyen de s'approcher de Wakil. Il s'était terré dans une petite ville au milieu d'une grande chaîne de montagnes. L'atteindre n'allait pas être facile, car il était presque impossible de s'approcher discrètement du lieu qu'il avait choisi pour base. Le moyen le plus rapide de s'y rendre était l'hélicoptère, mais dès que celui-ci allait s'approcher du lieu, Wakil et ses partisans le sauraient, ce qui était extrêmement dangereux. Malgré le risque, les informations récoltées sur la localisation des hommes de Wakil et sur le nombre de partisans du terroriste étaient précieuses pour le vaincre une bonne fois pour toutes.

Aujourd'hui, ils étaient censés faire une reconnaissance de la vallée qu'ils allaient devoir traverser pour parvenir au village où était caché Wakil. Cette simple reconnaissance s'était transformée en grosse fusillade.

L'équipe avait été déposée sans incident, mais peu de temps après le début de leur traversée, ils avaient été attaqués par de l'artillerie lourde alors qu'ils étaient dans la vallée étroite. Ils avaient battu en retraite sur le flanc de la montagne, à l'opposé de l'endroit où les forces de Wakil avaient pris position. Pendant qu'ils engageaient le combat contre les insurgés, Wakil avait envoyé certains de ses hommes plus près de la position des Bérets Verts, les encerclant et les empêchant de battre en retraite. Ann et son équipe eurent beaucoup de mal à ne pas se faire abattre un par un.

Deux des six coéquipiers d'Ann avaient déjà été blessés et l'attaque ne semblait pas diminuer en intensité. Ils faisaient en sorte que chaque tir compte, et ils ne tiraient pas au hasard, mais à chaque insurgé qu'ils abattaient, un autre semblait immédiatement prendre sa place.

— Bell ! As-tu réussi à joindre le soutien aérien ? cria Ann.

— Dix-quatre ! cria le sergent Charlie Bell en luttant pour être entendu par-dessus le bruit des coups de feu. Deux minutes et ce n'est pas fini !

Ann hocha à la tête en se concentrant pour serrer le tourniquet autour de la jambe de Green. C'était elle qui avait le plus d'expérience médicale de toute l'équipe, et elle avait pris sur elle de faire son possible pour son coéquipier. Gardant l'œil ouvert sur l'ennemi, elle partageait son attention entre Green et la surveillance de l'arête montagneuse où ils avaient trouvé refuge. Green avait été touché au genou par la balle d'un sniper. Son tourniquet fut efficace en ce qu'il l'empêchait de se vider de son sang, mais il allait devoir recevoir des soins médicaux plus importants.

Malheureusement, plus ils restaient sur cette arête, plus il y avait de chances pour qu'aucun d'eux ne s'en sorte en vie. Le bras gauche de Shef avait également été mis hors service par un des snipers, mais heureusement, il était droitier et il n'avait pas arrêté de riposter.

Des éclats de rocher volaient autour d'eux pendant que les balles frappaient le flanc de la colline. L'air était chargé de poussière à cause des tirs qui touchaient la pierre et la terre, il était donc de plus en plus difficile de voir l'ennemi. Cependant, le camp adverse avait aussi plus de difficultés à les voir, ce qui pouvait être un avantage. Malgré tout, Ann avait besoin que le soutien aérien arrive tout de suite. Ils ne disposaient peut-être pas de deux minutes. L'équipe était une cible facile. Ils étaient étalés le long de la crête, faisant de leur mieux pour utiliser les gros rochers pour se couvrir pendant qu'ils ripostaient, essayant d'éliminer les snipers.

Sept soldats des Forces Spéciales contre un nombre indéterminé de terroristes, les chances n'étaient pas de leur côté. Une grenade envoyée par lance-roquettes pouvait suffire à tous les faire exploser.

Étonnamment, Ann ne paniqua pas. À la place, elle devint plus focalisée. La volée de coups de feu s'estompa en arrière-plan pendant qu'elle vérifiait que le tourniquet autour de la jambe de Green tenait bon. Quand elle eut terminé, le sergent n'hésita pas à se jeter à nouveau dans la mêlée. Ann sentait le sang de Green qui avait coulé sur son uniforme et s'était étalé sur ses mains. Elle sentait sa propre sueur et la puanteur de la poussière et du sable. Elle eut l'impression que plus la situation empirait, plus elle avait la tête sur les épaules.

— Vingt secondes ! cria Bell en avertissant tout le monde que ça allait péter.

Ann savait aussi bien que les autres qu'ils avaient très peu de chances de sortir de cette merde en vie. Même avec le soutien aérien venant mitrailler les coordonnées données par Bell aux pilotes, il n'était pas garanti qu'ils puissent être tirés de là.

Malgré tout, le bruit des hélicoptères Blackhawk survolant la crête dans leur direction fut plus agréable que tout ce qu'Ann avait pu entendre jusque-là. La puissance de frappe des hélicoptères était impressionnante, et effrayante. Les attaques aériennes étaient bien trop proches de l'endroit où ils se trouvaient, mais c'était nécessaire pour empêcher les insurgés d'envahir leurs positions.

Quatre heures plus tard, les sept Bérets Verts étaient blessés d'une façon ou d'une autre. Les hélicoptères avaient fait leur travail, empêchant les insurgés de les approcher. Les coups de feu dans leur direction avaient diminué, mais pas assez pour que l'équipe d'Ann puisse partir à pied en sécurité. Les snipers ennemis faisaient de leur mieux pour les éliminer un par un, et à cause des blessures subies par l'équipe, l'hélicoptère était le seul moyen pour eux de sortir de la zone.

Green n'allait pas bien et il aurait dû être récupéré plusieurs heures auparavant. Ann avait voulu rester en mouvement, empêchant les snipers de les viser facilement, mais à cause de leurs blessures, il valait mieux rester sur place. Elle avait fait de son mieux pour mettre Green à l'aise, pendant que Shef et lui continuaient de se battre.

Joe avait glissé sur des rochers, subissant ainsi des côtes contusionnées ou brisées. Elle savait que les autres membres de l'équipe allaient se moquer de lui pendant des années pour ça. Gabe avait été éraflé à la tête par un sniper. S'il ne s'était pas tourné pour regarder Green à la dernière seconde, la balle aurait traversé son front. La main droite de Bell avait pris un tir direct. Il avait fait des signes à Gabe et l'un des snipers ennemis avait visé juste. Mack avait aussi été touché, mais la balle avait traversé la partie charnue de son bras.

Ann elle-même ne s'en était pas sortie indemne. Bell et elle s'étaient précipités pour changer de position pendant que les hommes de Wakil rampaient plus près lors d'une diminution des attaques aériennes et elle avait trébuché. C'était stupide : elle courait et elle avait simplement perdu l'équilibre, frappant le sol avec le front. Elle n'avait pas fini d'en entendre parler, mais peu importe les moqueries de ses coéquipiers si elle s'en sortait en vie. Même avec son casque en Kevlar, elle avait arraché un bon morceau de peau au-dessus de son sourcil. Depuis, des gouttes de sang coulaient dans son œil. Ça ne l'avait pas empêchée d'éliminer sa part d'insurgés.

Il était enfin temps de sortir de là. L'exfiltration de leur position actuelle n'allait pas être facile. Les hélicoptères allaient recevoir beaucoup de tirs ennemis et Ann et son équipe seraient exposés, mais la nuit commençait à tomber et il leur fallait sortir d'ici avant qu'il ne fasse complètement noir. Les hommes de Wakil connaissaient bien mieux le terrain et même si l'obscurité aurait caché les mouvements de l'équipe, leur permettant éventuellement de fuir discrètement, la situation était la même pour l'ennemi et ils pouvaient ainsi tendre une embuscade aux Bérets Verts.

Étant la soldate au rang le plus élevé du groupe, Ann avait l'habitude de prendre des décisions pour l'équipe. Elle n'aimait pas toujours le faire, mais elle ne fuyait jamais ses responsabilités.

— Quand le premier hélico arrivera, je prendrai Green pendant que Mack, toi et Gabe vous nous couvrirez. Joe, il faut que tu aides Shef, expliqua Ann à son équipe. Apparemment, il nous faudra deux exfiltrations séparées. À cause du nombre de tireurs latéraux nécessaires, nous ne passerons pas tous dans un seul hélico. Quand le premier sera parti, nous analyserons à nouveau la situation et Bell travaillera avec la deuxième équipe de Night Stalkers. Il n'y aura que quelques minutes entre les hélicos, alors nous n'attendrons pas très longtemps. Nous allons tous sortir d'ici. Ensemble. Compris ?

— Carrément, ouais.

— Oui, m'dame.

— J'ai raté le déjeuner.

Ann ne put retenir le gloussement qui monta en elle lorsqu'elle entendit les mots de Mack. Il avait toujours faim. Ce n'était pas très étonnant, car il était immense. Elle était simplement ravie de ne pas avoir à le porter. Elle était forte, mais les plus de cent dix kilos de Green par rapport à ses soixante-huit kilos allaient déjà être assez difficiles à exfiltrer.

Trente minutes plus tard, il était temps. Pour elle, les pilotes des hélicoptères Night Stalker étaient les véritables héros de n'importe quel combat. Ils étaient toujours la cible des lance-roquettes et elle avait vu des talents de vol incroyables de la part des hommes et des femmes qui dirigeaient ces énormes machines. Aujourd'hui ne fut pas une exception.

La vallée dans laquelle ils avaient fait leur reconnaissance était étroite, et bien qu'ils aient grimpé sur le flanc du terrain pentu derrière eux, sortant de la vallée et équilibrant quelque peu leurs chances contre les insurgés, les pilotes avaient du pain sur la planche pour ne pas s'approcher un peu trop du versant de la montagne.

Le pilote planait près d'un affleurement de la roche, maintenant l'hélicoptère stable pendant que les tireurs latéraux mitraillaient suffisamment pour que même les snipers les plus tenaces cherchent à s'abriter. C'était une position précaire : un souffle de vent pouvait déplacer l'hélicoptère, et les pales risquaient de toucher la montagne, qui ne se trouvait qu'à un mètre.

Ann n'avait toutefois pas le temps d'admirer la bravoure et les capacités de vol du pilote et des tireurs. Elle devait faire remonter Green pour qu'il puisse recevoir des soins médicaux avancés. Trop de temps s'était écoulé depuis qu'il avait été touché. Elle se sentit gagnée par la frustration. Elle était une très bonne infirmière de terrain, et elle détestait ne pas pouvoir en faire davantage pour lui.

En faisant signe à son équipe qu'il était temps de bouger, Ann hissa le sergent Green sur son épaule et passa devant en courant aussi vite que possible vers l'hélicoptère. Joe et Shef lui emboîtèrent le pas. Mack, Gabe et Bell les couvrirent, tout comme les soldats dans l'hélicoptère, les balles volant dans tous les sens.

Ann parvint au point d'extraction en un rien de temps. Elle jeta plus ou moins Green dans l'hélicoptère, soulagée lorsque les deux tireurs latéraux l'installèrent en sécurité, puis elle se tourna pour aider Joe et Shef.

Dès qu'ils furent montés, l'hélicoptère s'inclina en s'écartant de la montagne et s'envola vite.

Ann sentit plus qu'elle n'entendit une balle siffler près de sa tête. Elle se laissa tomber sur le ventre et rampa pour rebrousser chemin vers la sécurité douteuse d'un rocher.

L'écho des coups de feu était bruyant : on l'entendait facilement par-dessus le bruit de l'hélicoptère qui s'élevait dans le ciel. En regardant Bell, Mack et Gabe, elle leur fit le signal qu'elle allait bien, qu'elle n'avait pas été touchée. Quand elle reçut le signal correspondant indiquant la même chose, elle poussa un soupir de soulagement. Trois étaient partis, il en restait trois autres.

Ann prenait la sécurité de son équipe très au sérieux. Au cours des cinq ans et demi qu'elle avait passés dans l'armée, elle avait perdu son lot d'hommes sous ses ordres. Et chacun avait laissé un vide dans son cœur. Elle allait faire le nécessaire pour exfiltrer ses coéquipiers.

Personne ne pouvait dire que le capitaine Fletcher n'était pas qualifié pour être un Béret Vert. Elle avait travaillé comme une folle pour en arriver là, des femmes comme Aspen Mesmer, maintenant Aspen Temple, lui ayant ouvert la voie. Aspen avait été une des premières femmes infirmières de combat rattachées à une unité de rangers et elle avait traversé un véritable enfer pour prouver qu'elle était capable de faire le travail tout aussi bien qu'un homme.

En inspirant profondément, Ann se concentra sur sa situation actuelle. En termes de puissance de feu, ils avaient maintenant trois hommes de moins. Ils étaient plus vulnérables en attendant l'hélicoptère de la deuxième exfiltration. Elle savait aussi bien que ses hommes que cette deuxième exfiltration allait être deux fois plus dangereuse que la première. Les hommes de Wakil savaient maintenant à quoi s'attendre. Et ils allaient être encore plus déterminés à faire en sorte qu'ils ne s'échappent pas.

Restant sur le ventre, et ravie que les pales de l'hélicoptère aient envoyé autant de poussière en l'air ce qui lui permettait de se cacher davantage, Ann rampa jusqu'à l'endroit où Bell tirait tout en gérant leur radio.

— Combien de temps ? demanda-t-elle.

— Quatre, répondit Bell avec raideur.

Merde. Quatre minutes, c'était une éternité. Mais Ann se contenta de hocher la tête. Elle était trop bien entraînée pour montrer son désarroi aux hommes sous ses ordres.

Les quatre minutes suivantes furent les plus longues de sa vie. Les tirs se rapprochaient à mesure que les partisans de Wakil rampaient vers eux, comme s'ils savaient que c'était leur dernière chance pour tuer ou capturer leurs ennemis.

Le plan était que le Blackhawk atterrisse à une centaine de mètres plus loin que le premier. Ils ne voulaient pas arriver de la même façon afin de déstabiliser les insurgés. Cela signifiait qu'Ann et ses hommes devaient traverser un rebord étroit le long de l'arête pour parvenir à la zone d'atterrissage. Ils allaient être des cibles faciles pour un sniper, mais il était impossible de faire autrement.

Prêts ? demanda-t-elle aux autres en langue des signes. C'était aussi naturel pour elle que la respiration. Elle l'avait apprise quand elle était enfant et c'était un moyen très efficace de communiquer avec ses hommes quand elle se trouvait dans des situations où ils ne pouvaient pas l'entendre ou quand ils étaient trop éloignés pour se parler en sécurité. La première équipe qu'elle avait eue sous ses ordres avait rechigné à apprendre les signes simples, mais après une mission particulièrement éprouvante, ils avaient enfin compris les avantages. À partir de là, Ann s'était donné pour mission d'apprendre à tous les hommes sous ses ordres autant de signes que possible.

Mack et Gabe lui indiquèrent qu'ils étaient prêts, et Bell acquiesça à côté d'elle.

— Trente secondes, prévint Bell une minute plus tard.

Go ! signala Ann à Mack et Gabe.

Pendant que Bell et elle tiraient pour couvrir les deux autres hommes, ces derniers grimpèrent vers le rebord étroit. Ann retint sa respiration jusqu'à ce qu'ils aient traversé. Elle vit Gabe lui faire signe que tout allait bien.

— C'est ton tour, dit-elle à Bell. Je vais te couvrir et quand tu seras de l'autre côté, tu feras pareil pour moi.

Elle vit l'hésitation dans ses yeux, mais Ann durcit sa voix.

— Vas-y, ordonna-t-elle.

Le sergent hocha la tête et se dirigea vers le rebord.

Le matériel de transmission était encombrant au-dessus de sa tête et de son épaule, et il ne pouvait pas avancer aussi vite que ses coéquipiers.

Ann vit un sniper s'allonger et viser Bell.

— Hors de question, marmonna-t-elle en visant, elle aussi.

Pendant que Mack et Gabe faisaient de leur mieux pour empêcher les hommes de Wakil de frapper leurs coéquipiers, Ann inspira profondément, puis elle tira sur la gâchette de son arme.

Très soulagée d'avoir pu éliminer le sniper avant qu'il ne tire, elle se prépara à traverser le rebord étroit. Elle entendait le Blackhawk arriver au loin. Il ne lui restait pas beaucoup de temps.

Quand elle se leva pour courir jusqu'à l'autre bout de la corniche, elle perçut le bruit d'un tir de lance-roquettes.

Tout à coup, la grenade envoyée par le lance-roquettes frappa le milieu de la corniche qu'elle avait été sur le point de traverser. Si elle était partie cinq secondes plus tôt, elle aurait explosé en morceaux avec le bord de la montagne.

En jurant, elle entendit les soldats de l'hélicoptère ouvrir le feu sur les insurgés avec leurs propres lance-roquettes. Quand la poussière fut retombée, Ann vit qu'il lui était impossible de rejoindre ses coéquipiers. Il y avait un véritable trou dans le flanc de la montagne, coupant son chemin vers ses coéquipiers et l'hélicoptère.

En serrant la mâchoire, Ann vit Gabe, Mack et Bell se jeter dans l'ouverture de l'hélicoptère. Elle vit Mack se tourner vers elle pour lui faire des signes.

Ce qu'il proposait avait peu de chances de fonctionner, mais elle n'avait pas d'autre choix. Il fallait tenter le coup ou se faire tuer. Et Ann n'était pas prête à mourir.

Elle lui fit signe qu'elle avait compris et elle inspira profondément. Elle n'était peut-être pas prête à mourir, mais la mort ne tenait pas compte des espoirs et des rêves d'une personne.

Ann leva son arme au-dessus de sa tête et la jeta sur le sol. Elle détacha son casque et essuya le sang de son champ de vision. Elle retira tout ce qui pouvait empêcher ses mouvements ou l'alourdir. Elle ne s'inquiétait pas de laisser son équipement aux insurgés. Quelques armes n'allaient pas aider leur cause, de toute façon.

En gardant les yeux rivés sur l'hélicoptère, elle vit qu'il commençait à s'envoler, puis elle retint sa respiration quand il fit demi-tour en tirant vers les insurgés tout en revenant à toute vitesse vers l'endroit où elle se tenait.

Deux soldats étaient penchés par la porte ouverte et ils tendaient les mains.

Dix mètres. Sept. Six mètres. Cinq mètres. Trois.
Et voilà.

Le pilote avait approché l'hélicoptère autant qu'il le pouvait du rebord où elle se tenait. Les trois mètres ressemblaient à une centaine, mais Annie n'hésita pas. Elle courait et grimpait dans des courses d'obstacles depuis une éternité. C'était du gâteau.

Ann eut la place de prendre trois pas d'élan avant de voler dans les airs. Les bras tendus. Les yeux rivés sur les mains qui s'étiraient vers elle.

Tout le reste s'estompa. Les coups de feu. Les cris. Le bruit de l'hélicoptère.

Pendant une fraction de seconde, elle crut qu'elle n'allait pas y arriver.

Qu'il allait lui manquer soixante centimètres. Mais contrairement aux courses d'obstacles qu'elle avait pratiquées dans le passé, si elle tombait, c'était une chute mortelle.

Quelques secondes lui semblèrent durer une éternité avant qu'elle ne heurte l'hélicoptère. La douleur fut immense, mais Ann la remarqua à peine quand son corps commença à glisser en arrière. En luttant à la recherche d'une prise, ses jambes pendues au-dessus de l'ouverture, Ann paniqua pendant une fraction de seconde avant que ses bras ne soient saisis par des mains de fer.

Elle fut traînée à bord par les deux soldats à la porte pendant que l'hélicoptère s'inclinait et accélérait, fichant le camp de cette vallée.

En inspirant profondément, puis en le regrettant quand ses côtes fêlées se rappelèrent à elle, Ann leva la tête et regarda ses coéquipiers dans les yeux.

— Merde, Fletcher ! souffla Bell.

— Je ne crois pas avoir déjà vu une telle chose, dit Gabe.

— Des couilles d'acier, ajouta Mack en secouant la tête.

— Ça va, capitaine ? demanda un des hommes qui l'avaient tirée à bord.

— La pêche, lui dit-elle.

— Accrochez-vous ! cria le pilote quand l'hélicoptère s'inclina soudain vers la droite.

Ann ferma les yeux. Elle savait qu'elle aurait dû se lever et aider les autres. Mais elle était trop soulagée d'être en vie. Ça avait été juste. Trop juste. Elle n'avait pas eu beaucoup de temps pour réfléchir à quoi que ce soit d'autre que sa survie pendant les dix dernières heures, mais à ce moment-là, tout lui retomba dessus.

Il fallait qu'elle garde son sang-froid, mais elle n'arrivait à penser qu'au fait qu'elle avait failli *tout* perdre.

Y compris un avenir avec l'homme qu'elle aimait.

Pour la toute première fois, elle fut prise de doutes sur ce qu'elle faisait de sa vie... et ce fut très dur.

D'aussi loin qu'elle pouvait se rappeler, Annie avait toujours souhaité servir son pays. Faire une différence, comme l'avait fait son père. Comme son équipe des Delta Force. Elle voulait sauver des vies, pas les prendre, même si elle comprenait que faire partie d'une équipe des Forces Spéciales comme les Bérets Verts signifiait qu'elle devait de temps en temps tuer l'ennemi.

Elle voulait prouver à son père, et à tous ses oncles

honoraires, et à elle-même qu'elle en était capable. Elle voulait les rendre fiers.

Mais allongée sur le plancher de cet hélicoptère après avoir fait un saut qui n'arrivait qu'une fois dans la vie, Ann ne put soudain s'empêcher de se demander ce qu'elle fabriquait, au juste. Était-ce vraiment ce qu'elle désirait faire pendant les quinze prochaines années ou plus ? Était-ce ainsi qu'elle souhaitait potentiellement mourir ? Brisée et ensanglantée à des milliers de kilomètres de ceux qu'elle aimait ? Si elle mourait en mission, personne ne saurait exactement ce qui était arrivé. C'était normal dans la vie d'une soldate des Forces Spéciales.

Son esprit était tout embrouillé. Être Béret Vert, c'était ça. On prenait des risques pour que le monde reste sûr malgré les dictateurs et les terroristes qui voulaient faire du mal aux innocents. Mais faisait-elle vraiment une différence ? Même s'ils tuaient Wakil, quelqu'un d'autre était sûrement prêt à prendre sa place. Les guerres avaient lieu depuis la nuit des temps... et tout bien considéré, ce qu'elle faisait était-il vraiment important ?

Son père et son équipe n'auraient pas été moins fiers d'elle si elle ne mettait pas sa vie en danger. Elle le savait, raisonnablement. Mais cela n'apaisait pas ses angoisses à l'idée de les décevoir.

Elle détestait les sentiments étranges qui parcouraient son corps, mais elle ne pouvait les arrêter.

Quelque chose avait changé sur cette corniche, et

elle ne savait pas exactement quoi en faire. Tout ce qu'elle savait, c'était que le travail pour lequel elle s'était battue toute sa vie ne lui semblait plus aussi attirant, tout à coup.

Elle avait vingt-sept ans, mais avait l'impression d'avoir dix ans de plus. Elle avait vu plus que son lot de morts, de destruction, et de discrimination pendant le temps qu'elle avait passé dans l'armée. Son corps lui faisait bien plus mal que celui de quelqu'un de son âge, à cause des mauvais traitements qu'elle lui avait fait subir au cours des années. À chaque mission, le risque qu'elle soit mutilée de façon permanente à cause d'une balle augmentait. Ou bien elle pouvait être capturée ou même tuée. C'était cette dernière idée qui la fit inspirer brusquement. Elle ne pouvait pas imaginer la douleur de ses proches si cela arrivait.

Avec le sang qui coulait le long de son visage à cause de la coupure au-dessus de son œil, et chaque inspiration qui lui donnait l'impression d'être poignardée dans le torse à cause de ses côtes probablement cassées, Ann ferma les yeux et imagina la personne qu'elle avait envie de voir plus que n'importe qui au monde. L'homme qui faisait qu'elle se sentait en sécurité. Pour lequel elle se battait afin de revenir après chaque mission. L'homme qu'elle aimait depuis qu'elle avait sept ans.

Frankie.

CHAPITRE DEUX

Frankie Sanders parcourait nerveusement la petite maison de location d'Annie et lui. C'était le milieu de la nuit, mais il n'arrivait pas à se débarrasser de son malaise. Annie avait dit qu'elle allait le contacter après son retour de sa mission de reconnaissance. Cela faisait plus d'une journée.

Il savait que les communications étaient compliquées quand elle était déployée, mais pour une raison qu'il ignorait, il avait un mauvais pressentiment.

Pas une minute ne passait pendant le déploiement d'Annie sans que Frankie ne s'inquiète pour elle. Il avait bien conscience qu'elle était une très bonne soldate, mais ça ne l'empêchait pas de stresser concernant l'endroit où elle se trouvait et ce qu'elle faisait.

Frankie aimait Annie depuis qu'il était enfant. Elle avait été son roc, son plus grand soutien pendant toute sa vie. Il ne se souvenait pas d'un seul anniversaire où elle ne l'avait pas appelé. Il n'y avait aucune fête où il ne voyait pas son visage souriant sur son iPad. Elle était sa première en tout. Premier coup de cœur, premier amour, premier baiser.

Ils avaient même perdu leur virginité l'un avec l'autre. Frankie avait invité Annie en Californie pour participer à son bal de fin d'année, et incroyablement, le père d'Annie et le sien avaient tous les deux accepté. Ils étaient allés au bal, avaient pris quelques photos, dansé sur une chanson, puis il l'avait ramenée à la chambre d'hôtel qu'il avait secrètement loué pour la nuit. Il avait tout rendu aussi romantique que possible, avec des fraises recouvertes de chocolat, trois douzaines de roses, du bain moussant, et il avait même apporté des bougies, alors qu'il était illégal de les utiliser à l'hôtel.

Au lieu d'être nerveux, Frankie avait été détendu et impatient de faire en sorte que la première expérience sexuelle d'Annie soit aussi belle que possible. Ils avaient ri ce soir-là, tous les deux manquant un peu d'assurance, mais si amoureux qu'un peu de gêne ne les avait pas déstabilisés. Il n'avait pas pu la serrer dans ses bras toute la nuit comme il en avait rêvé, car ils avaient l'obligation d'être rentrés chez eux à deux heures du matin, mais c'était une nuit qu'ils n'allaient jamais oublier.

Ce n'était qu'un bon souvenir parmi des centaines

qu'il avait de sa fiancée. Être avec Annie était facile. Elle l'acceptait exactement comme il était, et il ne riait jamais autant que lorsqu'il était avec elle.

Le jour où il lui avait demandé de l'épouser était l'un des meilleurs de sa vie. Ils n'étaient pas plus près de se marier maintenant qu'ils ne l'avaient été à l'époque, mais le temps qu'il devait attendre pour qu'Annie devienne sa femme n'importait pas. Elle valait la peine d'attendre.

Il était aussi fier d'Annie qu'il le pouvait, mais ça ne voulait pas dire que l'angoisse qu'il ressentait quand elle partait avait diminué. Son travail était dangereux et il y avait toujours le risque qu'il la perde. Ainsi, ne pas avoir de ses nouvelles alors qu'elle avait promis d'appeler empêchait Frankie de dormir.

Il pouvait y avoir un million de raisons pour lesquelles elle n'avait pas appelé. Pas de réseau. Pas de Wi-Fi. La mission qu'elle accomplissait avait pris plus de temps que prévu. Elle était en réunion.

Mais la raison qui le gardait éveillé était celle qu'il redoutait le plus.

Son téléphone vibra dans sa main et Frankie le regarda. Il ne reconnut pas le numéro, mais il n'hésita pas à décrocher.

— Allô ?

— C'est moi.

Chaque muscle du corps de Frankie sembla se détendre en entendant la voix d'Annie.

— Est-ce que tu vas bien ?

— Oui.

Elle semblait fatiguée.

— J'étais inquiet, lui dit Frankie.

— Je sais, et je suis désolée. Je suis vraiment désolée.

La voix d'Annie se brisa... et Frankie s'arrêta de respirer.

Il pouvait compter sur les doigts d'une main le nombre de fois où il avait vu Annie pleurer. Elle n'était pas du genre à pleurer. Tout comme sa mère, elle redressait les épaules et continuait à avancer, quoi qui se passe dans sa vie. Il détestait ne pas être là avec elle. Ne pas pouvoir la voir. Quand elle était déployée, elle ne pouvait pas l'appeler sur Face Time, ils étaient limités par les fonctions du téléphone satellite qu'elle transportait avec elle pour communiquer.

— Ne sois pas désolée, lui dit-il fermement. Je vais bien. Tout va bien ici. Il faut simplement que tu prennes soin de toi et que tu reviennes à la maison.

— Eh bien, la bonne nouvelle est que je serai à la maison plus tôt que je ne le croyais.

— C'est super, bébé. Quand ?

— Sans doute dans quatre jours environ. Nous devons faire un détour par l'Allemagne avant de rentrer.

— Annie ? dit-il pendant que ses muscles se tendaient à nouveau.

Il savait ce que cela signifiait. La base en Allemagne comprenait un hôpital entièrement équipé, et c'était le premier endroit où de nombreux soldats étaient envoyés quand ils avaient été blessés au combat à l'étranger.

Frankie l'entendit respirer profondément.

— Certains de mes hommes sont blessés. On nous envoie tous en Allemagne pour être examinés, puis ceux qui ont le feu vert pourront rentrer à la maison.

— Mais *toi*, ça va ? demanda Frankie.

— Quelques côtes cassées et une entaille sur la tête, dit Annie.

Frankie appréciait sa franchise, même si ça le rendait malade. Il détestait qu'Annie soit blessée en mission. Il savait que c'était une conséquence potentielle de son travail, mais il ne pouvait s'empêcher de s'inquiéter qu'elle risque d'être tuée. Il ne pouvait pas la protéger. Elle ne voulait pas qu'il la protège... mais bon sang, il en avait envie.

— Je t'aime, dit-il doucement.

— Pas autant que je t'aime, rétorqua-t-elle. Comment ça va là-bas ? As-tu de nouveaux clients ?

Frankie savait ce qu'elle faisait. Elle essayait de détourner l'attention d'elle. Il avait terriblement envie de la tenir dans ses bras. De voir lui-même qu'elle allait bien, qu'elle ne minimisait pas ses blessures pour l'empêcher de s'inquiéter. Ce qui était impossible. Il allait toujours s'inquiéter pour elle.

— Tout va bien. Pas de nouveaux clients, mais te souviens-tu de ce lieutenant avec lequel je travaillais ?

— Celui qui a perdu son bras et son ouïe dans l'explosion d'une bombe artisanale il y a six mois ? demanda Annie.

— Oui. Je pense que je commence enfin à communiquer avec lui. Nous avons eu une véritable conversation en langue des signes aujourd'hui.

— Je savais que tu allais y arriver, lui dit Annie dont la fierté s'entendait dans la voix.

Frankie gloussa.

— Il a eu tant de difficultés à accepter son handicap. Mais le week-end dernier il était au zoo avec son petit-fils et il a vu un gamin glisser et tomber dans une des mares aux canards. Il a sauvé l'enfant avant que quiconque ne remarque ce qui se passait. Je pense qu'il a alors compris que malgré sa perte d'audition et l'absence de son bras, il n'est pas impuissant. Il peut toujours aider les gens, même s'il n'est plus dans l'armée.

— C'est bien, dit Annie doucement.

Frankie entendit quelqu'un appeler Annie.

— Tu dois partir, devina-t-il.

— Oui, je suis désolée.

— Ce n'est pas grave. Je sais comme tu es occupée. Merci d'avoir appelé, dit Frankie.

— J'ai appelé dès que je suis rentrée au site et que j'ai pu récupérer mon téléphone, lui dit Annie. Mon commandant me harcèle pour que j'aille à l'hôpital.

— Bon sang, Annie, tu n'as pas encore vu de médecin pour tes blessures ? demanda Frankie.

— Non. J'avais besoin d'entendre ta voix.

Encore une fois, il souhaita pouvoir la voir. Elle semblait un peu perturbée. Ce qui ne lui ressemblait pas du tout. En général, après les missions, elle était surexcitée par l'adrénaline, ou inquiète pour les hommes de son équipe. Aujourd'hui, elle semblait... abattue. Ce qui ne convenait pas à Frankie. Pas du tout.

— Eh bien, tu m'as entendu, dit-il sévèrement. Maintenant, ramène tes fesses chez le médecin.

Elle rit, un bruit qui le rassura. Mais seulement un peu.

— D'accord, d'accord, j'y vais. Je t'appelle quand nous arrivons en Allemagne et quand j'aurai un peu plus de détails sur ma date de retour.

— Très bien. Je t'aime.

— Je t'aime aussi.

— À très vite.

— Ça ne peut pas être assez vite pour moi, dit Annie. Au revoir.

— Au revoir.

Frankie raccrocha, mais il ne bougea pas. Il resta au milieu du salon à regarder dans le vide pendant un long moment.

Quelque chose n'allait pas.

Enfin, peut-être que ça allait... mais c'était vraiment différent.

Annie et lui devaient avoir une discussion. Il détestait savoir que quelque chose l'ennuyait et ne pas pouvoir l'aider.

Il pensa à ce que lui avait dit son parrain, Cooper Nelson, longtemps auparavant, quand il avait rencontré Annie pour la première fois.

« Attends le bon moment. Elle voudra peut-être aller à la fac, ou s'envoler vers la Lune, et il faut que tu la laisses faire. Fais-lui simplement savoir que tu es à côté d'elle, que tu la soutiens, même si tu es littéralement à côté d'elle ou à des milliers de kilomètres à l'autre bout du pays. Quand ce sera le bon moment pour la faire tienne, tu le sauras. »

Ils avaient parlé du fait que Frankie voulait épouser Annie, et il avait pris à cœur les mots de Cooper. Frankie était prêt à faire n'importe quoi pour cette femme. Il était resté avec elle pendant le collège et le lycée, la fac et le camp d'entraînement. Ils avaient été postés dans trois villes différentes pendant qu'elle était en service, et Frankie aurait pu vivre dans une centaine d'autres si cela la rendait heureuse.

Ce soir, c'était la première fois qu'il avait l'impression qu'elle ne l'était *pas*.

C'était peut-être l'adrénaline qui retombait après une mission intense. Peut-être souffrait-elle davantage de ses blessures qu'elle ne le laissait paraître. Mais Frankie ne le pensait pas.

Il n'avait encore jamais entendu Annie aussi… triste.

Quand il lui avait demandé de l'épouser, Annie

l'avait prévenu que c'était très difficile d'être un conjoint de militaire, particulièrement avec quelqu'un dans les Forces Spéciales. Elle l'avait vécu car sa mère était mariée avec un agent de la Delta Force. Frankie l'avait rassurée en expliquant qu'il était prêt à la suivre jusqu'au bout du monde, qu'il l'aimait sans condition, quoi qu'il arrive.

Même Fletch, le père d'Annie, avait essayé de le prévenir. Lui disant que ça allait être dur.

Ça n'avait rien changé pour Frankie. Il avait compris et entendu ce que tout le monde lui disait, mais ce qu'ils ne comprenaient pas, c'était qu'il aurait fait n'importe quoi pour rendre Annie heureuse. Et être dans l'armée, faire partie d'une équipe des Forces Spéciales, cela avait été son objectif toute sa vie. Frankie n'avait pas l'intention de l'en empêcher, il voulait l'encourager et la soutenir tout le long.

En inspirant profondément, Frankie s'avança vers leur chambre. Il était épuisé et il devait se lever à l'heure habituelle dans... En regardant sa montre, il soupira. Trois heures. La journée à l'hôpital des vétérans demain allait être longue, mais parler avec Annie valait le coup, malgré la fatigue.

Travailler avec des vétérans qui avaient perdu une partie ou l'ensemble de leur audition était une vocation pour Frankie. Il avait toujours su ce que c'était que de vivre en tant que personne malentendante dans un monde centré autour de l'audition. Aider des hommes et des femmes à s'adapter à ce monde était quelque chose qui lui donnait un profond sentiment de réussite.

Le père de Frankie lui avait fait installer un implant cochléaire quand il avait onze ans. Au début, il avait eu du mal à s'adapter, et un conseiller très patient et compréhensif à l'hôpital l'avait aidé à s'habituer à cette nouvelle normalité.

Une des meilleures choses qu'il ait entendues de sa vie, ce fut le rire d'Annie la première fois qu'il l'avait appelée pour lui dire qu'il entendait désormais.

En passant dans la salle de bains, Frankie se brossa les dents, puis il se glissa sous les couvertures du lit qui semblait bien trop grand et vide sans Annie. Il retira le microphone externe, le processeur, et l'émetteur qu'il portait derrière son oreille et qui permettait aux récepteurs internes et aux systèmes d'électrodes de recevoir les signaux auditifs. L'aimant qui le maintenait en place facilitait le retrait et l'installation de l'appareil.

Même maintenant, il était encore difficile de croire que ce genre de technologie existait.

En fermant les yeux dans le silence béni, Frankie roula sur le dos. Il était reconnaissant de pouvoir entendre. Cela facilitait grandement sa vie, mais il ne pouvait nier qu'il aimait parfois pouvoir éteindre ses oreilles. Quand il n'entendait pas, ses autres sens prenaient le relais et il percevait les choses différemment d'une personne entendante.

Comme l'odeur d'Annie sur l'oreiller sous sa tête. Il échangeait toujours les oreillers quand elle partait, souhaitant avoir quelque chose d'elle, même si ce n'était que son odeur, près de lui pendant qu'elle était déployée. Même quand elle était partie depuis une semaine et demie, il la sentait encore. En ouvrant les yeux, Frankie pouvait voir les chaussures qu'Annie avait enlevées avant de monter dans le lit avec lui la veille de son déploiement : elles étaient toujours au milieu de la chambre. Il avait refusé de les bouger, appréciant la vue de quelque chose d'aussi ordinaire.

Puis il y avait son goût.

Il gigota dans le lit, agité, alors que sa verge s'épaississait. Il devait vraiment dormir s'il voulait être capable de fonctionner le lendemain, mais il n'arrêtait pas de penser à Annie, particulièrement après ce coup de fil. Elle était exubérante et n'avait aucun souci pour gérer presque tous les aspects de sa vie, mais au lit, elle le laissait mener la danse. Elle était presque timide, même après des années. Elle rougissait encore quand il écartait ses jambes pour la goûter.

En se tournant sur le côté, Frankie ignora son érection. Il n'était pas d'humeur à se masturber. Pas alors qu'il savait qu'en ce moment même, Annie consultait un médecin parce qu'elle était blessée.

Dans quelques jours, il allait voir de ses propres yeux qu'elle allait bien. Qu'elle était en sécurité.

Il prenait chaque déploiement comme il venait. Il ne réfléchissait pas à l'avenir. À l'endroit où elle pouvait être envoyée et à ce qu'elle faisait. Pour l'instant, il était soulagé qu'elle ait survécu à une mission de plus. Il allait l'aimer et la soutenir jusqu'à ce qu'elle soit déployée à nouveau.

Elle ne saurait jamais combien il s'inquiétait pour elle en son absence. Il ne voulait pas être un fardeau, alors il prenait chaque jour comme il venait, souriant et soutenant la seule femme qu'il n'aimerait jamais.

CHAPITRE TROIS

Les retours à la maison d'Annie n'étaient pas comme ceux des autres soldats. Il n'y avait pas de parades ni de foules massées pour accueillir les héros revenus. En général, personne ne connaissait les soldats descendant de l'avion sur la piste militaire quand les Forces Spéciales revenaient d'une mission top secrète qui avait pu sauver des dizaines, des centaines ou des milliers de vies.

Annie n'éprouvait pas d'amertume pour autant. Elle savait comment tout allait se passer quand elle avait signé pour devenir Béret Vert. Pourtant, chaque fois qu'elle était revenue de l'étranger, Frankie avait été là. Même quand elle ne lui donnait pas de détails sur son heure d'arrivée, il était toujours au courant. Elle soupçonnait Tex, le vieil ami de son père, de faire passer les informations sur son retour. Mais elle n'avait jamais posé la question à Frankie, et il n'en avait jamais parlé. Elle adorait qu'il soit toujours là à l'attendre. Il était sa récompense pour avoir survécu à chaque déploiement.

Cette journée ne fut pas différente.

Annie traversa le tarmac vers le petit bâtiment qui abritait les bureaux administratifs de l'aérodrome. Elle n'avait jamais été aussi contente de rentrer chez elle. Elle se sentait toujours déstabilisée et elle ne comprenait pas pourquoi. Cette mission n'avait pas été très différente de beaucoup d'autres. Ce n'était pas la première fois qu'elle l'avait échappé belle, et sans doute pas la dernière.

Pourquoi donc ressentait-elle une si grande appréhension ?

Elle savait qu'il devait y avoir un rapport avec ses pensées dans l'hélicoptère, après son exfiltration. Des pensées qui la hantaient depuis ce moment.

Quand elle aperçut Frankie qui l'attendait dehors, l'obscurité dans son âme sembla s'évaporer. Avançant lentement afin de ne pas bouger les côtes, Annie rendit les saluts qu'elle reçut de la part de soldats au rang moins élevé pendant qu'elle se dirigeait vers la sortie.

— Bienvenue à la maison, dit l'homme qu'elle aimait plus que la vie elle-même.

Annie avança tout droit dans ses bras, se blottissant contre lui comme si elle ne l'avait pas vu depuis des années. Enfouissant le nez dans son cou, elle inspira profondément. Elle avait besoin de sentir son odeur boisée et musquée. Mon Dieu, comme ça lui avait manqué ! Ce qu'*il* lui avait manqué.

Il referma précautionneusement les bras autour d'elle, comme s'il se souvenait qu'elle allait avoir mal s'il serrait trop fort. Évidemment qu'il s'en souvenait. Frankie était l'homme le plus attentionné qu'elle ait rencontré de sa vie.

— Tu m'as manqué, marmonna Annie.

— Pas plus que tu m'as manqué, rétorqua-t-il.

La familiarité confortable de leur échange apaisa Annie. Elle leva la tête et Frankie attrapa son sac en toile. Elle le laissa le lui prendre et elle fit passer un bras autour de sa taille quand il les guida vers le parking.

Frankie était un homme de peu de mots. Il laissait ses actes parler à sa place. Il avait plus d'une fois avoué qu'il était complexé par la façon dont il parlait. Comme il n'avait pas entendu de bruit pendant des années en grandissant, ses mots n'étaient pas toujours entièrement formés, parfois mal prononcés, et sa voix était assez monocorde. Mais Annie s'en moquait. Pour elle, il était simplement Frankie.

En levant sa main libre, elle lui dit en langue des signes :

— Tout va bien ?

Frankie hocha la tête. Il avait les mains pleines, une autour de sa taille et l'autre tenant son sac, alors il répondit à voix haute.

— Tout va bien. Je n'ai pas fait brûler la maison, j'ai

tondu le jardin, et je suis même allé au supermarché, ce matin.

Annie gloussa. Il était évident que Frankie avait tout organisé correctement pendant son absence. Cela faisait des années qu'il s'en chargeait. Il avait même dû gérer leur déménagement du Colorado au Kentucky tout seul, quand elle avait été déployée à l'improviste juste avant que les déménageurs n'arrivent pour emballer leurs affaires.

Elle se sentit une fois de plus coupable. Sa vie dans l'armée n'était pas comme l'avait été celle de son père et sa mère. Pendant la majorité de la carrière de Fletch, celui-ci avait été posté au Texas. Elle n'avait pas une seule fois eu besoin de déménager après le mariage de sa mère et Fletch. Après environ six ans, Frankie et elle avaient déjà déménagé trois fois.

— Arrête, ordonna Frankie.

Surprise, Annie leva les yeux vers lui.

— Arrête quoi ? demanda-t-elle.

— De réfléchir autant. Je n'aime pas te voir aussi... inquiète.

Annie inspira profondément. La dernière chose qu'elle voulait, c'était alourdir le fardeau que Frankie portait déjà par sa faute.

— Et arrête ça aussi, ajouta Frankie.

Annie secoua la tête et lui sourit.

— Tu es rentrée. Nous sommes ensemble. J'ai fait un énorme ragoût aux poivrons verts hier, parce que c'est ce que tu préfères. Nous allons nous détendre.

Puis nous parlerons, tu me diras ce que tu peux sur ta mission pour vider ton sac. Je t'examinerai des pieds à la tête pour vérifier de mes propres yeux où tu as été blessée, puis nous irons au lit et nous dormirons toute la nuit.

— Tu me connais si bien, lui dit Annie lorsqu'ils s'approchèrent de son camion.

— Oui. Tout comme tu me connais.

Après avoir posé le sac à l'arrière, Frankie la coinça contre le véhicule, son regard se posant sur l'éraflure de son front. Annie avait retiré le pansement ce matin-là parce qu'il la gênait. Il faisait gratter la blessure. Elle s'en était bien sortie avec seulement trois points de suture, mais les hématomes sur son front étaient assez affreux.

Frankie leva une main et frôla doucement sa blessure avec les doigts. Il repassa en langue des signes pour demander :

As-tu mal à la tête ? La lumière te gêne-t-elle ?

Je vais bien, répondit Annie. *Promis.*

Ensuite, Frankie se pencha en avant et embrassa le bleu. Ses lèvres furent aussi douces que des ailes de papillon sur sa peau.

Se sentant au bord des larmes, Annie s'appuya une nouvelle fois contre lui, car elle souhaitait cacher sa vulnérabilité. Elle était toujours heureuse d'être à la maison, mais aujourd'hui, elle sentait plus que jamais sa mortalité. Elle était si soulagée d'être en vie et avec Frankie que c'était presque trop.

Comme s'il savait à quel point elle était tendue, Frankie n'insista pas pour la faire parler. Il la serra simplement contre lui. C'était presque douloureux, mais Annie n'en tint pas compte. Elle avait besoin de ça. Besoin de lui.

— Allez viens, dit Frankie au bout d'une minute. Je meurs ici. Aujourd'hui, l'humidité est d'environ quatre-vingt-deux pour cent et contrairement à toi, je fonds à la chaleur.

Annie sourit, soulagée que le cafard qu'elle ressentait semble enfin se dissiper. Frankie avait cet effet sur elle. Il l'avait toujours eu.

— Eh bien dans ce cas, faisons en sorte de te ramener à la maison avant que tu ne sois plus qu'une flaque de sueur avec des yeux, le taquina-t-elle.

Quand il ne bougea pas immédiatement pour monter dans le camion, Annie fronça les sourcils.

— Frankie ?

— Je t'aime, dit-il. Tellement, tu n'en as pas idée.

— Si, je le sais, insista-t-elle. Parce que je t'aime autant.

Frankie hocha la tête.

— Allez, viens. As-tu appelé ton père ?

— Non. Je le ferai plus tard.

— D'accord. Mais n'attends pas trop longtemps. Tu sais que Tex a dû lui dire que tu es rentrée, maintenant.

Voilà encore une raison de plus pour laquelle Annie soupçonnait Frankie et Tex d'être assez proches. Il utilisait bien trop souvent le nom de l'ancien SEAL pour ne pas parler avec lui de façon régulière. Annie savait qu'elle aurait sans doute dû être plus irritée que cet homme se mêle de sa vie, mais elle en était incapable. Elle aimait Tex autant que tous les anciens coéquipiers de son père. Ghost, Coach, Hollywood, Beatle, Blade, Truck, et même Fish et Chase étaient tous ses oncles non officiels et grands frères casse-pieds. Ils étaient trop protecteurs et fourraient leur nez partout, mais elle savait qu'ils se comportaient ainsi par amour.

Si le fait que Tex veille sur elle réconfortait les personnes importantes pour elle, ça lui allait. En outre, s'il y avait bien quelqu'un qu'elle voulait pour surveiller ses arrières, c'était Tex. Il avait prouvé maintes fois qu'il avait les connexions nécessaires pour tout faire.

— Je sais, dit-elle à Frankie. J'appellerai papa quand nous aurons mangé.

Frankie hocha la tête.

Quand ils furent en chemin vers la maison, Annie demanda :

— Mon père continue-t-il à te harceler pour que tu me passes la bague au doigt ?

Frankie jeta un coup d'œil vers elle avant de reporter son attention sur la route.

— Non. Pourquoi ? Te harcèle-t-il parce que tu n'as pas donné de date pour notre mariage ? Si c'est le cas, je lui parlerai et je lui dirai de te laisser tranquille.

Annie observa Frankie pendant qu'il conduisait. Il

avait été un adolescent dégingandé, mais il avait grandi pour devenir un très bel homme. Ses cheveux sombres étaient un peu trop longs en haut, et il avait une barbe de trois jours. Il portait un tee-shirt gris aux manches courtes qui montraient ses biceps fermes et musclés. Son ventre était plat et il avait des tablettes de chocolat parce qu'il faisait régulièrement du sport. Son nez était légèrement tordu depuis qu'il était tombé de son vélo quand il était au collège, et qu'il l'avait cassé. En ce moment, il avait les sourcils froncés de consternation, comme si la seule idée que son père casse les pieds à Annie l'ennuyait profondément.

Annie n'avait jamais été le genre de femme qui avait besoin ou qui souhaitait qu'un homme la défende : elle était parfaitement capable de tenir tête à ceux qui avaient un différend avec elle. Elle n'était pas non plus intimidée dans des situations où quelqu'un d'autre se faisait embêter ou harceler. Mais savoir que cet homme — cet homme incroyable, merveilleux, terriblement canon — était irrité pour elle, cela lui donnait des papillons dans le ventre.

— Ce n'est rien que je ne sache gérer, dit-elle à Frankie.

— Sérieusement, Annie. Si tu l'as sur le dos, je lui parlerai. La date de notre éventuel mariage ne le regarde pas. Nous le ferons quand le moment sera bon pour nous, et s'il faut attendre encore vingt ans — ou même si ça n'arrive jamais — ça ne signifie pas que nous nous aimons moins.

— Ne veux-tu pas te marier ? demanda Annie, surprise.

— Ce n'est pas ce que j'ai dit. Je sais depuis que j'ai sept ans que je veux t'épouser, Annie. Je ne désire rien de plus que de te mettre la bague au doigt devant nos amis et nos familles. Mais je ne te pousserai jamais à faire une chose que tu ne veux pas ou pour laquelle tu n'es pas encore prête.

— Ce n'est pas que je ne souhaite pas t'épouser, protesta Annie.

— Je le sais, bébé. Je comprends. Tu as tant de responsabilités et d'objectifs, et les gens comptent sur toi pour être là quand ils en ont besoin. Ça me va. Comme je l'ai dit, ça ne me gêne pas d'attendre aussi longtemps qu'il le faudra. Tu es celle qu'il me faut. Il n'y aura jamais d'autre femme. Jamais. Alors, si ton père t'ennuie, je lui dirai de la fermer.

Annie ricana.

— Tu lui dirais la fermer ? répéta-t-elle d'un ton sceptique.

— D'accord, peut-être pas précisément en ces termes, dit Frankie avec un sourire. Il ne le prendrait pas très bien. Il me provoquerait sans doute en duel dans le jardin.

— Il n'est pas si terrible, insista Annie.

— Bien sûûûr, répondit Frankie en étirant le mot. Quand je suis allé le voir pour lui demander la permission de t'épouser, il m'a fixé d'un air si intense que je jure avoir pensé qu'il allait exploser. Puis il m'a fait un discours d'une heure pour m'expliquer que si jamais je te faisais pleurer, ou que je touchais à un seul cheveu sur ta tête, ses amis et lui allaient me faire disparaître si complètement que personne ne trouverait plus jamais aucune trace de mon existence... et absolument jamais rien pour prouver qu'ils étaient coupables de ma disparition.

Annie éclata de rire. Elle avait déjà entendu cette histoire de nombreuses fois, et chaque fois que Frankie la racontait, il l'embellissait davantage. En réalité, sa mère lui avait dit que Fletch avait pleuré et accepté immédiatement. *Ensuite*, il avait prévenu Frankie que s'il faisait du mal à son bébé, il connaissait dix manières différentes de faire disparaître un corps sans laisser de traces.

Annie tendit la main et la posa sur la cuisse de Frankie. Elle sentit son muscle se raidir... et soudain, le désir monta en elle. Il était le seul à lui faire ressentir cela. Comme si elle allait finir par mourir s'il ne la touchait pas. Bien sûr, avec ses côtes brisées, faire l'amour allait être compliqué. Et Frankie semblait toujours le savoir quand elle lui cachait quelque chose, y compris la douleur.

— Je veux t'épouser, lui dit-elle sérieusement.

— Je sais.

— C'est juste que... ma mère va vouloir cette énorme fiesta et il y aura tant de gens qu'il nous faudra inviter. Ce sera de la folie et mon commandant a toujours été très bien pour me donner des congés, mais tout ça me semble si compliqué.

— Il te suffit de le dire, et nous pourrons aller à Vegas, suggéra Frankie.

Annie entendit le désir dans sa voix. C'était une raison de plus de se sentir coupable.

Elle ne lui avait jamais dit la véritable raison pour laquelle elle avait retardé le mariage si longtemps. Ce n'était pas qu'elle ne l'aimait pas. Au contraire. Mais au début de sa carrière dans l'armée, elle avait entendu un général parler d'elle avec un autre officier de haut rang. Il avait été impressionné par son enthousiasme et son dévouement, mais ensuite il avait dit :

— *Je suis certain qu'elle va partir et se marier, ruinant sa carrière. Elle voudra faire des bébés, et elle deviendra grosse et maladroite. C'est dommage, vraiment, parce que j'imagine le lieutenant Fletcher s'élever dans nos rangs si elle se dévoue à sa carrière.*

Ces paroles étaient insultantes, dépréciatives et discriminatoires. Elles avaient dégoûté Annie... et pourtant elle n'avait jamais réussi à les chasser de sa tête. Les mots s'étaient insinués dans sa psyché comme un virus invasif.

Elle avait travaillé plus dur que tous ceux qui l'entouraient pour prouver au général et à tous les autres qu'elle n'était pas comme les autres femmes. Elle était sérieuse au sujet de sa carrière, elle voulait être le meilleur Béret Vert que l'armée ait jamais vu. Elle n'aurait pas dû se soucier de ce que les gens pensaient d'elle… mais elle avait honte d'admettre que c'était le cas.

Et maintenant, trois années s'étaient écoulées depuis que Frankie lui avait demandé de l'épouser, et elle avait dit oui, et ils ne l'avaient toujours pas fait.

Frankie entrelaça leurs doigts.

— Mais ce soir, nous n'irons nulle part, dit-il d'un ton léger. Nous allons manger, tu appelleras ton père et tu lui feras savoir que tu es rentrée, puis tu me laisseras te dorloter un peu. On prend les choses au jour le jour, d'accord ?

— Tout à fait, acquiesça-t-elle.

Ils en avaient parlé des années plus tôt, quand ils avaient déménagé vers son premier poste. Il avait trouvé un emploi au ministère des anciens combattants et cela lui avait bien servi pendant leurs déménagements, lui permettant de garder son travail, mais dans un hôpital différent à chaque nouveau lieu. Il ne se plaignait jamais. Il acceptait simplement chaque obstacle qu'ils rencontraient avec une grâce et une dignité qu'elle admirait.

— Ferme les yeux et détends-toi, ordonna Frankie.

En souriant, Annie lui serra la main et fit ce qu'il demandait. Elle était en sécurité avec Frankie, elle le savait au plus profond de son âme. Une partie du stress qui s'était accumulé en elle au cours de la dernière semaine disparut. Frankie était son havre de sûreté. Elle pouvait être elle-même avec lui. C'était son plus grand soutien.

Annie avait beaucoup de décisions à prendre, elle le savait, mais pour l'instant elle était à la maison. Elle était en vie. Et elle était avec l'homme le plus incroyable au monde. Tout le reste pouvait attendre.

* * *

Plus tard cette nuit-là — bien plus tard — Frankie était allongé au lit à côté d'Annie, la regardant dormir, et il put enfin baisser sa garde. Quand il l'avait aperçue au début, il avait failli tomber à la renverse. Elle avait un hématome qui couvrait son front tout entier. Il était encore violet et rouge, ce qui signifiait qu'il était assez frais. Ses points de suture ne le perturbaient pas autant que cet hématome.

Après le dîner, et pendant qu'elle rassurait son père qu'elle allait vraiment bien, il était monté à l'étage et avait fait couler un bain chaud pour Annie. Elle avait toujours aimé les longs bains brûlants, et il n'imaginait pas de meilleur retour à la maison qu'un bon bain moussant relaxant.

C'est alors qu'il avait vu son torse. Il y avait une profonde ecchymose violette formant une ligne horizontale en travers de son buste, juste sous ses seins. Elle avait expliqué que c'était parce qu'elle avait frappé le bord de l'hélicoptère dans lequel elle avait sauté. Elle avait minimisé l'incident, mais Frankie savait que ce qu'elle décrivait était dix fois plus effrayant dans la réalité.

Il savait également sans qu'elle ait besoin de l'avouer qu'elle n'avait pas été loin de mourir sur le flanc de la montagne où elle s'était trouvée.

Ce bleu lui faisait très peur. Il avait l'air extrêmement douloureux, et ses côtes brisées indiquaient la force avec laquelle elle avait frappé le rebord en atterrissant.

Frankie n'allait pas insister pour qu'Annie arrête de faire ce qu'elle aimait. Elle avait travaillé comme une folle pour arriver au poste où elle était, à la tête de sa propre équipe de Bérets Verts. Et il était évident qu'elle était très douée. Mais si elle lui donnait la moindre indication de vouloir faire autre chose dans la vie, il allait l'encourager sans réserve.

Une partie de Frankie mourait chaque fois qu'elle lui revenait couverte d'hématomes.

En général, il n'était pas quelqu'un de très dominateur. Avec son handicap et les moqueries qu'il avait subies plus jeune, il avait appris à disparaître à l'arrière-plan. Mais ça ne voulait pas dire qu'il n'allait pas protéger Annie de toutes ses forces. Elle était littéralement la seule personne à ne l'avoir jamais jugé. Depuis leur première rencontre, elle n'avait pas hésité à se lier d'amitié avec lui et à faire de son mieux pour apprendre à communiquer. Personne d'autre n'avait fait cela. Il était à cent pour cent loyal envers elle. Si nécessaire, il était prêt à utiliser ses mains nues pour tuer quiconque oserait essayer de lui faire du mal. Elle était importante à ce point pour lui.

Mais pour le moment, Frankie se sentait impuissant. Il voyait qu'Annie luttait contre quelque chose qu'elle n'était pas prête à lui dire. Il allait lui donner le temps et l'espace nécessaires pour surmonter son problème. Il ne doutait pas qu'elle allait finir par lui parler. En attendant, il allait faire comme d'habitude : s'assurer qu'elle sache combien il l'aimait. Ce n'était pas vraiment une épreuve.

Faire l'amour était hors de question pendant au moins quelques semaines, jusqu'à ce que ses côtes guérissent. Il connaissait son Annie. Elle allait faire semblant de ne pas avoir mal, même si elle hurlait de douleur dans sa tête. C'était donc à lui d'être assez fort pour ne pas céder à leur désir. Ça n'allait pas être facile, mais Frankie ne voulait pas lui faire de mal. Jamais.

Il tendit la main et posa la paume au-dessus du bleu sur le torse d'Annie. Il la caressa doucement avec le pouce, sur sa chemise de nuit, comme si cela allait effacer l'horreur sous le tissu.

— Frankie ? marmonna-t-elle.

Il avait déjà retiré le processeur de son appareil auditif, mais il lut facilement sur ses lèvres.

— Chhhh, murmura-t-il. Rendors-toi.

Elle bougea comme pour rouler vers lui, mais elle grimaça de douleur.

Frankie déplaça sa main sur son ventre et appuya doucement.

— Reste immobile, mon amour.

Elle hocha la tête, puis chercha la main de Frankie. Elle la couvrit avec la sienne et poussa un soupir de contentement en se rendormant une fois de plus.

Frankie ne sut pas combien de temps il resta éveillé à regarder sa fiancée dormir, mais finalement, il fut incapable de garder les yeux ouverts plus longtemps. En se rapprochant d'elle afin de sentir si elle devenait agitée au milieu de la nuit et avait besoin d'un autre antidouleur, Frankie s'endormit enfin.

CHAPITRE QUATRE

— Es-tu aussi enthousiaste que moi pour ce mois de permission ? demanda Annie à Frankie quelques semaines plus tard, quand ils étaient dans un avion pour le Texas.

— Oui, répondit Frankie simplement.

Le bleu sur le front d'Annie avait disparu et la cicatrice au-dessus de son œil allait finir par s'estomper jusqu'à ne plus être visible. Les autres membres de son équipe de Bérets Verts étaient tous à des degrés de rétablissement différent. Green et Bell n'allaient pas revenir. Leurs blessures étaient trop importantes pour qu'ils puissent à nouveau faire partie des équipes. Pour Shef, c'était assez incertain, et de toute façon, Mack et lui étaient déplacés vers un autre poste, et donc une autre équipe.

Annie n'était pas aussi proche de son équipe que son père l'avait été avec la sienne, parce que l'armée ne lui avait pas donné l'occasion de développer des liens pareils. Ils n'arrêtaient pas de les déplacer, elle ou les membres de son équipe, vers des postes différents.

Sa propre date de réengagement approchait vite. Annie avait accompli son engagement initial de six ans... et elle envisageait sérieusement d'arrêter.

Au lieu de s'estomper, les sentiments de l'hélicoptère étaient restés avec elle pendant des semaines, ne faisant que se renforcer. Lui rappelant ce qui pouvait se produire la prochaine fois qu'elle était déployée. Comment elle pouvait ne pas avoir la même chance. Mais chaque fois qu'elle pensait à aborder le sujet avec Frankie ou son père, la panique et l'angoisse s'installaient. Particulièrement en ce qui concernait Frankie. Il avait sacrifié tant de choses pour qu'elle poursuive son rêve. Comment pouvait-elle simplement laisser tomber maintenant ?

Cependant, le fait qu'il lui tarde autant ces vacances... cela confirmait le fait qu'elle ne voulait pas se réengager. Elle ne se souvenait pas d'un moment où ils avaient passé un mois entier ensemble sans avoir à s'inquiéter du téléphone qui sonne pour l'envoyer en mission.

Ils allaient d'abord à Killeen, où Doug, le frère d'Annie, allait recevoir son diplôme du lycée. Même Ethan revenait à la maison pour l'occasion depuis l'université de Boulder dans le Colorado. Cela faisait longtemps que toute la famille n'avait pas été rassemblée. Ses trois frères étaient terriblement occupés ;

même John, qui avait treize ans, semblait être le plus souvent absent de la maison.

Après la cérémonie des diplômes, Frankie et elle partaient pour un voyage unique, deux semaines à bord d'un voilier à quatre mâts. C'était un grand navire, accueillant soixante clients et trente membres d'équipage. L'itinéraire les conduisait jusqu'à quelques-unes des petites îles des Caraïbes, dont Annie ne connaissait pas tous les noms.

Il s'agissait plutôt des vacances de rêves de Frankie, car il était un fanatique de la navigation. Il ne restait plus beaucoup de grands bateaux à voile toujours en service, et elle savait qu'il lui tardait de regarder l'équipage lever les voiles chaque jour. Ils le faisaient encore à l'ancienne, grimpant en haut des mâts et déroulant les voiles à la main.

Parce qu'Annie travaillait tant et prenait rarement des vacances, ils avaient économisé beaucoup d'argent. Assez pour se faire plaisir sur ce voyage.

— À quoi penses-tu si fort ? demanda Frankie.

Annie le regarda. Son homme était particulièrement beau aujourd'hui. Il portait un pantalon beige et un polo, remplissant parfaitement les deux. Il avait enfin été chez le coiffeur, et elle avait remarqué plusieurs femmes le dévisager à l'aéroport. Parfois, Annie devait se pincer pour se rappeler qu'il était avec elle. Elle savait qu'elle n'était pas non plus hideuse, mais elle était un peu trop musclée, trop sûre d'elle, se souciait trop peu de porter du maquillage et des vêtements féminins pour plaire à la grande majorité des hommes qu'elle avait rencontrés. Frankie se moquait de tout cela. Il l'aimait exactement comme elle était.

— C'est juste que je suis tellement prête pour ces vacances, lui dit-elle.

Frankie prit sa main dans la sienne et la porta à ses lèvres.

— Moi aussi. Vas-tu parler à ton père de ton réengagement ?

Annie écarquilla les yeux de surprise, mais elle essaya vite de cacher sa réaction.

— Pourquoi le ferais-je ?

Frankie la regarda avec tant de tendresse et d'amour qu'Annie eut envie de pleurer.

— Parce que tu es stressée. Et parce que tu envisages de ne pas rempiler.

Cette fois, elle fut sincèrement surprise. Elle n'avait pas dit un mot de ses doutes à Frankie. Elle n'aurait cependant pas dû être surprise qu'il la déchiffre si facilement.

Elle soupira.

— Est-ce si évident ? demanda-t-elle doucement.

— Seulement pour moi. Annie, je te connais. Je le sais quand tu es heureuse et quand tu es fâchée. Je sais quand tu es stressée ou que tu es triste. Je n'ai rien dit parce que je voulais te laisser le temps de tout démêler par toi-même, et j'espérais que tu viendrais m'en parler quand tu serais prête. Mais depuis que tu es revenue de ta dernière mission, tu es tendue. Chaque fois que le téléphone sonne, tu sursautes, et le déman-tèlement de ton équipe t'a plus affectée que par le passé.

Annie fixa Frankie. Elle n'avait jamais su cacher quoi que ce soit à cet homme. Il était toujours complè-tement en phase avec ce qu'elle ressentait. Et il était évident que son humeur l'avait affecté aussi. Encore un élément pour se sentir coupable.

— C'est juste que... j'ai toujours voulu être dans l'armée. Dans les Forces Spéciales. J'ai travaillé comme une folle pour arriver ici, et je me sens terriblement mal de tourner le dos à tout ça, dit-elle après un long moment.

— Tu n'as plus sept ans. Ni treize. Ni dix-huit. Ni même vingt-cinq. Les gens changent, Annie. Nos souhaits et nos envies changent. Il n'y a rien de mal à ce que tu aies envie de quelque chose de différent. De quoi as-tu envie ?

Annie regarda Frankie dans les yeux.

— Je veux rentrer à la maison et te voir chaque jour. Je veux rire davantage. Et je ne veux pas mourir dans un désert quelque part. Je ne veux pas que tu sois obligé de supporter tout ça. Je suis fière de ce que j'ai accompli, mais j'ai l'impression de passer à côté de ma vie.

C'était agréable d'avouer enfin ses pensées profondes. Elle aurait dû le faire plus tôt. Assis dans un avion, ce n'était pas vraiment le meilleur endroit pour les aveux super intenses, mais quand elle regarda les yeux sombres de Frankie, elle ne put plus s'arrêter de parler.

— Il y a beaucoup de choses que j'aime dans l'armée. Depuis toujours. Il y a une camaraderie que je ne peux pas entièrement expliquer à quelqu'un qui n'en a pas fait l'expérience. J'aime aussi la discipline. Il y a un réconfort dans la routine, si tu vois ce que je veux dire. Savoir que je fais ma part pour la sécurité des gens satisfait quelque chose au fond de moi. J'aime ramper dans la saleté et voir la surprise sur les visages quand les gens comprennent que je suis une femme... et que je les bats. Je suis fière de ce que j'ai accompli. Chaque fois que j'enfile mon uniforme, j'ai envie d'être une personne meilleure.

— Mais ? demanda Frankie.

Annie soupira.

— Je veux être madame Annie Sanders, dit-elle doucement. Je veux trouver un endroit où me poser en sachant que nous y resterons plus de deux ans. Je n'ai pas d'amis, Frankie. Enfin, les types avec lesquels je travaille sont supers, mais je n'ai personne avec qui traîner comme le cercle d'amies de ma mère. J'en ai envie. J'aimerais avoir quelqu'un que je peux appeler pour bavarder de tout et de rien. Avec qui je peux boire un peu trop de temps en temps. Raconter des ragots. Pour l'instant, ça me semble impossible tant que je suis à la merci de l'armée. Et surtout, je veux que tu sois capable de faire ce que *tu* veux. Tant que je suis Béret Vert, il te faudra éternellement faire passer tes désirs et tes envies après les miens. Je *déteste* ça.

Frankie posa la main dans la nuque d'Annie et la tira vers lui jusqu'à ce que leurs fronts se touchent.

— Sais-tu ce que je veux, mon amour ?

Annie hocha la tête.

— Je veux que *tu* sois heureuse. Je peux toujours trouver un travail auprès des vétérans, quel que soit l'endroit où l'armée t'envoie, alors ce n'est pas un problème. Peu importe où je suis, tant que c'est avec toi.

Annie inspira profondément pour s'empêcher de fondre en larmes.

— Je ressens la même chose, mais dernièrement, nous n'avons pas pu passer beaucoup de temps ensemble. Je déteste ça, Frankie. Tu m'as manqué pendant toute mon enfance, et même si nous vivons ensemble maintenant, je suis davantage ailleurs qu'à la maison. Je ne souhaite pas en vouloir à l'armée pour ça, mais je commence à le ressentir.

— Qu'est-il arrivé lors de ta dernière mission ? demanda Frankie.

Annie savait qu'il ne demandait pas les détails spécifiques de la mission elle-même. Mais il était évident que quelque chose avait changé pour elle. Elle ne révélait jamais à Frankie les moments où il s'en était fallu de peu, souhaitant le protéger de cet aspect de son travail. Mais il n'était pas idiot. Il savait que ce qu'elle faisait n'était pas vraiment sans danger. Il voyait les conséquences de ses blessures. Et pourtant, il la soutenait toujours et il était son plus grand défenseur.

Frankie bougea, remontant l'accoudoir entre eux et tirant Annie plus près de lui. Il posa un bras autour de son épaule et Annie se blottit contre lui autant que c'était possible sur le siège inconfortable de l'avion. Il lui était plus facile de parler quand elle ne le regardait pas. Et elle était certaine que Frankie l'avait fait volontairement.

— Nous sommes tombés dans une embuscade : nous étions sept contre Dieu sait combien de sales types avec des armes à feu. Nous les avons maintenus à distance pendant des heures, mais nous avons été lentement éliminés les uns après les autres. Quand l'hélicoptère est venu pour nous exfiltrer, nous étions tous épuisés et blessés. J'ai commencé à réfléchir à ce que je faisais. Pourquoi. Au fait que si je mourais là-bas, personne ne serait jamais au courant des détails. Je deviendrais juste une autre mission secrète dans un dossier quelque part, dont la majorité des informations serait censurée. Je n'aurais pas pu vieillir avec toi. Faire tout ce que font les couples normaux. Les gens auraient dit « oh, cette Annie Fletcher, elle est morte en faisant ce qu'elle aimait. » Mais tu sais quoi ?

— Quoi ?

— Je ne suis pas certaine de l'aimer autant qu'avant, chuchota Annie, comme si c'était un blasphème de dire les mots à voix haute.

Elle s'empressa d'ajouter :

— Je ne dis pas que j'ai envie de commencer à porter une robe et du maquillage et des talons hauts chaque jour, et rester assise derrière un bureau. Mais rester allongée dans la boue, essayer de tuer des gens que je ne connais pas et qui ont sans doute des familles qu'ils aiment autant que moi... ça n'a plus le même attrait qu'autrefois.

— Que veux-tu faire, alors ? demanda Frankie.

Annie ferma les yeux. C'était juste une raison parmi les millions pour lesquelles elle aimait cet homme. Il n'essayait pas de la faire changer d'avis sur ce qu'elle ressentait. Il la soutenait sans réserve, sans condition. Elle voulait faire la même chose pour lui. Elle avait l'impression d'avoir été égoïste pendant toute leur relation. Il avait abandonné de très bons emplois pour la suivre partout dans le pays. Il n'avait pas d'amis non plus. Elle souhaitait de la stabilité pour tous les deux. Elle voulait ce qu'avaient ses parents.

— Je ne sais pas, avoua-t-elle. Je ne sais pas très bien qui est Annie Fletcher sans l'armée. Je sais que je ne devrais pas me soucier de ce que pensent les autres, mais je ne peux m'empêcher d'avoir l'impression de décevoir beaucoup de gens si je quitte l'armée. Mon père se vante tout le temps de moi. Même auprès des hôtesses de caisse au supermarché. Il ne manque pas une occasion d'informer quelqu'un qui ne le savait pas déjà que je suis une des premières femmes acceptées dans les Bérets Verts. Ce que je ne veux surtout pas, c'est voir la déception dans les yeux des gens que j'aime le plus.

— Les gens que tu aimes le plus vont continuer à être fiers de toi, peu importe ce que tu décides.

Annie inspira profondément. Au fond d'elle, elle le savait, mais il lui était difficile d'imaginer faire autre chose que soldate.

— Si tu pouvais faire n'importe quoi dans le monde, qu'aimerais-tu faire ? demanda Frankie. Être aux commandes des soldats qui partent au front ? Être assise sur une plage quelque part avec les pieds dans le sable et aucune responsabilité ? Apprendre une langue étrangère et déménager dans un pays différent pour y trouver un travail ? Ne réfléchis pas trop, utilise ton instinct. Et ton cœur.

Même si une minute plus tôt, elle avait affirmé ne pas savoir ce qu'elle voulait faire si elle quittait l'armée... ce n'était pas tout à fait vrai.

— J'adore être dans l'armée, dit-elle. J'aime l'idée de soigner les gens plutôt que de les tuer.

En inspirant profondément, elle dit ce qu'elle n'avait jamais eu le courage d'avouer à voix haute.

— Je pense... je pense vouloir essayer de devenir médecin.

— Tu veux changer ta spécialité militaire ? Tu pourrais voir si l'armée accepte de t'envoyer en École de Médecine. Tu pourrais rester dans l'armée et être médecin en même temps, suggéra Frankie.

Annie y réfléchit un moment. C'était une possibilité, mais elle serait néanmoins à la merci du gouvernement. Ils pouvaient l'envoyer n'importe où, à n'importe quel moment, et elle n'aurait d'autre choix que de s'y rendre. Elle n'était pas certaine que ça la rende plus heureuse. Elle voulait s'enraciner quelque part, ce qui était extrêmement difficile dans l'armée.

— Tu serais un médecin incroyable, lui dit Frankie avec douceur.

— Il me faudrait retourner faire des études, dit Annie d'un ton sceptique. Et je serais sans doute très souvent absente de la maison au début, tu sais, avec les longues heures d'études, puis l'internat et tout. C'est ridicule, vraiment.

— Pas du tout, rétorqua fermement Frankie.

Il leva le menton d'Annie et la força à le regarder dans les yeux.

— Sais-tu comment je le sais ?

— Comment ? chuchota Annie.

— Parce que j'entends la passion et l'enthousiasme dans ta voix. Tu ne seras jamais heureuse avec un travail sédentaire. Tu as besoin de l'adrénaline. De l'excitation. Des défis. Ce qui est une autre raison pour sortir de l'armée maintenant. Tu as déjà dit que le moment viendrait où tu serais nommée à un travail de bureau à cause de ton rang. Tu ne seras plus sur le terrain à faire ce que tu aimes le plus, tu seras coincée en arrière-plan.

— Je sais que tu as raison, mais l'École de Médecine coûte une fortune, protesta Annie. Et je serai quand même très souvent absente.

— Écoute... je savais quand nous étions au lycée que j'allais toujours disparaître au second plan derrière toi, dit Frankie.

Annie ouvrit la bouche pour protester, mais il poursuivit, l'empêchant de parler.

— Et ça ne me gêne pas. Je n'aime pas le feu des projecteurs. Tu le sais. J'ai une drôle de voix quand je parle et ça dégoûte les gens. C'est leur problème, pas le mien, mais je suis bien plus heureux de te soutenir plutôt que d'être devant pour ouvrir la voie. Ça ne me gêne pas d'être le petit ami du capitaine Fletcher et ça ne me gênera certainement pas non plus d'être le mari du Docteur Sanders. Tu as un don, Annie. Tout le monde t'aime. Ils ne peuvent pas s'en empêcher. C'est simplement qui tu es. Je pense que tu ferais un médecin incroyable. Tu te battras pour tes patients et si tu ne peux pas les aider, tu trouveras quelqu'un qui le peut. Tu ne te reposeras pas avant d'avoir découvert leur problème et de l'avoir réglé, au lieu de simplement jeter des médicaments en direction du problème. Je peux te dire ceci : si j'étais malade ou blessé, je voudrais que tu sois mon médecin. Parce que je sais que tu feras tout ce qu'il faut pour me remettre sur pied. Peu importe quelle spécialité tu choisis. Je sais déjà que tu seras la meilleure dans ton domaine.

Mon Dieu. Annie ne méritait pas cet homme.

— Tu n'as pas une voix bizarre, lui dit-elle.

Frankie sourit et secoua la tête d'un air exaspéré.

— C'est *ça* que tu as retenu de tout ce que je viens de dire ? demanda-t-il.

Annie haussa les épaules.

— Je n'aime pas que tu te rabaisses. Tu es incroyable, Frankie. Et quiconque ne peut pas le voir est un idiot.

— Alors... as-tu parlé à ton père de tout ceci ? demanda-t-il en déviant le sujet de lui-même, comme il le faisait toujours.

Annie grimaça et se blottit à nouveau contre Frankie.

— Je ne veux pas le décevoir.

— Tu ne le décevras pas.

— Tu ne connais pas mon père, marmonna Annie.

Mais Frankie l'avait entendue.

— Si, insista-t-il. Je le connais presque depuis aussi longtemps que toi. Oui, je n'ai pas vécu avec lui, mais cet homme t'aime plus que tout au monde. Tu es sa petite fille. Sa seule fille. Son petit lutin. Il s'est mis en quatre toute ta vie pour être sûr que tu sois heureuse.

— Il est une légende, protesta Annie. On parle encore avec admiration de son équipe de Delta Force. Ils ont eu tant de missions réussies et l'armée était sa raison d'être. Bon sang, il les aide encore, et il n'est plus vraiment très jeune. J'ai vu comme il était fier quand j'ai accepté mon commandement après les études. Je ne peux pas supporter de voir la déception dans ses yeux quand je lui dirai que je veux en sortir.

— Je pense que tu le sous-estimes, dit Frankie.

— Peut-être. Peut-être pas. Et ne me lance même pas sur le sujet des autres. Ça me tuerait de laisser tomber Ghost et tous les autres. Et Truck... bon sang, je ne peux pas le lui dire. Je pense que c'était son idée de me trouver ce tank électrique pour enfant. J'étais une véritable terreur avec cette chose-là.

— J'ai vu les vidéos, gloussa Frankie. Mais encore une fois, je ne crois pas qu'ils seront déçus par toi. Pas du tout.

— Prendre la décision de quitter l'armée me fait horriblement peur. Je ne connais rien d'autre. Je ne suis pas certaine de véritablement vouloir partir. Je veux dire, il est possible que cette dernière mission me perturbe, tout simplement. Dans une semaine, je repenserais peut-être à cette conversation en étant perplexe d'avoir envisagé de quitter l'armée ne serait-ce qu'une seconde, dit-elle avec un petit haussement d'épaules.

— Ou bien tu auras l'impression que c'est la meilleure décision que tu aies prise, rétorqua Frankie.

— Je vais faire semblant d'être toujours dans l'armée pour le reste de ma vie. Mon père et les autres ne sont pas obligés d'être au courant, plaisanta Annie.

Elle sentit un gloussement gronder sous sa joue, dans le torse de Frankie.

— Euh, as-tu oublié Tex ? demanda-t-il.

— Merde. Tex sera au courant à la seconde où les papiers seront enregistrés, n'est-ce pas ?

C'était évident. Et il irait directement voir son père pour s'assurer qu'elle allait bien. Pour découvrir quel pouvait être le problème.

— Je suis désolé que tout ça te pèse, dit Frankie avec sérieux. Mais peu importe que tu décides de te réengager ou de partir en École de Médecine, ou de t'asseoir sur une plage quelque part, je te soutiendrai à cent pour cent.

— Je ne te mérite pas, lui dit Annie.

— Si, au contraire. Nous sommes faits l'un pour l'autre, dit-il simplement.

Il avait raison. C'était vrai. Tout le monde pensait qu'ils allaient dépasser leur amourette, d'autant plus qu'il avait commencé à l'âge de sept ans. À la place, leur amour n'avait fait que se renforcer en grandissant.

— Je t'aime, dit Annie.

— Et je t'aime.

Elle leva les yeux.

— Je veux me marier.

Elle vit une étincelle d'excitation — et de soulagement ? — dans ses yeux, et ce fut terrible. Elle en était la cause. Elle n'avait pas voulu le repousser éternellement, mais son travail se mettait toujours en travers de sa route et l'idée de l'attacher à elle, puis de se faire tuer, la rendait malade. Elle ne souhaitait pas faire de mal à Frankie, mais en repoussant leur mariage, c'était ce qu'elle avait fait.

— Quand tu veux. Où tu veux. Tu le sais, répondit Frankie.

— Je vais parler à ma mère.

Il sourit.

— Ne la laisse pas faire n'importe quoi, prévint-il. Tu sais que si elle fait comme elle en a envie, il y aura mille personnes et elle demandera à Tex d'inviter la reine d'Angleterre.

Annie pouffa. Frankie n'avait pas tort.

— Je suis désolée de ne pas avoir parlé de tout ça plus tôt. Tu as autant ton mot à dire que moi, puisque mes décisions t'affectent tout autant.

Frankie secoua la tête.

— Ne sois pas désolée. Tu devais y réfléchir par toi-même. Tu as toujours été ainsi. Mais je ne veux pas que tu aies peur de me parler de quoi que ce soit. Et tu ne peux pas me décevoir. Jamais. Si tu dis que tu veux arrêter l'armée et devenir clown au cirque, je te soutiens à cent pour cent. Tout ce que je veux, tout ce que j'ai toujours voulu, c'est que tu sois heureuse. Et si l'armée ne fait plus cela pour toi, alors tu dois trouver autre chose.

— Je ne veux pas partir et devenir clown, dit Annie en frissonnant.

Il rit.

— Je sais. Tu as vu vingt minutes du film *Ça* et tu as dû l'éteindre.

— Parce que c'était *horrible* ! insista Annie. Donne-moi cent insurgés avec des lance-roquettes plutôt qu'un seul foutu clown. Frankie ?

— Oui ?

— Que veux-tu faire ? Qu'est-ce qui te rend heureux ? Nous avons parlé de moi, moi, moi, mais je ne veux pas que notre relation se limite à ce que je souhaite.

— Je veux continuer à faire ce que je fais. Aider les autres à s'adapter à la perte d'audition. Leur montrer que leur vie n'est pas terminée. Qu'ils peuvent vivre une vie productive et épanouissante. Aimer. Être aimés. Et je peux le faire n'importe où. Et ce qui me rend heureux ? C'est toi. Ça a toujours été toi, Annie.

Ces mots la firent fondre. Frankie était quelqu'un de bien. Le meilleur. Et il était à elle. Il n'était peut-être pas membre d'un commando des Forces Spéciales. N'avait peut-être pas des muscles par-dessus d'autres muscles, mais elle savait qu'en cas de problème, il la protégerait de sa vie, si nécessaire. Il était un point de repère et un atout, jamais un handicap. Beaucoup de gens le sous-estimaient à cause de sa façon de parler et parce qu'il était entièrement sourd sans le processeur de son implant cochléaire, mais Annie savait que c'était faux. En général, il était doux, mais quand on le provoquait, son homme avait une force qu'il ne fallait pas négliger.

Frankie embrassa son front et ferma les yeux. Elle se sentait beaucoup mieux maintenant qu'elle lui avait parlé. Elle était toujours morte de peur à l'idée d'en discuter avec son père... mais pour la première fois, une étincelle d'excitation monta en elle. Devenir médecin n'allait pas être facile, mais d'un autre côté, percer dans les rangs de l'élite des Bérets Verts ne l'était pas non plus.

Elle n'était pas encore certaine de ce qu'elle allait faire, mais l'anticipation et l'impatience qu'elle ressentait à l'idée de relever un nouveau défi ne pouvaient pas être ignorées. Elle ne ressentait plus ça pour sa carrière depuis longtemps. Elle pouvait continuer dans l'armée... mais en réalité, elle ne ressentait plus l'excitation d'autrefois quand elle recevait un appel pour lui dire qu'elle allait être déployée.

Avant de décider quoi que ce soit, elle devait parler à Fletch, même si c'était effrayant. Elle voulait son opinion. Elle accordait de la valeur à ce qu'il pensait. Frankie avait raison : son père l'aimait et il voulait ce qu'il y avait de mieux pour elle. Il allait écouter ce qu'elle avait à dire et donner ses conseils et ses pensées. Elle détestait l'idée qu'il puisse ressentir ne serait-ce qu'une seconde de déception par rapport à elle, mais si elle n'aimait plus son travail, pouvait-elle vraiment continuer pendant les quinze années suivantes ou plus ?

Elle ne le pensait pas. Particulièrement parce que sa vie, et celles des hommes et des femmes sous ses ordres, dépendaient du fait qu'elle s'engage à cent pour cent. Elle n'était plus certaine de le pouvoir.

Annie aurait souhaité avoir la conviction et la certitude qu'elle avait cinq ans plus tôt. Ou dix. Mais comme Frankie l'avait dit... les gens changent. Il fallait simplement qu'elle comprenne si ce qu'elle ressentait par rapport au travail de Béret Vert venait du danger de la dernière mission, ou de quelque chose de plus profond.

En respirant profondément, Annie fit de son mieux pour vider son esprit. Elle avait largement le temps de réfléchir à ce qu'elle allait faire du reste de sa vie. Pour l'instant, elle voulait profiter de vacances bien méritées et il lui tardait de revoir sa famille.

CHAPITRE CINQ

Frankie était assis à la table du dîner des Fletcher et le chaos le fit sourire. Ils avaient tous assisté à la cérémonie de remise des diplômes de Doug ce matin-là, et maintenant ils dînaient en famille avant que Doug ne sorte faire la fête avec ses amis. Le lendemain, la famille lui organisait une énorme fête et il savait d'expérience qu'il y aurait un nombre insensé d'invités. Fletch et Emily semblaient connaître à peu près tout le monde.

Frankie avait dû s'y habituer un peu. Pendant très longtemps, il n'y avait eu que son père et lui. Rejoindre cette énorme famille de fous avait donc été un choc. Il n'aurait pas dû être très surpris. Il avait vu avec ses parrains comme les équipes militaires des Forces Spéciales pouvaient être proches. Cooper et Kiera étaient très bons amis avec une équipe de SEALs de la marine en Californie, et Frankie et son père étaient fréquemment invités à traîner avec tout le monde lors de fêtes sur la plage.

En ce moment, John, le frère d'Annie qui avait treize ans, lui parlait de son dernier concours de débat, où il était arrivé en deuxième place.

— Ça ne m'étonne pas, le taquina Annie. Tu as toujours été un casse-pieds à l'esprit de contradiction.

— Tu m'as tout appris, plaisanta-t-il.

— Quelqu'un veut bien me passer le pain ? demanda Ethan.

Fletch attrapa le panier et le tendit à son fils le plus âgé. Emily se pencha et servit une autre cuillerée de haricots verts dans l'assiette de John pendant qu'Annie et lui argumentaient joyeusement. Frankie vit Doug jeter un coup d'œil sur son téléphone, et au bout d'une minute ou deux, il demanda :

— Puis-je quitter la table ?

Fletch s'essuya la bouche avec une serviette.

— As-tu assez mangé pour tenir la soirée, fiston ?

— Oui, papa. Merci.

— Tu as la permission d'une heure du matin. Je sais que tu es diplômé du lycée et tout, mais ça ne signifie pas qu'il n'y a plus aucune règle. Amuse-toi. Si tu as besoin de moi, appelle. Je ne serai pas couché.

C'était une des choses que Frankie aimait chez le père d'Annie. C'était un dur, il n'y avait aucun doute. Il s'attendait à ce que ses enfants obtiennent de bonnes notes, prennent de bonnes décisions avec leurs amis, et soient de bonnes personnes, mais il savait aussi qu'ils allaient avoir des ratés. C'était inévitable. Et il faisait en sorte que lorsque cela arrivait, les enfants savaient toujours qu'il les soutenait quoi qu'il arrive.

Il était aussi impressionné par le rappel subtil du fait que Fletch allait attendre le retour de Doug afin de s'assurer qu'il ne rentre pas plus tard.

— Merci, papa. Avec les potes, on va juste traîner chez Tom, dit Doug.

— Julio n'organise-t-il pas cette énorme fête, ce soir ? demanda Ethan.

— Oui, mais ça ne nous intéresse pas vraiment d'y aller. Ils vont tous se saouler et comme tout le monde en ville sait que ça va avoir lieu, les policiers vont y mettre fin avant vingt-deux heures, vous allez voir. De plus, Harley m'a donné la nouvelle version de *This is War* sur laquelle elle a travaillé, celle qui ne sort pas avant encore deux mois. Nous voulons voir à quelle vitesse nous pouvons battre le jeu.

— Bonne chance avec ça, dit Fletch. J'ai entendu dire que c'était la version la plus dure jusqu'ici.

Le défi illumina les yeux de Doug.

— Nous verrons ça, dit l'adolescent.

— Vas-y, ordonna Fletch. Mais rapporte ton assiette à la cuisine et mets-la d'abord au lave-vaisselle.

— Et fais un bisou à ta mère, ajouta Emily.

Doug se leva et prit son assiette, embrassant sa mère en chemin vers la cuisine.

— J'ai fini moi aussi, papa. Je peux me lever de table ? demanda John.

— Puis-je, rectifia Emily.

— *Puis-je* me lever de table ? répéta John. Mes amis et moi travaillons sur ce scénario que nous écrivons.

Il se tourna vers Annie.

— C'est sur un groupe de garçons qui doivent sauver le monde contre une race d'extraterrestres qui veut prendre le contrôle et asservir tous les humains.

— Tu peux y aller, dit Fletch en gloussant.

— Je pense que vous devriez prendre une fille dans votre groupe, suggéra Annie à son frère.

John tira la langue à sa sœur.

— Pourquoi ferions-nous ça ? Les filles, c'est pénible.

Il repoussa ensuite sa chaise et disparut dans la cuisine avec son assiette.

— Et toi, Ethan ? demanda Emily. As-tu des plans pour ce soir ?

Ethan haussa les épaules.

— Je vais appeler ma petite amie, puis j'irai traîner avec Avi.

— Comment va-t-il ? demanda Annie.

Avi était le meilleur ami d'Ethan depuis qu'ils s'étaient rencontrés en seconde, quand il avait déménagé aux États-Unis depuis l'Inde. Il était littéralement la personne la plus intelligente que Frankie connaissait. Il avait été une très bonne influence sur Ethan, et ils étaient tous les deux aussi proches aujourd'hui qu'ils l'étaient au lycée.

— Il va bien, dit Ethan. Il passe un deuxième

Master pendant qu'il travaille sur son doctorat. Il a dit avoir besoin d'un défi.

Tout le monde rit.

— Ses parents essaient d'arranger son mariage avec des femmes indiennes depuis des années, et il les a combattus à chaque étape. Mais apparemment, il s'est bien entendu avec la dernière fille qu'ils lui ont présentée. Ça fait des semaines qu'il lui parle sur l'ordinateur chaque soir. Elle est toujours en Inde, et je pense qu'il est tombé amoureux, dit Ethan.

— C'est super. Quel est le problème ? demanda Emily.

Ethan haussa les épaules.

— Je pense qu'il résiste parce qu'il ne croit pas aux mariages arrangés, même s'ils sont encore très courants dans sa culture. Et ce n'est pas un secret que leurs parents ont parlé du mariage de leurs enfants.

— Veux-tu un conseil ? demanda Emily, sans laisser le temps à son fils d'acquiescer ou de refuser. Dis-lui d'oublier toutes ces bêtises. Si cette femme et lui ont des atomes crochus, la façon dont ils ont été présentés et la raison n'ont aucune importance. Ce n'est pas facile de trouver quelqu'un avec qui on s'entend bien, alors si c'est le cas, Avi devrait oublier les circonstances de leur rencontre et foncer.

Ethan sourit.

— C'est ce que je lui ai dit, moi aussi.

— Bien. Il vient à la fête demain, n'est-ce pas ? demanda Emily.

— Oui. Il a dit ne pas vouloir rater tes roulés à la saucisse.

Frankie éclata de rire, ainsi que le reste de la famille Fletcher. Avi était bien connu pour son amour des nourritures pour enfants américaines. Les nuggets au poulet, les frites, les chaussons de pizza frits, les bretzel dogs, les quesadillas, les bâtonnets de fromage panés, les macaronis au fromage, les Chex mix... même les s'mores. Il avait peut-être vingt-deux ans, mais il mangeait comme un gamin de huit ans. Et comme la mère d'Annie faisait de son mieux pour gâter tout le monde autour d'elle, Avi adorait venir chez eux.

— Tu passes la nuit chez lui ? demanda Fletch.

— Non. J'ai promis à John de relire son scénario demain matin. Je vais rentrer tôt, dit Ethan.

— C'est bon de t'avoir à la maison pendant un moment, fiston. Même si ce n'est pas aussi longtemps que nous l'aimerions, dit Fletch.

Le père et le fils échangèrent un sourire, puis Ethan repoussa sa chaise et partit à la cuisine.

— Regardez tous ces restes, soupira Emily. Je me souviens d'un temps où il était impossible de donner assez à manger à ces garçons. Ils dévoraient presque la maison elle-même. Et maintenant ils touchent à peine à leur dîner avant de partir traîner avec leurs amis ou de faire quelque chose de plus intéressant que de tenir compagnie à leurs parents.

Fletch tendit le bras et attira sa femme plus près de lui, l'embrassant sur le front.

— Peut-être que si tu n'avais pas fait quatre tonnes de nourriture, ils auraient pu laisser moins de restes, la taquina-t-il.

— Enfin, bref, dit Emily en levant les yeux au ciel.

Frankie admirait la relation des parents d'Annie. Il était évident qu'ils étaient entièrement dévoués l'un à l'autre et tout aussi amoureux aujourd'hui que quand ils s'étaient rencontrés plus de vingt ans auparavant.

— Veux-tu m'aider à tout ranger, Annie ? demanda Emily à sa fille.

— Bien sûr.

— Merci. J'ai aussi besoin de finir le glaçage du gâteau de Doug et je dois mettre d'autres cookies au four.

— Comment ai-je deviné que j'allais être embauchée pour t'aider ? dit Annie en riant.

— Parce que tu me connais, répondit Emily avec un sourire.

Annie se tourna vers Frankie.

— Est-ce que ça ira ?

Avant qu'il ne puisse la rassurer en disant que bien sûr, tout allait bien, Fletch prit la parole.

— Que penses-tu que je vais lui faire, mon lutin ? Lui faire faire des pompes dans le jardin ? Le conduire au camp et le forcer à faire la course d'obstacles ? Bon sang, lâche un peu ton vieux père.

Annie gloussa et s'approcha de Fletch. Elle se pencha et l'embrassa sur la joue.

— Bien sûr que non. Mais ça ne te gênerait pas de le faire asseoir et de l'interroger au sujet du nouveau système de sécurité que nous avons installé il y a quelques mois. Tu sais, histoire de t'assurer qu'il est *acceptable*.

— Il l'est ? demanda Fletch en levant les sourcils.

Annie leva les yeux au ciel et elle ressembla tellement à sa mère que cela fit sourire Frankie.

Emily Fletcher était une très belle femme. Si Annie vieillissait ne serait-ce que moitié aussi bien que sa mère, Frankie aurait de la chance. Mais étrangement, il se moquait de l'apparence d'Annie, il espérait simplement qu'elle ne perde jamais son culot. Elle était fière de qui elle était et se moquait de ne pas correspondre à l'image que les gens se faisaient de l'apparence et des agissements normaux pour une femme. Elle n'avait pas peur de se salir, de poser un million de questions quand elle voulait mieux comprendre quelque chose, portait rarement des chaussures à talons, et préférait passer son temps libre à marcher en transpirant dans la jungle plutôt que de rester allongée près d'une piscine ou sur la plage en se faisant bronzer.

Annie n'avait jamais accordé de crédit à son apparence. Elle avait dit plus d'une fois que les gens pouvaient l'apprécier pour ce qu'elle était à l'intérieur, ou bien aller se faire voir. S'ils la méprisaient parce qu'elle ne portait pas de maquillage ou qu'elle préférait les tee-shirts trop grands et les vieux jeans troués, alors elle n'avait pas envie de les connaître. Même maintenant, ses cheveux châtain clair qui tombaient sur ses épaules étaient tout ébouriffés parce qu'elle avait rampé sous la terrasse de la maison avant le dîner, juste pour jeter un coup d'œil à la portée de chatons d'une chatte errante.

Frankie aimait tout chez cette femme, y compris son attitude positive sur la vie, et la façon dont elle agissait souvent avant de vraiment réfléchir à ce qu'elle faisait. Il avait très peur pour elle parfois, mais elle était simplement ainsi.

— Bien sûr que notre sécurité est à la pointe, dit Annie à son père. Tex nous a recommandé ce système, alors tu sais que c'est ce qu'il y a de mieux.

Fletch se contenta de sourire.

— Sois gentil, papa, prévint Annie.

Elle se dirigea ensuite vers l'endroit où Frankie était toujours assis. Elle se pencha en avant et l'embrassa sur les lèvres. Pendant des années, cela lui avait fait bizarre d'embrasser Annie devant son père, étant donné son gros facteur d'intimidation. Quand il n'avait jamais sorti une arme ou menacé de le tuer, Frankie avait fini par relâcher son moratoire pour embrasser ou toucher Annie devant Fletch.

— Je t'aime, dit Frankie.

— Je t'aime aussi, répéta Annie, puis elle attrapa autant de plats qu'elle pouvait en porter et en les plaçant en équilibre précaire, elle partit rejoindre sa mère à la cuisine.

— Et si nous allions dans mon bureau où nous serons plus à l'aise ? demanda Fletch.

Frankie hocha la tête. Il s'était attendu à cela depuis qu'il avait surpris Fletch en train d'observer Annie avec un air pensif. Il n'était pas étonné que cet homme ait immédiatement compris que quelque chose ennuyait sa fille. Annie était stressée à l'idée de quitter l'armée ou pas, et Frankie savait qu'elle allait l'être jusqu'à ce qu'elle parle à son père et qu'elle entende elle-même que Fletch ne serait pas déçu si elle décidait de faire autre chose de sa vie.

Il se leva et commença à attraper les assiettes qui étaient encore sur la table, mais Fletch secoua la tête.

— Laisse-les.

Frankie fut surpris. Fletch insistait toujours sur le partage des tâches ménagères, et il avait entraîné ses enfants à faire de même. Il avait plus d'une fois entendu le père dire qu'Emily n'était pas leur bonne et que ses enfants devaient apprendre à être autonomes, car leurs parents n'allaient pas être là pour nettoyer derrière eux pendant le reste de leur vie.

En remarquant l'hésitation de Frankie, Fletch expliqua :

— Em va faire de son mieux pour occuper Annie afin que nous puissions parler, mais je connais ma fille, elle va venir voir ce que nous faisons très vite, et j'aimerais bavarder sans qu'elle nous interrompe.

Frankie hocha la tête et suivit Fletch à travers le salon, dans le couloir, jusqu'à son bureau. Il connaissait cet homme depuis presque toute sa vie. Il l'avait rencontré pour la première fois quand il était encore au CP et que Cooper et Kiera l'avaient emmené visiter le Texas. C'était à ce moment-là qu'il était tombé amoureux d'Annie. Il avait eu de nombreuses conversations avec Fletch au cours des années, y compris celle où il avait demandé la permission d'épouser sa fille. Il n'avait pas du tout été aussi angoissé par cette conversation-là.

Il appréciait Fletch. Le respectait. Mais il était hors de question qu'il viole la confiance d'Annie. C'était elle qui devait parler à son père de ses sentiments changeants pour l'armée, et de ce qu'elle voulait faire dans l'avenir. Ce n'était pas la place de Frankie de partager ses pensées intimes. Il allait faire tout ce qu'il fallait pour elle, même énerver son père en ne disant rien sur ce qui perturbait sa fille. Mais il pouvait faire de son mieux pour préparer le terrain.

Dommage qu'il ne puisse pas faire semblant que son implant fonctionnait mal. Fletch connaissait la langue des signes aussi bien que sa fille. Frankie avait été stupéfait la première fois que son père lui avait parlé avec les mains. Apparemment, il avait vu les signes avant-coureurs de l'amour de sa fille pour Frankie, et une de ses priorités avait été de pouvoir communiquer avec lui.

On pouvait dire sans craindre de se tromper que

Frankie aimait tout chez Fletch. Il était protecteur, mais pas trop. Il était d'un grand soutien, dur mais juste, et le plus grand défenseur de sa famille. Il pouvait aussi être l'enfoiré le plus effrayant qui soit quand quelqu'un ou quelque chose menaçait ceux qu'il aimait. Il lui rappelait beaucoup Cooper, le parrain de Frankie.

Frankie s'assit sur un des gros fauteuils confortables de la pièce, pendant que Fletch s'installait dans l'autre. Il ne s'assit pas au grand bureau imposant dans le coin. Il n'essaya pas de se mettre dans une position supérieure à celle de Frankie.

— Je vais aller droit au but, commença Fletch. Quelque chose perturbe Annie. Et je ne parle pas de ses côtes presque guéries. Elle semble... déstabilisée. Elle sourit, elle rit, et elle dit tout ce qu'il faut, mais je vois bien qu'elle n'est pas entièrement elle-même. Est-elle stressée de partir en vacances ? Je sais combien elle aime son travail et déteste prendre du temps libre.

— Ce n'est pas à cause des vacances, dit Frankie avec sincérité. Je veux dire, je sais qu'elle n'est pas aussi enthousiaste que moi de partir en voilier, mais il lui tarde d'avoir quelques jours de congé. Sa dernière mission a été... dure.

C'était un euphémisme, mais Frankie ne savait pas comment le dire autrement.

Fletch gloussa, mais ce n'était pas un bruit d'amusement.

— C'était une merde sans nom, dit-il en secouant la tête.

Frankie ne fut pas surpris qu'il soit au courant de ce qui était arrivé. Il connaissait toujours plus de détails que Frankie sur les endroits où sa fille s'était rendue et ce qu'elle avait fait. C'était un avantage de son ancien travail. Mais cette fois, c'était l'impact de la mission dans le cœur et l'esprit d'Annie, plutôt que son corps, qui importait.

Fletch se pencha en avant et posa les coudes sur ses genoux.

— Comment se fait-il que vous ne vous soyez pas encore mariés ? demanda-t-il. Cela fait plus de deux ans que vous êtes fiancés, maintenant.

Frankie écarquilla les yeux. Il ne s'était pas attendu à cette question-là. Il pensait qu'il allait essayer de lui tirer les vers du nez sur ce qui perturbait Annie. Mais il aurait dû savoir que Fletch ne voulait pas parler de ça. Il avait été enthousiaste et heureux quand Frankie avait fait sa demande à sa fille. Il s'était attendu à ce qu'ils soient mariés, maintenant. Bon sang, Frankie lui-même s'était attendu à être marié maintenant.

— Elle n'est pas prête, dit simplement Frankie.

Fletch plissa les yeux.

— Tu ne dis pas ça pour te couvrir, hein ? Je veux dire, si tu as la trouille, admets-le, c'est tout.

Frankie se redressa et jeta un regard dur à Fletch.

— J'épouserais votre fille demain si elle me donnait le feu vert. Tout ce que j'ai toujours voulu, c'est être avec Annie. Je l'aime depuis plus de vingt ans. La trouille ?

Il secoua la tête avant d'ajouter :

— Jamais de la vie.

— Alors pourquoi ? Annie t'aime. Pourquoi attendez-vous ? demanda Fletch en fronçant les sourcils, perplexe.

Frankie soupira.

— Franchement ? Je n'en suis pas entièrement sûr. Mais quand je lui ai demandé de m'épouser, j'ai promis de ne lui mettre aucune pression. Quand elle sera prête, elle me le dira. Une alliance et un morceau de papier ne feront aucune différence dans l'amour que j'ai pour elle. Ça ne me fera pas agir différemment avec elle.

— Ça aidera sa carrière, dit Fletch sans détour.

Frankie se raidit. Il marchait sur des œufs au sujet de la carrière d'Annie dans l'armée, mais il ne pouvait pas laisser passer ce commentaire.

— L'armée a changé. Sans vouloir vous vexer, les officiers n'ont pas besoin d'être mariés pour être promus.

— Mais ça aide, insista Fletch. Écoute, je ne dis pas que je suis d'accord avec ça. Ce sont des conneries. Les attitudes ont changé, oui. Regarde Annie. Il y a vingt ans, elle n'aurait jamais pu être Béret Vert. Et avoir une femme aux commandes d'une équipe des Forces Spéciales ? C'était impossible. Mais elle a prouvé qu'elle savait gérer ça. Qu'elle est un atout et pas un boulet. Pour autant, il reste encore des gens qui pensent que les femmes devraient être à l'arrière-plan, qu'elles ne devraient pas avoir de poste élevé dans l'armée, et qu'elles doivent être mariées, pieds nus et enceintes. Je dis juste que... ça *pourrait* aider sa carrière si elle était mariée. Et vous deux, vous vous aimez, alors je ne comprends pas pourquoi vous n'avez pas encore franchi le pas.

— Je ferais n'importe quoi pour votre fille. Littéralement n'importe quoi. Vous le savez. Et si elle n'est pas prête à se marier, je n'ai pas l'intention de la forcer. Je veux être l'homme sur lequel elle peut compter. Qui la soutiendra et l'aimera sans condition. Ça ne me gêne pas d'être le mari qui reste à la maison. Ça ne me gêne pas qu'elle sauve le monde pendant que je reste à côté, ou même derrière elle. Ce qui ne me va pas, en revanche, c'est de la mettre dans une espèce de foutue boîte dans laquelle la société pense devoir la mettre. Le fait de ne pas être mariés ne signifie pas que je l'aime moins. Quand ce sera le bon moment, nous franchirons cette étape. Mais si ce n'est jamais le bon moment, ça ne me gêne pas non plus. Je n'ai pas l'intention de partir.

Fletch le fixa longuement et Frankie ne cligna même pas des paupières. Il n'était pas quelqu'un de très affirmé. N'aimait pas particulièrement la confrontation. Mais ça ne le gênait pas d'affronter quiconque remettait en question Annie ou ses décisions. Y compris son père.

Enfin, Fletch hocha la tête à contrecœur, laissant légèrement retomber ses épaules.

— C'est juste que je m'inquiète pour elle.

Frankie acquiesça.

— Je sais.

— Elle a toujours été du genre à se moquer des conséquences. Elle a fait ce qu'elle voulait, peu importe ce qu'en pensaient les autres. Cela lui a causé du tort une fois ou deux, mais en général ça n'a fait que la rendre plus forte. C'est une femme unique et je suis fichtrement fier d'elle.

— Elle a peur de vous décevoir, lâcha Frankie.

Il fronça les sourcils.

— Quoi ?

— Vous n'avez pas idée de l'opinion qu'elle a de vous. Vous avez été une influence incroyable sur sa vie et elle ne veut pas vous décevoir. Dans quelque domaine que ce soit.

Fletch ricana.

— C'est impossible. Elle ne pourrait jamais me décevoir. Elle peut prendre des décisions que je n'aurais pas prises, mais ça ne veut pas dire que ce ne sont pas les bonnes pour *elle*. Et même si je pensais qu'elle avait pris une mauvaise décision, je sais qu'elle apprendrait de son erreur, qu'elle en deviendrait une meilleure personne, une meilleure soldate et meneuse, sur le long terme. Est-ce par rapport au fait de se marier ? demanda-t-il, l'air perplexe à nouveau.

— Non.

Les deux hommes se fixèrent longuement. Puis Fletch hocha la tête.

— D'accord. Apparemment, je dois avoir une discussion avec ma petite fille.

— Oui, je le pense aussi, acquiesça Frankie.

Fletch inclina la tête en l'examinant.

— Je ne sais pas si je t'ai déjà dit ça, mais tu es vraiment quelqu'un de bien, Frankie. Quand Annie nous a dit qu'elle allait t'épouser un jour, j'étais sûr qu'elle allait finir par grandir et changer. Je ne pouvais pas comprendre qu'elle pense cela alors qu'elle n'avait que sept ans. Mais à mesure qu'Emily et moi avons appris à te connaître et vu comme tu es dévoué envers elle, nous avons compris que vous étiez absolument parfaits l'un pour l'autre. J'apprécie les sacrifices que tu as faits pour la soutenir...

— Je n'ai fait aucun sacrifice, l'interrompit Frankie. Pas un seul. J'aurais déménagé dans une nouvelle ville chaque année de ma vie pour être avec elle. Aucun travail n'est plus important qu'Annie. Rien ne l'est.

— Tu vois ? C'est de ça que je parle, dit Fletch. Tout ce que je veux pour mes enfants, c'est de trouver quelqu'un qui les aime autant que j'aime mon Emily. Et vous deux, vous avez un lien qui ne peut pas être expliqué. C'est comme si vous étiez faits l'un pour l'autre depuis votre conception. Je ne peux pas l'expliquer autrement.

Frankie aimait cette idée. Non, il l'adorait.

— Quoi qu'il en soit, je te considère comme un de

mes fils, Frankie. Même si Annie et toi vous ne vous mariez jamais, tu feras toujours partie de ma famille. J'espère que si tu as un jour besoin de quoi que ce soit, tu n'hésiteras pas à venir me le demander. Je sais que ton père pense la même chose, tout comme Cooper… alors je veux simplement que tu saches que je suis là, avec eux.

— Merci, dit Frankie doucement.

Il avait toujours été un peu intimidé par le père d'Annie et ses oncles non officiels. Ils étaient hors du commun. Forts. Des durs. Il ne leur ressemblait pas du tout, sauf sur un point. Le plus important.

Il ferait tout ce qu'il fallait pour qu'Annie soit en sécurité.

Son manque d'audition ne le rendait pas moins intelligent que les autres. Ça ne le rendait pas moins capable. Mais aux yeux de beaucoup d'autres, ça le rendait faible ou bizarre. Moins qu'un homme.

Annie avait été la première personne dans sa vie, en dehors de son père, à le traiter comme s'il était entier. Sa surdité ne l'avait pas repoussée ni créé un malaise entre eux. Son enthousiasme et sa totale acceptation faisaient partie des nombreuses qualités qui avaient fait en sorte qu'il tombe si vite amoureux d'elle. Même à sept ans, Frankie avait su reconnaître quelque chose de bien quand il le voyait. Et il était assez malin pour savoir qu'il voulait la garder pour toujours.

— Puis-je te demander de retourner à la cuisine et

d'en jeter ma fille pour que je puisse discuter avec elle ? demanda Fletch.

— Bien sûr, répondit Frankie. Je sais que je n'ai pas besoin de dire ça, mais je vais le faire quand même. Ne soyez pas trop dur. Ceci pourrait être la discussion la plus importante de toute la vie de votre fille.

Au lieu de l'ignorer, Fletch hocha la tête.

— C'est terrible à ce point ?

— Ce n'est pas terrible, dit Frankie. C'est juste qu'elle vous aime et vous admire, et que vous avez le pouvoir de l'anéantir si elle n'a pas votre soutien.

Fletch soupira.

— Je préfère me couper le bras plutôt que de faire quoi que ce soit qui blesse ma petite fille.

— Elle n'a plus dix ans, le prévint Frankie.

— Je le sais. Crois-moi, je le sais. Tu es sûr de ne pas pouvoir me donner un indice ? demanda Fletch, plein d'espoir.

— J'en ai sans doute déjà trop dit, expliqua Frankie. Et pour info : je lui ai dit qu'elle n'avait pas à s'inquiéter et que vous ne seriez pas déçu par elle. S'il vous plaît, ne me faites pas mentir. Je détesterais devoir passer mes vacances à ramasser les morceaux de son cœur brisé.

Fletch hocha la tête et Frankie se leva.

— Je vais aller la chercher.

— Frankie ?

Il se tourna vers la porte du bureau et regarda Fletch.

— Oui ?

— Elle me mène par le bout du nez. Je ne la décevrai pas. Et toi non plus.

Frankie hocha le menton et Fletch l'imita. En se dirigeant vers la cuisine, il ne put s'empêcher de se souvenir du jour où Cooper lui avait appris ce geste du menton. Il avait dit que c'était un salut secret pour les hommes. Il s'était senti si adulte et mûr, et au cours des vingt dernières années, le geste était devenu comme une seconde nature.

Il était parfois surpris d'avoir été si facilement accepté par Cooper et ses amis SEALs. Ou de s'entendre si bien avec le père d'Annie et ses coéquipiers Delta. Il ne leur ressemblait pas, et pourtant ils l'avaient accueilli sans ciller. Frankie savait que c'était en grande partie grâce à Annie, mais c'était quand même agréable. Comme s'il n'était pas aussi ringard ou bizarre qu'il en avait eu l'impression.

Il entra dans la cuisine et Annie se tourna pour le regarder.

— Hé, ton père espère avoir une discussion avec toi, lui dit Frankie.

Annie eut un air paniqué pendant un instant, puis elle le cacha vite.

Frankie ne pouvait pas rester à l'écart, même s'il l'avait voulu. Il s'avança vers elle et lui prit la cuillère et le flacon d'extrait de vanille des mains avant de la tirer hors de la pièce.

— Je reviens tout de suite, madame Fletcher. Je peux vous aider avec les cookies.

— Je ne suis pas pressée, Frankie ! dit Emily avec un sourire. Prends ton temps.

Frankie entraîna Annie dans le couloir qui menait au bureau de son père. Puis il s'arrêta et posa les mains sur son visage.

— Respire, mon amour, ordonna-t-il.

Annie lui attrapa les poignets.

— Que lui as-tu dit ? demanda-t-elle nerveusement.

— Rien.

Elle fronça les sourcils.

— Pourquoi pas ?

Frankie écarquilla les yeux.

— Parce que je ne veux pas briser ta confiance.

— Ça aurait été plus facile, si tu l'avais fait, soupira-t-elle.

Il fronça les sourcils. Merde. Aurait-il dû prévenir Fletch, finalement ?

Non. Il faisait confiance au père d'Annie, même si elle ne ressentait pas ça en ce moment. Il était compréhensible qu'elle soit angoissée, mais il était certain que Fletch agirait bien avec sa fille. Il allait la soutenir sans condition.

Frankie se pencha en avant et embrassa le front d'Annie. Puis il la serra contre lui. Il ne faisait que quelques centimètres de plus qu'elle, et elle était parfaitement adaptée à sa taille. Après l'avoir doucement serrée contre lui, toujours conscient que même si ses côtes avaient presque entièrement guéri, elles lui faisaient mal si elle bougeait trop vite, Frankie la reposa en arrière. Il plaça les mains sur ses épaules.

— Il s'agit de ton père, lui rappela-t-il. Il t'aime. Tout ira bien. Dis-lui simplement ce que tu m'as dit. Il va comprendre.

— Je l'espère, angoissa-t-elle.

— J'en suis sûr, dit Frankie d'un ton assuré. Maintenant, dois-je réparer tes dégâts dans la cuisine ?

Annie leva les yeux au ciel et lui donna une tape sur l'épaule, comme il s'y était attendu.

— J'ai fait exactement ce que ma mère m'a dit de faire. Je ne voulais pas prendre le risque de gâcher ses précieux cookies.

— Tu as bien fait.

Son Annie était très douée dans l'armée, mais elle ne savait absolument pas cuisiner. Ce n'était pas un problème, Frankie le pouvait. C'était encore une autre façon dont ils se complétaient parfaitement.

Il s'écarta et parla en utilisant la langue des signes. *C'est une bonne chose que ton père nous ait mis dans la maison pour les invités. Je ne pense pas qu'il aurait approuvé les choses que je veux faire à sa fille sous son propre toit.*

Annie gloussa, comme Frankie l'avait espéré. Elle répondit : *Je pense qu'il devrait davantage s'inquiéter des choses que je veux te faire.*

Frankie secoua la tête. Bon sang, il aimait cette

femme. *Vas-y. Parle à ton père. Vous vous sentirez mieux tous les deux. Si je ne suis pas dans la cuisine quand tu as fini, je t'attendrai dans notre chambre. Je t'aime.*

Je t'aime aussi, répondit Annie avec les mains. Ensuite, elle se colla contre lui, l'embrassa avec force, puis se tourna pour se diriger vers le bureau de son père. Les épaules droites et le menton levé.

Frankie eut envie de lui dire qu'elle n'était pas obligée de se raidir pour parler à son père, mais il pensa qu'elle allait vite s'en rendre compte. Même s'il s'inquiétait de la tournure qu'allait prendre la conversation, Frankie savait que Fletch allait réagir exactement comme il le fallait avec sa fille. Il l'aimait et il voulait ce qu'il y avait de mieux pour elle. Annie ne pouvait pas le décevoir. C'était impossible.

CHAPITRE SIX

Annie repoussa ses émotions au fond d'elle. C'était ce qu'elle faisait quand elle partait au combat et même si ce n'était pas tout à fait pareil, elle ne pouvait s'empêcher de vouloir se protéger. Elle ne pensait pas que son père allait être contrarié parce qu'elle songeait à quitter l'armée, mais une petite part d'elle n'était pas certaine à cent pour cent.

Cormac Fletcher était un militaire de carrière du bout des orteils jusqu'au sommet de la tête. Il vivait pour l'armée et il était à la fois respecté et vénéré dans les cercles de

la Delta Force. C'était le cas de tous ses coéquipiers. Ils avaient mérité leur réputation.

Mais pour Annie, il était son Papa Fletch. C'était l'homme qui avait littéralement sauvé sa vie et celle de sa mère. C'était lui qui lui avait affirmé qu'elle pouvait être qui elle voulait, faire tout ce qu'elle voulait. Il l'avait encouragée et poussée à être la meilleure soldate et officière possible.

Elle ne voulait surtout pas le décevoir. Lui donner l'impression qu'elle n'appréciait pas tout ce qu'il avait fait pour elle. Sans ses encouragements, elle n'aurait jamais pu arriver là où elle était aujourd'hui. Et maintenant, elle allait lui dire qu'il était possible qu'elle quitte l'armée. Qu'elle ne savait plus si c'était ce qu'elle voulait.

Mon Dieu. Elle ne pouvait pas faire ça.

La porte du bureau s'ouvrit juste au moment où Annie fut sur le point de s'enfuir dans le couloir. Son père semblait toujours avoir un sixième sens pour savoir où elle était. L'unique fois où elle avait essayé de se faufiler hors de la maison au lycée, il l'avait prise sur le fait alors qu'elle n'avait fait aucun bruit. C'était assez mystérieux, mais c'était son père.

— Salut, dit-elle d'une petite voix.

— Hé, mon lutin. Je n'ai pas entendu d'explosion, alors tu ne dois pas avoir fait sauter la cuisine, la taquina Fletch.

— N'importe quoi, papa, dit-elle en levant les yeux au ciel.

Fletch lui prit la main et la fit entrer doucement dans son bureau en fermant la porte derrière eux. Il la conduisit vers le canapé en cuir et quand elle fut installée, il s'assit juste à côté d'elle. Il continua à lui tenir la main, et cela réconforta Annie. Fletch avait toujours semblé capable de faire ça pour elle. Sa présence suffisait à faire disparaître ses problèmes.

— C'est bon de te voir. Tu n'es pas venue à la maison depuis trop longtemps, dit Fletch.

— Je sais. Ça a été la folie au travail. Une mission après l'autre.

— Je suis content que tu aies pu faire approuver ta permission.

— Moi aussi. Mais c'était assez facile, puisqu'il manque beaucoup de monde dans l'équipe en ce moment. Il faudra du temps pour que l'armée fasse arriver les nouveaux, et les mette au niveau. Je serai bien occupée en rentrant, à les entraîner et à leur apprendre comment opère notre équipe, mais pour l'instant, je vais profiter des congés.

— Tex m'a envoyé une vidéo de ton saut dans l'hélicoptère. C'est assez impressionnant, mon lutin.

Annie grimaça. Connaître quelqu'un qui avait un énorme réseau de connaissances était utile, mais parfois, c'était vraiment pénible. Désormais, la plupart des soldats portaient des caméras pour se protéger contre les plaintes de brutalité, ainsi que pour protéger les civils d'une force excessive utilisée par les militaires qui entraient dans leur pays. Elle n'y avait pas beaucoup réfléchi, mais elle n'était pas surprise que les hommes dans l'hélicoptère aient filmé son saut trompe-la-mort. Et que Tex avait réussi à mettre la main sur l'enregistrement et l'avait partagé avec son père.

— Comment vont tes côtes ? demanda-t-il quand elle ne répondit pas tout de suite.

— Elles vont bien.

— Veux-tu en parler ? demanda Fletch. La situation avait l'air assez intense.

— Pas vraiment. Ça n'aurait jamais dû arriver. On nous a tendu une embuscade et par la grâce de Dieu, nous nous en sommes tous sortis en vie, expliqua Annie succinctement, résumant les heures horribles pendant lesquelles ses coéquipiers et elle avaient été coincés par le feu ennemi.

Elle ne voulait pas parler du fait qu'elle avait pensé un moment ne plus jamais revoir Frankie ou sa famille.

— Puis-je te demander quelque chose, papa ?

— Tu peux me demander tout ce que tu veux, confirma Fletcher.

Annie résista à l'envie de lever encore les yeux au ciel. Elle savait qu'elle pouvait *demander* n'importe quoi, mais savoir s'il allait répondre était un coup de poker. Au fil des ans, elle avait essayé d'obtenir des détails sur ses missions, mais il était resté fidèle à sa promesse envers l'armée et son équipe Delta, gardant le secret de tout ce qu'ils faisaient, même pour sa famille.

— Comment as-tu pu rester ici au Texas si longtemps ? Je veux dire, l'armée n'est pas connue pour laisser ses soldats rester dans une même base pendant plus de deux ou trois ans. Ton équipe et toi êtes restés ici pendant des années avant de partir à la retraite.

Fletch hocha la tête.

— Oui, nous avons eu de la chance. Nous avons conclu un marché avec l'armée.

— Un marché ?

— Oui. Nous avons dit que nous resterions engagés pendant vingt-cinq ans si nous pouvions garder Fort Hood comme base.

— Sérieusement ? C'est tout ?

Son père sembla mal à l'aise un instant.

— Eh bien, pas exactement.

— Laisse-moi deviner, Tex vous a aidé, dit Annie en riant.

Fletch sourit.

— Oui, c'est vrai. Mais pour être honnête, ils étaient en manque d'équipes à l'époque. L'armée voulait désespérément garder les Delta. Nous avons eu de la chance et nous le savons.

Annie hocha la tête et regarda ses doigts croisés sur ses genoux.

— Tu as été déplacée assez souvent, dit Fletch. Que pense Frankie de tout ça ?

— Tu le connais. Il ne se plaint pas. Mais c'est devenu lassant pour moi, avoua Annie.

En sachant que c'était maintenant ou jamais, elle plongea la tête la première.

— Quand j'ai rejoint l'armée, je pensais que ça allait être pour la vie, comme toi. Je pensais que j'allais me lier à mon équipe comme tu l'as fait avec la tienne, et que nous allions être cette unité groupée et proche.

Mais il y a eu tant d'hommes qui sont entrés et sortis de mon équipe, que je ne me souviens même pas de tous leurs noms. Ils sont tous plutôt jeunes, et je n'ai pas eu l'impression d'avoir grand-chose en commun avec eux. Ils m'ont tous plu, mais mon rang en tant qu'officière nous a empêchés de nous connaître très bien... de fraterniser et tout ça.

— Le lien que j'ai avec Ghost, Hollywood et les autres est spécial. Unique, précisa Fletch.

— Je sais. Mais j'espérais encore trouver ça, moi aussi. À la place, entre deux missions, Frankie et moi restons à la maison entre nous. Ne te méprends pas, j'adore être avec Frankie, et c'est avec lui que je préfère passer du temps, mais je suppose que je m'étais imaginée sortir au bar ou passer du temps dans les maisons de mes coéquipiers... comme vous le faisiez quand j'étais petite.

Elle marqua une pause.

Fletch couvrit les doigts de sa fille avec ses grandes mains.

— Quoi d'autre ?

Annie le regarda.

— Quoi d'autre *quoi* ?

— À quoi d'autre penses-tu ? Il est évident que ça te pèse. Raconte-moi tout. Tu as toujours été capable de me parler dans le passé, rien n'a changé. Je suis derrière toi, mon lutin.

C'était vrai. Annie le savait. Mais elle n'avait pas encore atteint la partie difficile.

— Je veux épouser Frankie. Il est tout ce que j'ai toujours voulu. Mais j'ai toujours l'impression qu'il y a autre chose à faire. Je sais que maman aimerait un énorme mariage, comme le sien, et juste au moment où je pense être prête à lui en parler, je suis déployée.

— Tu le repousses peut-être parce que tu n'es pas certaine de le vouloir vraiment, suggéra Fletch.

— Non ! s'exclama Annie avec force. J'aime Frankie, papa. Il est ce qui m'est arrivé de mieux dans la vie… mais je ne peux pas m'empêcher de penser qu'il mérite *mieux.* Il est intelligent, et il pourrait utiliser son diplôme d'ingénieur dans une entreprise à la pointe quelque part, mais à la place il me suit partout dans le pays en gagnant un tiers de ce qu'il pourrait gagner avec son travail de conseiller pour les vétérans. Je l'empêche d'avancer et j'ai l'impression que je vais rentrer de mon déploiement un jour et qu'il me dira qu'il en a assez. Qu'il ne peut plus supporter le style de vie de l'armée.

— Ce garçon t'aime depuis aussi longtemps que tu l'aimes, la réprimanda Fletch doucement. Je vois la même chose dans tes yeux quand il te regarde que ce que je ressens quand je regarde ta mère. Il ne partira pas. Et je suis presque à cent pour cent certain qu'il se moque de ce qu'il fait pour gagner sa vie, tant qu'il peut être avec toi. Vous avez tous les deux trouvé ça très difficile d'étudier sans être ensemble. Je suis fier de vous deux. Peu de relations durent aussi longtemps que la vôtre.

— Merci, papa, dit Annie.

— J'ai l'impression que ce n'est pas vraiment ce qui t'ennuie, dit Fletch.

Et voilà. C'était le moment.

— Effectivement, acquiesça Annie.

Elle inspira profondément et regarda son père.

— J'envisage de quitter l'armée.

Aucune émotion ne passa sur le visage de Fletch.

— Pourquoi ?

Annie soupira.

— Pour beaucoup de raisons. Certainement à cause des choses dont nous avons déjà parlé. Mais j'ai eu une sorte d'épiphanie sur le flanc de cette montagne, papa. Du regret. De la colère envers l'armée parce qu'elle m'éloigne si souvent de Frankie. J'ai commencé à me demander si tous mes sacrifices en valaient la peine. Et je déteste avoir ressenti ça. Je le ressens encore. Tout ce que j'ai toujours voulu faire, c'était être dans l'armée. Dans les Forces Spéciales. Je ne supporte pas l'idée de décevoir qui que ce soit. De *te* décevoir.

— Oh, lutin. Tu ne m'as pas déçu une seule fois de ma vie. Pas une seule fois. Peu importe si tu démissionnes et que tu décides de devenir une artiste de rue et de faire la manche. Je suis fier de toi, quoi que tu fasses.

Annie ne put empêcher ses larmes de couler.

— J'ai vu ton visage chaque fois que j'ai eu une promotion. Quand j'ai réussi mon entraînement de

Béret Vert et que je suis entrée dans les équipes. Et quand on m'a placée à la tête de ma propre unité. Tu ne peux pas le nier.

— Je ne le peux pas, et je ne le veux pas. Je suis fier de tout ce que tu as accompli. Tu es une femme incroyable, une soldate incroyable. Mais ça ne veut pas dire que je ne serais pas fier de toi si tu démissionnes et que tu fais autre chose. Être parent, c'est soutenir les enfants quoi qu'ils fassent dans la vie. Je ne comprends peut-être pas toujours tes décisions, ou bien je ne suis pas toujours d'accord, mais ce ne sont pas *mes* décisions à prendre.

— Alors, tu n'es pas d'accord si je veux quitter l'armée ? demanda Annie, l'estomac serré par l'angoisse.

— Ce n'est pas ce que j'ai dit. Regarde-moi, lutin.

Annie fit ce que demandait son père, le regardant droit dans les yeux.

— Tu n'es pas moi. Je ne suis pas toi. Tu dois faire ton propre chemin dans le monde. Je sais que si tu quittes l'armée, c'est *eux* qui perdent quelque chose. Tu es une officière incroyable. Tu te soucies de ton équipe plus que la plupart des soldats. Tu as donné cent pour cent de ton temps et de tes efforts au cours des six dernières années pour être le meilleur Béret Vert que tu peux être. Mais je ne voudrais jamais que tu continues à faire quelque chose si le cœur n'y est pas. C'est le meilleur moyen d'être blessée ou tuée, particulièrement dans ta profession. Tu as vingt-sept ans, lutin, pas sept — même si je déteste l'admettre, parce que ça me rend encore plus vieux — et ta mère et moi nous t'avons élevée pour que tu sois intelligente et indépendante. Pour que tu puisses prendre tes propres décisions. Si tu veux savoir la vérité, une part de moi est ravie que tu envisages de sortir de l'armée.

Annie le regarda bouche bée.

— Sérieusement ?

— Bien sûr. Tu oublies que je sais exactement ce que tu fais. J'ai un point de vue différent de la plupart des gens. J'ai vu cette vidéo que Tex m'a envoyée, et même si je n'ai pas vu les heures qui précèdent le moment où tu as sauté dans cet hélicoptère, je peux imaginer l'enfer que tu as vécu. Parce que je suis ton père, je suis soulagé à l'idée que tu ne te retrouves plus dans cette position. Je n'aime pas que des gens tirent sur ma petite fille. Qu'ils essaient de tuer mon lutin.

Annie fut si soulagée qu'elle ferma les yeux.

— Mais... tu dois être certaine de ta décision.

Annie ouvrit les yeux et regarda son père.

— Une fois que tu décides de partir, c'est fini. Tu ne pourras plus y retourner. Il y a beaucoup d'avantages à être dans l'armée. L'assurance-maladie, le logement, l'assurance-vie, la sécurité de l'emploi, la retraite... pour en nommer quelques-uns. Le regret est un sentiment difficile à gérer. Je ne veux surtout pas que tu décides de partir, puis que tu regrettes ta décision plus tard. Tu ne peux pas revenir en arrière quand tu démissionnes, Annie. Tu dois donc être à cent pour cent sûre de toi avant de décider.

Il avait raison, Annie le savait, mais c'était néanmoins difficile à entendre.

— As-tu déjà douté de ton choix ?

— Oui.

Annie ne put s'empêcher d'être encore surprise. Fletch était un de ces hommes nés pour être soldat. C'était sa vie.

— Ce n'est pas une vie facile, lui dit-il. Tu le sais aussi bien que moi. Mais j'ai adoré être un Delta. Je ne voyais pas d'autre travail en dehors de l'armée qui me satisfasse autant que celui de soldat. Aimais-je tout dans ce travail ? Non, bien sûr que non. Mais j'ai accepté de supporter les choses que je n'aimais pas pour continuer à faire ce que j'aimais. Ce pour quoi je suis fait.

Il inspira avant de poursuivre :

— Depuis aussi longtemps que je te connais, tu as été attirée par la vie dans l'armée. Depuis les courses d'obstacles que tu faisais, jusqu'aux soldats en plastique que tu jetais de ton panier à fleurs lors du mariage de ta mère et moi. Crapahuter dans la boue a toujours été plus attirant pour toi que les déguisements et le maquillage. Tu as travaillé comme une folle pour arriver là où tu en es, alors je veux juste que tu tiennes compte de tout et que tu sois sûre de ton choix, lutin.

Annie hocha la tête, prise d'une légère nausée. Son père lui donnait de bons conseils, mais elle avait toujours l'impression de le décevoir en songeant à quitter l'armée... ce qui était nul. Elle savait que c'était moins lié à ce qu'il disait qu'à sa propre incertitude. Ce qui n'était pas quelque chose que son père pouvait régler.

Il tendit le bras.

— Viens là, ordonna-t-il gentiment.

Annie se blottit contre son père, se moquant de ne plus avoir sept ans. Elle aimait et respectait cet homme de toutes ses forces. C'était lui qui lui avait appris ce qu'était l'amour. Comment un homme devait traiter une femme. Il avait mis la barre extrêmement haut, mais Frankie passait au-dessus sans problème.

— Que penses-tu vouloir faire... si tu sors de l'armée, je veux dire ? demanda Fletch en lui caressant les cheveux et en la serrant contre lui.

— Je pensais à faire médecine.

Fletch rit.

— Il n'y a que toi pour t'inquiéter de me décevoir parce que tu quittes l'armée pour devenir médecin.

Annie leva la tête.

— Sauf que tu aimes l'armée.

— Tout comme toi. Ça ne signifie pas que tu es obligée d'y faire ta carrière juste parce que je l'ai fait. Quelle spécialité envisages-tu ?

— Je pensais à la traumatologie. Il y a quelque chose d'extrêmement satisfaisant dans le fait de pouvoir aider quelqu'un qui a subi une blessure critique, ou qui est sur le point de mourir, et de le ramener. De le guérir. Je sais mieux que d'autres que ça ne finit pas toujours bien, mais j'aime le défi. En outre, m'imagines-tu être pédiatre ? Ou podologue ?

Son père gloussa.

— Non. Si tu choisis cette voie, tu seras un atout pour n'importe quelle salle des urgences où tu finiras, dit-il sans le moindre doute.

Annie scruta son père.

— Es-tu certain que Frankie ne t'a pas donné un indice de ce dont je voulais te parler ?

— Absolument. Je *voulais* qu'il le fasse. Je lui ai donné de nombreuses occasions de cracher le morceau. Mais cet homme est complètement loyal envers toi, lutin.

Annie eut l'impression que son cœur s'agrandissait. Il était effectivement entièrement loyal. Elle le savait. Frankie était incapable de tromper sa confiance ou de la trahir. Jamais.

— L'École de Médecine ne va pas être facile, murmura Annie.

— Alors que devenir Béret Vert, ça l'était ? demanda Fletch en levant un sourcil.

Ce fut au tour d'Annie de rire.

— Non, mais je finirai tard et il faudra que j'étudie beaucoup. Je ne suis pas certaine que ce soit juste pour Frankie. Il m'a déjà soutenue pendant que j'étais dans l'armée, et je déteste lui faire ça aussi.

— Lui faire quoi ? demanda Fletch. Selon moi, il sera ravi. Tu seras beaucoup plus souvent à la maison que maintenant, et en bonus, tu seras bien plus en sécurité. Si ça te gêne, pourquoi ne lui demandes-tu pas où il souhaite travailler ? S'il pouvait être engagé n'importe où, s'il pouvait avoir n'importe quel travail au monde, que voudrait-il faire et où ? Ensuite, tu trouves une École de Médecine près du lieu de ses rêves.

Annie hocha la tête et essuya les larmes de ses joues.

— C'est une très bonne idée.

— Je sais, répondit Fletch d'un air satisfait. Et je le dis juste comme ça, mais il y a de très bons emplois d'ingénieur ici au Texas, ainsi que des hôpitaux pour les vétérans. Et l'université du Texas, A & M, Baylor, Texas Tech… sont tous par ici aussi et ils ont de très bons cours de médecine.

Annie secoua la tête en regardant son père.

— Je pensais qu'il fallait que je demande à Frankie où *il* voulait travailler.

— C'est ce que j'ai dit. Mais ça ne signifie pas que tu ne peux pas l'orienter. J'aimerais beaucoup que tu sois plus près de nous, lutin. Tu as beaucoup manqué à ta mère et moi. Tout comme à tes frères.

— Alors tu penses que je devrais le faire ? Quitter l'armée et faire des études de médecine ?

— Je ne peux pas prendre cette décision pour toi, Annie.

— Zut, maugréa-t-elle.

Fletch rit.

— Je ne peux nier que ce serait incroyable de

t'avoir plus près de moi, mais le fait que tu marches sur mes traces est un rêve devenu réalité pour moi. Tu dois faire ton choix d'après ce que tu veux, lutin. Pas moi. Ni ta mère. Ni qui que ce soit d'autre... sauf peut-être Frankie.

Annie détestait ça. Elle avait espéré que parler à Fletch allait l'aider à décider. Qu'il allait soit lui dire qu'elle était folle de penser à quitter l'armée, soit que c'était la bonne décision de partir. À la place, il avait soulevé de bons arguments pour rester et pour partir. Et même si elle avait compris qu'elle devait prendre la décision pour elle-même, si elle partait... elle avait l'impression de tourner le dos à la profession que son père aimait du plus profond de son être.

— Vous aussi, vous m'avez tous manqué, dit Annie après une longue pause. Papa ?

— Oui ?

— Merci d'être un si bon modèle pour moi. Quand maman et toi vous vous êtes mariés, tu n'as pas hésité à endosser le rôle de père, et je n'aurais pas pu trouver de meilleur homme pour nous montrer ce que ça signifiait d'être aimé.

— Tu es très aimée, dit Fletch dont la voix se brisa. Je suis extrêmement fier de toi, Ann Elizabeth Grant Fletcher.

Elle rit.

— Les seules personnes qui m'appellent Ann, et je ne parle même pas de l'utilisation de mon deuxième prénom, c'est maman quand elle est contrariée, et les gens du travail.

— Oui, tu seras toujours Annie pour moi. Mais sérieusement, tu étais une gamine intelligente et curieuse, je savais que tu allais soit devenir la meilleure criminelle au monde, soit faire des choses nobles.

Annie rit encore.

— Et tu n'as pas laissé mes idiots d'amis te gâter excessivement, dit Fletch. Je te jure, chaque fois que je tournais le dos, quelqu'un te construisait un tank, ou bien te conduisait au camp d'entraînement pour te faire faire la course d'obstacles, ou t'achetait un jouet militaire ou un uniforme.

Annie sourit en se souvenant de son enfance heureuse.

— Seront-ils tous là demain ?

— Si par « tous » tu parles de Ghost, Coach, Hollywood, Beatle, Blade, Truck, Trigger, Lefty, Brain, Oz, Lucky, Doc et Grover... oui.

Annie rayonna.

— Tous ? Et leurs épouses aussi ?

— Oui... et d'après ce que j'ai entendu, beaucoup des enfants aussi. Tu sais que personne ne résiste à faire la fête.

— Bon sang, ça fait si longtemps que je n'ai pas vu les cousins, dit Annie avec nostalgie.

Les enfants des amis de son père n'étaient pas vraiment des cousins, mais parce que tout le monde était si proche, ils auraient pu l'être.

— Eh bien, tu les verras demain. Tout le monde grandit si vite. Les jumeaux de Gillian et Trigger ont déjà cinq ans.

— Waouh, ne viennent-ils pas de naître l'année dernière ? demanda Annie.

Son père éclata de rire.

— C'est l'impression que ça donne. Et la petite de Casey et Beatle a neuf ans.

— S'il te plaît, dis-moi qu'elle aime les insectes autant que sa mère.

— Oui, au grand désarroi de Beatle, répondit Fletch.

Le sourire d'Annie s'estompa.

— Merci de ne pas avoir piqué une crise. Je sais que je t'ai un peu surpris avec toute cette histoire de quitter l'armée.

— C'est ta vie, lutin, pas la mienne. Je déteste que tu te sois inquiétée de ma réaction.

— C'est juste que je t'admire tant et que je ne veux surtout pas te décevoir.

— Ça fait des années que je regarde des vidéos de tes missions, avoua Fletch, ce qui surprit Annie. Et chacune m'a fait mourir de peur. Tu t'en es sortie de peu quelquefois, et pourtant tu as toujours réussi à t'en sortir en vie avec ton équipe. Tu es extrêmement douée dans ce que tu fais. Peu importe les choses méprisantes que certaines personnes pourraient dire sur les femmes dans les Bérets Verts, tu as prouvé qu'ils avaient tort. Tu es au mieux de ta forme. Un point c'est tout.

— Papa... chuchota Annie, en ayant encore l'impression qu'il cherchait à la convaincre de rester dans l'armée.

— Tu n'as pas à avoir honte de penser à partir. Tu as servi ton pays avec grâce et dignité et tu as mérité les accolades que tu gardes dans cette boîte à chaussures sous ton lit. Quelle que soit la décision que tu prends, prends-la la tête haute, lutin. Tu es un officier d'enfer, un Béret Vert d'enfer et une soldate d'enfer. Tu le seras toujours, peu importe que tu partes maintenant ou dans quinze ans.

Annie soupira en fermant les yeux, ne se sentant pas du tout plus avancée que lorsqu'elle était entrée dans le bureau de son père. Il la serra un peu plus fort et embrassa le haut de sa tête.

— J'avais un peu envie que tu me dises que j'étais folle d'envisager de partir, ou bien que tu me dises de démissionner sans un regard en arrière.

Fletch ricana.

— Je ne peux pas prendre cette décision pour toi.

— J'aimerais bien que si.

— Tu feras ce qu'il faut pour *toi*, lui dit son père sans le moindre doute dans son ton.

— J'ai peur, papa, avoua-t-elle. Toute ma vie, j'ai voulu être dans l'armée. Je ne suis pas certaine de savoir comment faire autre chose. Et si j'abandonnais pour ensuite échouer en médecine ?

— Que disait toujours ta mère au sujet courage ? demanda Fletch.

— Qu'avoir peur signifie que l'on est sur le point de faire quelque chose de vraiment courageux, récita Annie.

— Oui, c'est ça. Ce n'est pas étonnant que tu appréhendes ce que l'avenir te réserve. Tu as fait ce que l'armée t'a dit de faire, tu es allée où ils t'ont envoyée, et tu n'as pu te concentrer que sur ta survie d'une mission à l'autre. Tu as toute la vie devant toi. Toi et Frankie. Réfléchir à ce que tu veux et prendre une décision sur ton avenir est vraiment courageux de ta part.

Annie n'en était pas vraiment sûre. Elle ne se sentait pas courageuse. Elle était perdue et presque malade. Mais elle ne montra rien de tout cela en disant :

— Je t'aime, papa.

— Moi aussi, je t'aime. Maintenant... as-tu envie de manger un cookie ?

Annie éclata de rire.

— Tu vas risquer la colère de maman et en voler un ? demanda-t-elle.

— Oui. Mais nous pouvons agir en équipe. Frankie et toi vous détournez son attention pendant que je porte le coup de grâce.

Annie adorait son père. C'était un pitre.

— Marché conclu, acquiesça-t-elle.

Fletch se mit debout et la fit lever en même temps. Il posa une main sur sa joue.

— Ça va, lutin ?

— Ça va, confirma Annie.

En tout cas, elle allait aussi bien que possible étant donné son état. Elle ne savait pas quelle allait être sa décision au sujet de l'armée, mais elle se sentait mieux en sachant que son père allait la soutenir quoi qu'il arrive.

Avant de sortir du bureau, Annie demanda :

— Penses-tu que maman est prête à m'aider à organiser un mariage ?

Fletch sourit.

— Il te suffira d'un seul mot. Elle sortira l'énorme classeur qu'elle remplit de brochures et d'autres machins de mariage depuis des années.

Annie gloussa.

— Penses-tu que nous pourrions faire la réception ici ?

Fletch s'arrêta et la fixa.

— Vraiment ?

— Eh bien, oui. J'ai tant de bons souvenirs ici. Le jardin est énorme et pourra largement accueillir tout le monde. Et je sais que tu as le meilleur système de sécurité, alors il n'y aura pas d'autre cambriolage surprise comme celui qui a eu lieu lors de ton mariage.

Fletch grimaça.

— On ne me lâchera jamais avec cette histoire, marmonna-t-il.

— Et puis-je exiger que personne n'utilise de lance-roquettes et fasse brûler la maison lors de notre réception, s'il te plaît ? demanda Annie avec un grand sourire.

— Hé, ça, ce n'était pas de ma faute, protesta Fletch.

Annie passa le bras au creux de celui de son père et ils marchèrent vers la porte.

— Je sais, le rassura-t-elle. Et je dois admettre que j'aimais mieux ma chambre ici de toute façon. Elle était plus grande.

— C'est surtout que tu adores l'énorme dressing que j'ai ajouté pour toi.

C'était vrai, mais Annie n'allait jamais l'admettre.

— Dis-moi que tu as toujours ce tank quelque part ? Je parie que tout le monde adorera jouer avec, demain.

— Bien sûr. Pensais-tu que j'aurais jeté cette chose-là ? demanda Fletch. Je pourrais convaincre les autres de m'aider à y placer une télécommande pour apporter vos alliances avec.

Annie leva les yeux au ciel.

— Non, papa. Laisse l'organisation du mariage à maman.

—Rabat-joie, se plaignit Fletch.

Ils entrèrent dans le salon et se dirigèrent tout droit vers la cuisine. Annie vit le regard de sa mère se porter immédiatement vers son mari, comme si elle vérifiait que tout allait bien. Ça ne la gênait pas de passer au deuxième plan avec sa mère, car les yeux d'Annie étaient rivés sur Frankie. Il avait enfilé un tablier et dès qu'il la vit, il posa la cuillère qu'il utilisait pour placer la pâte sur la plaque de cuisson et s'avança vers elle.

Tout va bien ? demanda-t-il en langue des signes.

Oui, répondit-elle. Puis elle tomba dans ses bras. Chaque fois qu'il l'enlaçait, Annie avait l'impression de rentrer chez elle. Il en avait toujours été ainsi. Peu importe le temps qui s'était écoulé depuis la dernière fois qu'ils s'étaient vus. Un mois, une semaine, un an. Elle se sentait toujours mieux quand il refermait les bras autour d'elle. Elle était peut-être une vraie dure, mais c'était ça qui l'aidait à continuer. Savoir que Frankie l'aimait.

CHAPITRE SEPT

— Annie !

Elle eut l'impression d'entendre son prénom pour la énième fois, mais Annie se tourna néanmoins avec un sourire. Elle adorait ça. Elle aimait être entourée par ceux qu'elle adorait et avec qui elle avait grandi. Cette fois, c'était Truck qui l'appelait.

Le sourire d'Annie s'élargit quand une des personnes qu'elle aimait le plus sur la planète la souleva et la fit tourner en l'air. Elle leva la tête quand il la reposa sur ses pieds. Truck était immense. Comme il faisait deux mètres, il culminait au-dessus de la plupart des gens, elle comprise : non seulement ça, mais il était aussi extrêmement musclé. Même s'il n'était plus dans l'armée, il était évident qu'il n'avait pas arrêté de s'entraîner.

Elle leva une main jusqu'à la joue de Truck, couvrant la cicatrice horrible sur un côté de son visage.

— Hé, Truck, dit-elle joyeusement.

— Ça fait trop longtemps que tu n'es pas revenue à la maison, se plaignit-il.

Annie sourit. Truck avait toujours été un peu plus grognon que les autres amis de son père, mais elle l'aimait tout autant.

— Pas si longtemps que ça, rétorqua-t-elle.

— Assez longtemps. Ton homme est là ?

— Bien sûr. La dernière fois que je l'ai vu, il était avec une partie des enfants. Il leur apprenait des gros mots en langue des signes.

Truck rit.

— Ça ressemble à ce que ferait Frankie.

— Comment vont Ford et Elizabeth ? Je ne les ai pas encore vus.

— Ils ne sont pas là. Ford est à l'université, il prend des cours d'été, et Elizabeth a un rendez-vous galant.

Annie ne put s'empêcher de rire en voyant le dégoût sur le visage de Truck.

— Elle a quoi, seize ou dix-sept ans ?

— Dix-sept.

— Elle est largement assez grande pour sortir, Truck, le sermonna Annie.

— Non. J'espérais qu'elle ne s'intéresse pas à ce genre de choses avant d'avoir vingt-cinq ou vingt-six ans.

Annie leva les yeux au ciel en regardant ce grand ours en peluche.

— Tu sais que c'est ridicule, le gronda-t-elle.

— Ça ne l'est pas. Mais ce n'est pas grave. J'ai fait en sorte de faire comprendre à son rendez-vous que s'il faisait quoi que ce soit de déplacé, il allait devoir s'en expliquer auprès de moi, dit Truck avec un petit sourire satisfait.

— Qu'as-tu fait ? demanda Annie, qui souriait déjà.

— Il a décidé de nettoyer ses armes au moment où le jeune homme est passé prendre Elizabeth, dit une femme qui faisait environ la taille d'Annie en venant se placer à côté de Truck.

— Mary ! s'exclama Annie avec joie avant de serrer la femme de Truck dans ses bras.

— Comment vas-tu ? demanda Mary.

— Je vais bien. Tu es magnifique. J'adore tes cheveux verts.

— Merci. J'ai décidé d'essayer quelque chose de nouveau.

— Ça te va bien.

Et c'était le cas. Mary était quelqu'un d'unique. Elle était spontanée et directe, et Annie l'aimait d'autant plus pour cela. Elle pouvait toujours compter sur la femme de Truck pour lui dire la vérité quand elle avait besoin de l'entendre.

— J'ai appris que tu envisageais de quitter l'armée, dit Mary.

Annie fronça le nez. Elle était toujours étonnée par la vitesse avec laquelle les amis de son père se transmettaient les ragots. Mais dans ce cas, cela fonctionnait à son avantage. Elle n'avait pas eu besoin de faire une grosse annonce sur ses projets. Elle aurait pu être contrariée que Fletch répande si vite la nouvelle, mais il lui avait fait une faveur. Et il avait sans doute bien compris que cela allait lui éviter d'avoir encore et encore la même conversation difficile.

— Oui, répondit Annie simplement.

— Tant mieux pour toi. J'étais la première à penser que le fait que tu montes les échelons dans les Bérets Verts était merveilleux, mais si ça ne te rend plus heureuse, laisse tomber tout de suite. La vie est trop courte pour garder un emploi qui ne te passionne pas... d'autant plus si cet emploi peut te tuer.

Annie sourit.

— Merci.

Il était évident que Mary la soutenait à cent pour cent si elle quittait l'armée, agissant comme si la décision avait déjà été prise. La femme de Truck n'avait jamais peur de donner son opinion, ce qui était une parmi des millions de raisons pour lesquelles Annie l'adorait.

— Je parie que Frankie est ravi, dit Truck en passant un bras autour de Mary et en la serrant contre lui.

— Nous n'avons pas parlé des détails de ce qui se passera si je prends effectivement cette décision, avoua Annie. Mais je ne pense pas qu'il proteste à l'idée que je ne me fasse plus tirer dessus.

— Pouvons-nous éviter de parler de se faire tirer dessus ? grommela Truck.

Annie et Mary éclatèrent de rire.

— Allez viens, allons parler de cette croisière que tu vas faire. Elle m'a l'air géniale, dit Mary.

Elle se hissa sur la pointe des pieds pour embrasser Truck, puis elle passa un bras autour de celui d'Annie et elle l'entraîna à l'écart.

Annie salua Truck de la main et celui-ci fit un de ses hochements de menton dont les amis de son père avaient le secret. Annie laissa Mary l'entraîner à l'extérieur vers un groupe de femmes. Quand la mère d'Annie avait dit avoir invité tout le monde, elle n'avait pas menti.

Le jardin était complètement rempli. Il y avait une tonne d'adolescents : les amis de Doug qui venaient d'avoir leur diplôme, ainsi que les cousins d'Annie. Son père était en charge des quatre grils qui fumaient en ce moment, préparant sans s'arrêter des hamburgers et des hot dogs pour toutes les bouches affamées de la fête.

Non seulement tous les anciens coéquipiers de son père et leurs familles étaient présents, mais il y avait aussi l'autre équipe Delta que son père avait apprise à connaître au fil des années. Annie vit le fils de seize ans de Chase et Sadie flirter avec Bria, la nièce d'Oz et Riley. Son frère John traînait dans un coin tranquille avec Dominic, le fils de Kinley et Lefty, et Chance, le fils d'Aspen et Brain. De quoi pouvaient bien parler ces trois-là ? Ils étaient sans doute en train de comploter pour contrôler le monde.

Frankie était assis à une table avec les filles de Riley et Oz, Amalia et Brittney, et Jemila, la fille d'Ember et Doc. Annie pensait qu'elles avaient toutes autour de treize ou quatorze ans, et les trois filles regardaient Frankie comme si elles étaient ensorcelées. Comme il communiquait en langue des signes en même temps qu'il parlait, Annie voyait qu'il parlait aux filles de certaines des personnes avec lesquelles il travaillait à l'hôpital des vétérans.

— C'est quelqu'un de bien, dit doucement Mary à côté d'elle.

Annie se tourna pour sourire à l'autre femme.

— C'est vrai.

— Allez viens, je sais que les filles voudront tout savoir sur ta croisière.

Annie se laissa guider vers l'endroit où était assis un grand groupe de femmes. Elle avait déjà dit bonjour à la plupart d'entre elles. Rayne, Harley, Kassie, Casey, Wendy, Gillian, Kinley, Aspen, Riley, Ember et Sierra étaient toutes là. Annie avait encore du mal à imaginer que *la* Ember Maxwell — maintenant Wagner — était devenue une amie. Cela faisait une dizaine d'années qu'elle avait rencontré l'ancienne championne olympique et célèbre star des réseaux sociaux, et sa notoriété n'avait fait que croître. Mais maintenant, c'était surtout pour son travail passionné et infatigable pour les gens qui avaient disparu et les moins fortunés.

— Salut, dit Annie en s'installant sur la seule

chaise vide parmi les femmes. C'est la chaise d'interrogatoire ou quoi ? plaisanta-t-elle.

— C'est toi qui y as pensé la première, dit Rayne en souriant.

— Comment te sens-tu ? Hollywood m'a parlé de tes côtes brisées, intervint Kassie.

— Et je n'ai pas vu la vidéo, mais j'ai entendu parler de ton bond incroyable pour atteindre cet hélicoptère, ajouta Gillian avec une grimace.

— C'est du gâteau pour notre phénomène des Forces Spéciales, dit Aspen en faisant un clin d'œil à Annie.

— Je vais bien, merci, répondit Annie à la question de Rayne. Je suis presque entièrement guérie, j'ai juste une douleur ici ou là de temps en temps. Je n'arrive toujours pas à me faire à l'idée que certaines d'entre vous — et sans doute tous les garçons — ont vu cette vidéo, alors que moi non. Ce n'est pas comme si c'était sur internet. Bon sang.

— Tu sais comment sont nos hommes, dit Casey en haussant les épaules.

— Oui, ils pensent que c'est génial et ils sont trop pressés de le partager, acquiesça Kinley.

— Et on ne te reconnaît que parce que nous te connaissons, ajouta Wendy.

— C'est vrai. Et nous ne savons pas du tout où la vidéo a été tournée, dit Sierra.

Annie se contenta de secouer la tête. Elle n'était pas vraiment contrariée que tous les garçons aient montré la vidéo à leurs épouses. C'était vraiment un saut incroyable, elle pouvait l'admettre.

— Quoi qu'il en soit, parlons d'autre chose. Tu en as sans doute assez d'expliquer que tu quittes l'armée... ce que je soutiens entièrement, dit Rayne.

— L'idée que quelqu'un essaie de te tuer mission après mission me donne la chair de poule, dit Harley.

— N'est-ce pas ? Qui pourrait bien vouloir tuer notre petite Annie ? demanda Kassie.

— Des idiots, voilà qui, reprit Harley. Et je vais utiliser ce saut dans mon prochain jeu de *This is War*. Je vais faire en sorte que ce soit très dur de monter à bord de cet hélico. Tu as seulement donné l'impression que c'était facile à cause de tout le temps que tu as passé dans ces courses d'obstacles.

— Je me souviens t'avoir vu faire pour la première fois quand tu avais environ douze ou treize ans, dit Gillian. Je savais que tu allais grandir et devenir quelqu'un d'incroyable quand je t'ai vu aider un autre gamin à arriver au bout de la course. Tu te moquais de gagner, tu voulais simplement que ce garçon soit fier d'avoir pu aller jusqu'au bout.

— D'accord, ça suffit, dit Annie en gloussant. Je suis incroyable et merveilleuse, bla-bla-bla, pouvons-nous changer de sujet ?

Elle savait qu'elle rougissait et elle avait besoin que tout le monde parle d'autre chose. Elle aimait avoir leur soutien, et elle se sentait très chanceuse d'être entourée par tant de gentillesse, mais elle avait parfois du mal à se sentir à la hauteur des compliments.

— Mais attends, tu n'as pas déjà décidé de quitter l'armée, si ? demanda Aspen.

Annie haussa les épaules.

— Non.

— Bien, répondit Aspen.

— Penses-tu qu'elle devrait rester ? s'étonna Rayne.

— Eh bien, oui. Elle a travaillé comme une folle pour arriver là où elle est. Elle montre enfin à tous les hommes ayant affirmé qu'une femme ne pouvait pas réussir dans les Forces Spéciales où ils peuvent se mettre leurs idées stupides.

— Mais toi, tu es partie, fit gentiment remarquer Harley.

— C'est vrai, mais là, nous parlons d'*Annie*, précisa Aspen. Elle est née pour être soldate.

— C'est vrai, acquiesça Wendy.

— Je me souviens avoir entendu une histoire de quand tu avais dix ans et que tu avais fait une énorme crise de colère parce que tu devais porter une robe à un bal sur le site, dit Gillian avec un sourire. Tu as fini par avoir ce que tu voulais et tu as pu porter un pantalon de camouflage et un tee-shirt vert de l'armée. Tu as quand même été la belle du bal, avec tous les soldats qui te saluaient toute la soirée.

Tout le monde rit et continua à se rappeler des souvenirs, racontant des histoires sur les rêves militaires d'Annie depuis son enfance. Sur la fierté de tous leurs maris quand elle avait eu son diplôme après l'entraînement de base.

Plus elles parlaient, plus Annie se sentait mal.

Précédemment, elle ne s'était inquiétée que de décevoir son père et ses amis en quittant l'armée. Maintenant, elle allait apparemment aussi décevoir leurs femmes.

Les autres femmes finirent par remarquer qu'Annie ne participait pas à leur conversation.

— Pardon, je ne voulais pas m'attarder là-dessus, dit Aspen avec un sourire. Mais sérieusement, je ne peux pas t'imaginer faire autre chose que travailler dans l'armée.

— Pareil pour moi, ajouta Gillian.

— Mais nous pourrions la voir plus souvent, si elle faisait autre chose, insista Rayne.

— Sans parler du fait que ce serait moins dangereux, dit Harley.

Mary leva les mains.

— Bon. Arrêtons de faire paniquer Annie, dit-elle avec sévérité.

Annie lui fit un petit sourire reconnaissant. Elle ne pouvait nier qu'elle était un peu paniquée.

— Annie fera ce qu'elle doit faire, et nous la soutiendrons quoi qu'il arrive. Pouvons-nous changer de sujet et parler de tout le sexe qu'elle aura pendant sa croisière ? dit Mary d'un air tout à fait sérieux.

— Oh, mon Dieu, ne faisons pas ça, gémit Rayne.

Dans ma tête, Annie est encore comme quand je l'ai rencontrée la première fois.

— Mais sérieusement... Frankie est devenu un beau jeune homme, dit Kassie.

Annie regarda à nouveau Frankie et elle était tout à fait d'accord avec l'amie de sa mère.

— Il me rappelle Brain, dit Aspen avec un sourire. Au premier regard, les gens sous-estiment mon mari parce qu'ils pensent qu'il n'est rien d'autre qu'un intello qui parle un million de langues. Mais quand on le provoque, il se transforme en grizzli, prêt à défendre sa famille et ses amis quoi qu'il arrive.

Annie était d'accord avec l'analyse d'Aspen. Frankie avait travaillé très dur toute sa vie pour être considéré comme un égal de ses pairs. Il avait été tout aussi intelligent, sinon plus, que les autres de sa classe. Mais à cause de son handicap évident, il avait souvent été ignoré pour des opportunités dans lesquelles il aurait excellé. Il n'hésitait jamais non plus à la protéger quand ils étaient de sortie, si quelqu'un avait une trop grande bouche ou ressentait le besoin d'être un crétin. Elle était une soldate dangereuse des Forces Spéciales, mais son fiancé s'en moquait. Il la protégeait. Point final.

Cela l'ennuyait, autrefois. Elle ne voulait pas que Frankie se blesse dans une altercation à cause d'elle, et elle détestait que les gens se rendent compte de son handicap et essaient de le rabaisser. Mais après une discussion avec Fletch, elle avait compris qu'elle devait remercier sa bonne étoile d'avoir un partenaire qui l'aimait assez pour se placer physiquement entre elle et ce qu'il estimait être une menace.

— Il est assez incroyable, dit Annie au bout d'un instant.

— Parle-nous un peu plus de cette croisière, dit Sierra. Combien de gens y aura-t-il sur ce bateau ?

— Navire. Et je pense environ soixante ? Je n'en suis pas certaine.

— Et c'est un voilier ? demanda Casey.

— Oui, mais un très gros, expliqua Annie en riant. Il y a quatre espèces de poteaux avec des voiles.

— Tu parles des mats ? demanda Rayne.

— Oh, waouh, dit Mary en secouant la tête. Heureusement que tu es dans l'armée de terre. La marine t'aurait virée pour avoir parlé d'espèces de poteaux.

Tout le monde rit.

— Quoi qu'il en soit, je crois que le navire est assez vieux. Il appartenait à des gens riches dans les années vingt, et il a changé plusieurs fois de propriétaire. Des chambres supplémentaires ont été ajoutées, et une entreprise de croisière l'a acheté. Parce qu'il est si petit — pour un navire de croisière, je veux dire —, il peut se rendre sur les îles des Caraïbes que les plus gros navires ne peuvent pas atteindre, expliqua Annie.

— Lesquelles ? demanda Ember.

— Aucune idée, avoua Annie. Franchement, je n'ai encore jamais entendu parler de la plupart de ces îles.

Mais Frankie est super excité. Il les a toutes cherchées sur internet et il a étudié l'histoire de chacune des îles. Je suis certaine que j'aurais les yeux vitreux quand il commencera à recracher toutes les informations qu'il a apprises.

Tout le monde gloussa.

— Je crois que l'organisateur des croisières possède une énorme île privée où nous accosterons également. Enfin... il ne possède pas tout, mais une partie. La partie plage. Le côté nord est plein de rochers jusqu'à l'océan, et le côté sud est une plage pittoresque avec beaucoup d'arbres et une longue bande de sable. Les photos en ligne étaient magnifiques, expliqua Annie en s'enthousiasmant à nouveau pour son voyage à venir.

— Mais tu n'aimes pas nager, dit Rayne, perplexe.

— C'est vrai, mais j'aime être proche de l'océan, expliqua Annie. J'aime marcher sur le sable, mettre les pieds dans l'eau et sentir la brise maritime sur mon visage.

— Encore une raison pour laquelle la marine t'aurait virée, plaisanta Mary.

— Comment as-tu entendu parler de ce navire ? demanda Gillian.

— Qu'est-ce que tu penses ? répondit Annie en riant. Tex m'a envoyé une brochure.

Une fois de plus, tout le groupe éclata de rire.

— Est-ce qu'il va te faire prendre un pisteur GPS ? demanda Harley.

— Non. Mais je suis certaine qu'il gardera un œil sur le navire pendant tout le voyage.

En réalité, Annie adorait Tex, alors s'il lui disait qu'il était plus à l'aise si elle acceptait de prendre un de ses pisteurs GPS, elle le ferait sans hésiter. Elle avait vu d'elle-même comme ils pouvaient être importants et combien de vies avaient été sauvées par ces appareils. Mais il avait fait des recherches sur l'entreprise de croisière et sur le navire, et il n'avait rien vu d'inquiétant. Sinon, Annie savait qu'il n'aurait jamais recommandé ce voyage.

Elle resta assise avec les autres femmes pendant encore quarante-cinq minutes, profitant des différentes conversations sur le fils de Riley et Oz, la réussite de Logan dans son équipe de base-ball, et la dernière mésaventure des jumeaux de Gillian qui avaient essayé de voir jusqu'où ils pouvaient enfoncer différents objets dans leur nez.

Au cours des années, Annie était devenue de moins en moins « une des enfants » et davantage une amie. Et elle en était ravie. Pendant un moment, elle avait cru avoir pour toujours sept ans à leurs yeux, mais elles avaient progressivement remarqué qu'elle était devenue une femme autonome.

À un moment, elle jeta un coup d'œil vers l'endroit où Frankie avait été assis avec les filles et elle vit qu'il était maintenant seul et qu'il la regardait. Elle lui demanda par des signes si tout allait bien et il répondit que oui, qu'il était simplement assis là en se demandant comment il avait pu avoir autant de chance.

Annie rougit, de plus en plus impatiente de partir en vacances avec lui à mesure que la date approchait. Elle adorait sa famille et ses amis, mais elle avait très envie de passer du temps toute seule avec son fiancé.

— Je connais ce regard, chuchota Aspen à côté d'Annie.

— Quel regard ? demanda-t-elle en détournant les yeux de Frankie.

— Le regard d'une femme qui a très envie de se faire aimer par son homme, dit l'autre femme avec un clin d'œil.

Annie haussa les épaules.

— À cause de mes côtes, ça fait un moment, dit-elle simplement.

— Et il a sans doute refusé de faire quoi que ce soit de peur de te faire mal, ajouta Aspen avec une perspicacité impressionnante.

— Oui, dit-elle en hochant la tête.

— J'adore la façon qu'il a de te regarder. Comme si le soleil se levait et se couchait par ta volonté. Cet homme t'aime désespérément, Annie. Il ferait n'importe quoi pour toi, dit Rayne.

— Je sais, chuchota Annie. Je ressens la même chose pour lui.

— La prochaine fois que nous nous verrons tous ensemble, ce sera peut-être pour votre mariage ? la sonda Aspen.

Pour une fois, Annie ne devint pas stressée ou irritée que l'on aborde la question de son mariage avec Frankie. Elle avait eu ses propres raisons de vouloir attendre, mais maintenant elle ne pensait plus qu'à faire de lui son mari pour de bon.

— Peut-être, acquiesça-t-elle avec un petit sourire.

Aspen lui fit un très grand sourire.

Elles furent interrompues par Fletch qui demandait à tout le monde de se rassembler autour de Doug et lui, car il voulait faire un discours. Il y eut des grognements et des gémissements, car les discours de Fletch étaient connus pour durer longtemps et être extrêmement mièvres, mais les femmes se levèrent toutes et partirent chercher leurs hommes.

Frankie apparut d'un seul coup quand Annie se leva. Il la conduisit vers son père et Doug et se plaça derrière elle, les bras posés autour de son ventre.

Pendant qu'Annie s'appuyait contre Frankie et écoutait son père faire honte à son frère, elle ne put s'empêcher de sourire. Ça lui avait manqué. Traîner avec des gens qui la connaissaient et l'aimaient. Voir des enfants courir dans tous les sens en riant et en souriant. Fletch avait ressorti le vieux tank électrique que les amis de son père avaient fabriqué pour elle et même s'il était un peu usé, il fonctionnait encore parfaitement. Même les adolescents jouaient avec, ne ratant pas une occasion de faire un tour du jardin.

Si elle décidait de quitter l'armée, Annie n'avait pas besoin de réfléchir longtemps à la suggestion de son père. Elle avait envie de chercher des écoles de médecine au Texas et d'être près de sa famille. Près de ce chaos et de cet amour. C'était une des principales choses qui lui avaient manqué en déménageant sans cesse et en étant toujours en mission.

— Je t'aime, chuchota Frankie à son oreille.

En s'accrochant avec plus de force aux bras de Frankie autour de sa taille, Annie déglutit. Elle avait de la chance et elle le savait. Elle était en bonne santé, elle avait un homme patient amoureux d'elle, et plus de gens qui la soutenaient qu'elle ne pouvait en compter. Il était facile de se laisser embourber dans les frustrations quotidiennes de la vie sans prendre de recul... mais la situation d'Annie devenait un peu plus claire à chaque heure qu'elle passait avec sa famille et ses amis.

CHAPITRE HUIT

C'est magnifique, indiqua Frankie pendant que la navette s'arrêtait sur le quai de la Barbade.

Il aimait beaucoup la famille d'Annie, mais il était ravi d'être enfin ici. La semaine précédente avait été remplie de rires et d'amour, et il était content de voir qu'Annie était un peu plus détendue après avoir parlé avec son père. Il avait toujours su que Fletch n'allait pas être contrarié que sa fille envisage de changer de carrière, mais il était soulagé que leur conversation ne l'ait pas complètement stressée.

En ce qui concernait Frankie et Annie, ils avaient eu une longue discussion sur l'avenir et à quel endroit ils allaient vivre si elle arrêtait son service. Annie voulait entièrement lui laisser le choix, mais lui se moquait complètement de l'endroit où ils allaient finir, tant qu'ils étaient ensemble.

Elle avait finalement avoué qu'elle aurait aimé être

proche de sa famille, ce qui encore une fois, n'était pas une surprise pour Frankie. En rentrant des vacances, elle allait devoir réfléchir. Prendre des décisions. Si elle voulait quitter l'armée, elle devait chercher des écoles de médecine au Texas et voir ce qu'il fallait pour y être accepté. Si elle restait dans l'armée, elle allait devoir concentrer son énergie sur l'entraînement d'une nouvelle équipe.

Il n'était pas surpris qu'elle ait pensé à lui en réfléchissant à la forme que pouvait prendre leur vie si elle partait de l'armée : elle avait mentionné des hôpitaux pour les vétérans au Texas et même des sociétés d'ingénierie. Il l'avait rassurée en disant qu'il voulait continuer dans le même travail, aider les gens qui avaient perdu l'audition à s'adapter à leur nouveau monde. Frankie lui-même avait travaillé dur pour apprendre à lire sur les lèvres, et son implant cochléaire lui donnait la capacité d'entendre, mais parce qu'il avait été plus âgé en recevant l'implant, sa façon de parler était très différente de celle des autres. Il lisait tout le temps sur les lèvres des gens qui se moquaient de lui.

Zut, j'aurais aimé qu'une des chambres chics ait été disponible, lui dit Annie en langue des signes. Parce qu'ils avaient décidé relativement récemment de partir faire ce voyage, tout avait déjà été réservé. Il y avait eu une annulation de dernière minute, et ils avaient eu la chance de saisir la toute dernière chambre. Elle était au même niveau que le pont, où le capitaine et ses officiers gouvernaient le navire. Les chambres plus coûteuses se trouvaient en dessous du pont et elles étaient deux fois plus grandes que la leur.

Mais Frankie pouvait bien vivre dans une tente, tant que c'était avec Annie.

Notre chambre sera très bien, la rassura-t-il. *Peu importe si c'est un placard. Tant que je suis avec toi, je suis heureux.*

* * *

Annie sourit à son homme. C'était pour cette raison qu'elle voulait changer de carrière. Afin qu'elle puisse passer plus de temps avec l'amour de sa vie. Frankie réussissait toujours à faire en sorte qu'elle se sente bien. Il était capable de lui faire oublier tous ses problèmes.

Leur guide se leva dans le bus et expliqua comment s'enregistrer et obtenir leur clé. Annie et Frankie descendirent du bus et firent la queue pour monter à bord du magnifique voilier ancien. Elle sentait Frankie dans son dos, une de ses mains sur sa hanche. Normalement, elle détestait avoir des gens derrière elle, mais pas Frankie.

— D'où venez-vous ? demanda la femme devant eux pour faire la conversation.

— De Géorgie pour l'instant, mais il se pourrait que nous déménagions au Texas, dit Annie avec un sourire.

— Ah bon ? Dans quoi travaillez-vous ?

— Je suis dans l'armée, lui dit Annie.

Elle vit un changement sur le visage de la femme. Son sourire accueillant s'effaça.

— Ah bon, et votre mari ?

— Nous ne sommes pas mariés, lui dit Frankie. Fiancés. Je suis un homme au foyer. Vous savez, je nettoie la maison, je cuisine, je fais les courses, ce genre de choses.

La femme écarquilla les yeux, leur fit un faux sourire, puis se retourna.

Ce n'était pas gentil, dit Annie à Frankie en langue des signes. *Tu aurais dû lui dire ce que tu fais vraiment.*

C'est une connasse coincée, répondit Frankie. *Tout ce qu'elle voulait savoir, c'était si nous étions des gens à qui elle devait faire de la lèche.*

Elle savait que Frankie avait raison. Elle avait déjà eu des réactions négatives dans le passé, quand les gens apprenaient qu'elle était dans l'armée, et elle ne comprenait pas vraiment pourquoi. Cela n'avait aucun sens pour elle. Certaines des personnes les plus intelligentes qu'elle connaissait étaient dans les forces armées. Des docteurs, des scientifiques, des ingénieurs... et ils faisaient tout ce qu'ils pouvaient pour que le pays soit en sécurité. Les sentiments envers les militaires avaient bien changé depuis les années soixante-dix, mais il restait encore une sorte de marque d'infamie attachée aux soldats et aux marins qu'Annie ne comprenait pas.

Ils avancèrent dans la queue et se firent enregistrer

sans problème. On leur donna des cartes d'identification et ils furent escortés jusqu'à leur chambre par un employé portant un uniforme blanc immaculé. Lorsqu'ils passèrent devant d'autres passagers en chemin, Annie comprit que cette croisière allait être différente de tout ce qu'ils avaient fait ensemble dans le passé.

Dès que la porte se referma derrière eux, Annie soupira.

— On ne cadre pas avec les autres.

— Et alors ? demanda Frankie.

Annie n'était pas surprise qu'il ait remarqué la même chose. Les autres passagers étaient plus âgés, et en jugeant seulement d'après les vêtements de marque et les bijoux, ils étaient plus riches aussi. Annie et Frankie, en jean et tee-shirt, sortaient vraiment du lot.

— Annie, dit Frankie en posant les mains sur ses épaules. Quelle importance ont les autres passagers ? Je me moque de ce qu'ils font comme travail ou des maisons dans lesquelles ils vivent. *Rien* ne les rend meilleurs que nous, et rien ne fait qu'ils méritent davantage ces vacances que nous.

— Tu as raison.

— Je sais, répondit Frankie d'un air satisfait.

Leur plan avait été d'explorer le navire, de tout regarder, de voir où était la salle à manger et de saluer les autres passagers, mais à ce moment précis, Annie n'avait aucune envie de traîner avec d'autres personnes et d'être polie. Elle préférait rester seule avec son fiancé.

Elle s'approcha de lui et appuya la tête sur son épaule, puis elle posa les mains sur ses fesses et serra.

— Nous sommes enfin seuls, dit Annie d'un ton séducteur.

Elle sentit son torse gronder sous sa joue lorsqu'il demanda :

— Comment vont tes côtes ?

Annie leva la tête et le regarda dans les yeux.

— Elles vont bien. *Je* vais bien.

Frankie avait toujours été protecteur envers elle, refusant de faire quoi que ce soit qui risque d'exacerber ses différentes blessures au cours des années... y compris lui faire l'amour avant qu'elle ne soit complètement guérie.

Il sourit.

— J'aime ta famille. J'aime que tu aies un si grand système de soutien. Mais quand on leur rend visite, ça ne nous laisse pas beaucoup de temps pour nous. Et je dois admettre que ça me fait bizarre ne serait-ce que de *dormir* dans le même lit que toi quand nous sommes là-bas.

Annie sourit.

— Je sais. Je ressens la même chose. Même si nous sommes adultes et fiancés, j'ai l'impression d'avoir à nouveau sept ans quand je suis avec papa et ses amis.

Frankie passa une main sur les cheveux d'Annie, puis il posa la paume sur sa nuque et serra légèrement.

Annie frissonna d'anticipation. En les regardant, personne n'aurait pu deviner que dans la chambre à coucher, Frankie n'était plus l'homme doux et légèrement intello qui acceptait de passer au second plan. Il devenait celui qui prenait le contrôle. Qui préférait mener la danse quand ils faisaient l'amour.

Annie n'avait jamais cru être le genre de femme qui aimait ça. Mais après avoir passé des jours à prendre des décisions et être celle à qui l'on demandait des instructions dans des situations de vie ou de mort, elle était très contente de céder le contrôle à Frankie dans le domaine du sexe. Elle n'était pas vraiment soumise, ne pensait pas pouvoir attendre sagement en laissant n'importe qui, même Frankie, prendre chaque décision pour elle. Mais au lit ? Tout à fait. Frankie ne l'avait jamais déçue. Pas une seule fois. Il était observateur et attentionné, et il faisait toujours en sorte qu'elle passe avant lui. Chaque fois.

Elle n'avait personne à qui comparer Frankie, mais elle avait entendu des histoires des hommes et des femmes qu'elle avait eus sous son commandement. Elle savait que Frankie était assez unique par son besoin intense de la satisfaire avant même de considérer ses propres envies.

Frankie regarda le lit derrière eux par-dessus son épaule. Deux matelas avaient été poussés l'un contre l'autre pour créer un lit légèrement plus petit qu'un Queen size. Il y avait environ une trentaine de centimètres sur un côté, alors que l'autre était collé contre le mur. Au pied du lit, où ils se trouvaient, il n'y avait environ qu'un mètre de libre. La chambre était...

douillette. Il y avait deux fenêtres d'un côté du mur et une petite salle de bains avec une douche. Leurs valises n'avaient pas encore été apportées, et Annie savait que la chambre serait assez remplie après avoir rangé toutes leurs affaires.

Même si une chambre plus grande et plus opulente aurait été agréable, Annie s'en moquait, désormais. Elle avait deux semaines avec son fiancé sur ce navire. Il lui tardait.

Avec une main toujours sur sa nuque, Frankie passa l'autre sous son tee-shirt. Il fit monter sa paume, couvrit un de ses seins d'un air possessif. Il serra les deux mains à la fois et Annie frissonna d'anticipation.

Elle déplaça les mains vers l'avant de son jean et tritura le bouton.

— Non, dit Frankie d'une voix grave.

Annie se figea et un léger gémissement s'échappa de sa bouche.

Frankie sourit paresseusement en poussant le bonnet de son soutien-gorge sur le côté et en enroulant un doigt autour de son téton.

Annie ferma les yeux et soupira en cambrant le dos. Elle avait envie de plus. Tellement plus. Elle sentit la bouche de Frankie sur la peau sensible de son cou pendant qu'il la caressait avec le nez, et son corps se prépara pour lui.

Juste au moment où il arrêta de la titiller pour la caresser plus sérieusement, quelqu'un frappa bruyamment à la porte et une voix résonna :

— Service de chambre. Vos valises sont arrivées.

Annie sursauta dans les bras de Frankie et il murmura :

— Du calme, mon amour.

Puis, d'une voix plus forte, il répondit :

— On arrive !

— C'est comme si on était dans la dépendance de mon père, grommela Annie. On a toujours peur que quelqu'un nous interrompe.

Frankie sourit et se pencha pour l'embrasser légèrement.

— Deux semaines, lui rappela-t-il. Nous avons deux semaines tous les deux.

Annie sourit quand il la caressa dans le cou avec le pouce.

— Je pense que nous irons nous coucher très tôt après le dîner.

— Oh, oui, acquiesça Frankie avec ferveur.

Annie frissonna quand il remit son soutien-gorge en place et qu'il retira la main de sous son tee-shirt. Elle ne bougea pas pendant que Frankie ouvrait la porte. Le valet de chambre apporta leurs affaires et avec les trois personnes dans la chambre, ainsi que leurs deux grands sacs, il ne restait pas beaucoup d'espace.

Annie fit de son mieux pour maîtriser sa libido pendant que le valet de chambre expliquait les activités du reste de la journée, leur départ du port dans une heure, et le fait que le dîner était servi à dix-neuf heures.

L'homme leur souhaita à nouveau la bienvenue avant de partir enfin.

Même si Annie désirait beaucoup Frankie, la magie avait été rompue.

— Que veux-tu que je fasse pour t'aider ? demanda Frankie.

Annie sourit. Son homme la connaissait si bien. Il savait qu'elle préférait faire et défaire leurs valises. Elle aimait que tout soit à la bonne place, même en vacances. Frankie était parfaitement capable de ranger ses propres affaires, mais comme la chambre était très petite, il savait sans avoir à poser la question qu'il était plus facile pour Annie de gérer tout cela à sa façon.

— Veux-tu bien aller voir si tu peux me trouver une tasse de café ou de thé pendant que je commence ? Et peut-être quelque chose de sucré ? demanda-t-elle.

— Je m'en occupe, dit Frankie sans hésiter.

Il attrapa les sacs et les posa au bout du lit pour elle. Puis il l'embrassa et se dirigea vers la porte.

Quand elle se fut refermée derrière lui, Annie resta longtemps immobile, se détendant dans le silence. Pour la première fois depuis des lustres, elle se rendit compte qu'elle se sentait entièrement bien. Même si elle aimait l'armée et tout ce qu'elle avait accompli, ce ne fut qu'à ce moment précis qu'elle comprit comme sa vie était devenue stressante. Pas parce qu'elle s'inquiétait de ne pas pouvoir faire son travail, mais parce qu'il l'éloignait tellement de Frankie.

Elle avait grandi sans lui, était partie dans une université différente, et depuis qu'ils étaient fiancés et qu'ils vivaient ensemble, elle n'avait pas passé assez de temps avec lui. Mais ce voyage de deux semaines pouvait être le début d'une vie très différente ensemble. Annie avait presque le tournis à l'idée que même si elle risquait de travailler beaucoup si elle s'aventurait dans le milieu médical, et qu'il y aurait des jours où elle allait regretter de ne pas pouvoir les passer avec lui, les déploiements dangereux allaient bientôt être relégués dans le passé.

En souriant, elle se tourna vers le premier sac en toile et se mit au travail.

Frankie posa la main sur la cuisse d'Annie et la serra. Ils étaient au dîner, assis à table avec deux autres couples. Le placement était libre, les gens pouvaient donc s'installer où ils le souhaitaient. Comme il n'y avait que soixante passagers, la salle à manger n'était pas immense : elle était confortable et servait également de bibliothèque. Les murs étaient couverts d'étagères remplies de romans sur les Caraïbes et sur les pirates, et de grands livres avec des photos colorées traitant de la vie sur les îles.

Au début, les choses avaient été cordiales entre les

six personnes à table. Dottie et Joseph venaient du Vermont, et il était avocat. Megan et Bill étaient de Californie. Frankie ne savait pas exactement ce qu'ils faisaient, mais il y avait un rapport avec l'import et l'export. Après quelques questions pas très subtiles, il fut évident que les couples étaient surpris qu'Annie et lui puissent se permettre ce voyage.

Il était vrai que ce n'était pas donné, mais ils étaient prudents avec leur argent. Annie avait un bon salaire, particulièrement avec tous ses déploiements et la prime de risque. Frankie était sincèrement surpris par l'intérêt des autres personnes à table pour leur statut financier, mais d'un autre côté, il passait la plupart de son temps avec des personnes terre à terre comme leurs familles et leurs amis... et les soldats vétérans avec lesquels il travaillait. Selon lui, tout le monde aurait dû se concentrer sur le fait qu'ils étaient en vacances au paradis, pas s'inquiéter de la façon dont les autres passagers pouvaient se payer une place à bord de ce navire.

Frankie était capable d'ignorer le fait qu'ils étaient jugés par ces inconnus, mais il détestait avoir l'impression qu'ils méprisaient le travail d'Annie. Il était également évident qu'ils étaient mal à l'aise avec son handicap. La pièce était bruyante, tout le monde parlait en même temps. Même si son implant lui donnait la capacité d'entendre, dans des situations comme celle-ci, il était submergé par le bruit. Il savait lire sur les lèvres, mais les couples tournaient fréquemment la tête ou baissaient les yeux en parlant, et il était donc difficile de les comprendre. Il dut leur demander plusieurs fois de répéter leurs questions, ce qui les irritait manifestement très vite.

Frankie se moquait de ce que ces inconnus pensaient de lui. Il avait déjà vécu beaucoup de discriminations au cours des années : des regards fixes et des commentaires désagréables qui ne le perturbaient plus. Mais Annie *détestait* ça. Il avait plus d'une fois dû intervenir pour l'empêcher de s'en prendre à quelqu'un à cause d'un commentaire méprisant ou d'une remarque faite par ignorance. Il la soupçonnait d'être sur le point de s'emporter contre ces crétins snobinards. Ce qui expliquait le fait qu'il lui serre la cuisse.

Quand elle tourna la tête pour le regarder, les soupçons de Frankie furent confirmés. La colère dans ses yeux et la légère rougeur de ses joues signifiaient qu'elle était environ à deux secondes de l'explosion.

Il fit *la* chose qui allait attirer son attention.

J'ai envie de toi.

Autrefois, Frankie se sentait mal d'utiliser la langue des signes en présence d'autres personnes : c'était un peu comme de parler dans leur dos. Mais il avait surmonté cela assez rapidement. C'était pratique quand il voulait parler à Annie, son père ou ses parrains sans que les autres sachent ce qu'il disait.

— Tu n'es pas sérieux ? dit Annie à voix haute, surprise.

Frankie sourit. Il avait réussi à la distraire de ce

qu'elle était sur le point de dire aux autres couples à la table. Sachant qu'ils les regardaient, et sans que ça le gêne, Frankie utilisa une fois de plus la langue des signes. *Tu ne portes pas souvent de robe, et tu es vraiment magnifique ce soir. Il me tarde de retourner dans notre chambre et de voir ce que tu portes là-dessous.*

Je sais ce que tu fais, répondit Annie. *Tu essaies de m'empêcher de sauter de l'autre côté de la table et de dire à ces enfoirés qu'ils sont offensants et que s'ils n'arrêtent pas de nous regarder de haut, ils vont avoir un torticolis.*

Frankie gloussa.

— Euh, nous avons raté la blague, dit Bill.

— Oui, dit Annie sans détourner les yeux de Frankie. *Si tout le monde sur ce navire est comme eux, je vais sauter par-dessus bord et nager jusqu'à la maison.*

Ça m'étonnerait, lui dit Frankie. *Tu détestes nager.*

Très bien, c'est toi qui nageras. Je resterai allongée sur un flotteur derrière toi et tu pourras me tirer.

Je suis certaine que tout le monde n'est pas aussi snob qu'eux, la rassura Frankie.

Annie lui jeta un regard sceptique.

— C'est cool que vous puissiez vous parler de cette façon, annonça Dottie d'une voix aiguë qui donnait l'impression que ce n'était pas cool du tout. Mais c'est un peu impoli puisque nous ne pouvons pas vous comprendre.

Annie se tourna vers elle, ses yeux lançant presque des étincelles, et Frankie retint sa respiration.

— *Impoli ?* Le fait que vous dîtes à mon fiancé qu'il

parle « assez bien pour quelqu'un de sourd » était impoli. Tout comme le fait de froncer le nez quand vous avez appris que j'étais dans l'armée. Je suis désolée que ma profession ne soit pas assez bonne pour vous. Mais grâce aux choses que j'ai faites dans l'armée, vous pouvez être assise là aujourd'hui, à profiter d'un dîner délicieux avec l'argent gagné par votre mari. Mon travail vous garde en sécurité, empêchant les terroristes de réussir leurs plans pour un autre onze septembre. Et si vous n'aimez pas ne pas savoir ce que nous disons ? Essayez de vivre toute votre vie comme une personne sourde. Ou aveugle. Jusqu'à ce que Frankie obtienne son implant cochléaire, il a lutté pour communiquer le moindre de ses besoins à la communauté entendante. Apprendre la langue des signes n'est pas difficile. Il y a de nombreux sites internet qui vous apprennent les bases.

Elle respira pour continuer, mais Frankie l'interrompit.

— Nous sommes désolés de vous exclure de notre conversation, dit-il. Nous avons tellement l'habitude de nous parler avec les mains que nous oubliions parfois que les autres ne nous comprennent pas.

Il mentait comme il respirait, mais il poursuivit.

— Nous disions que le repas était très bon ce soir et que le chef doit être très doué pour préparer le dîner dans la minuscule cuisine que nous avons vue en faisant le tour tout à l'heure.

Dottie avait les joues écarlates. Frankie ne savait

pas si c'était parce qu'elle était gênée — et avec raison — ou parce qu'elle était énervée, mais comme elle ne les regardait plus en face, il se dit que c'était sans doute la première possibilité.

Les autres à table hochèrent la tête en acquiesçant pour le délicieux repas, et Frankie poussa un soupir de soulagement intérieur. Peu importe ce que les autres pensaient de lui, mais il ne voulait pas passer les deux semaines suivantes à marcher sur des œufs en espérant éviter les autres couples.

Le serveur s'approcha de leur table pour remplir à nouveau les verres à vin de tout le monde, et le timing fut impeccable en ce qui concernait Frankie.

C'est une connasse, dit Annie en langue des signes.

Frankie fit de son mieux pour cacher son sourire, mais il ne réussit pas vraiment. Annie avait raison, mais il se dit qu'il valait mieux essayer d'apaiser les tensions.

— Alors, Joseph, quelle était votre affaire la plus mémorable ? Avez-vous le droit de nous en parler ?

C'était la bonne chose à demander. Pendant qu'ils terminaient leur repas, Joseph leur parla sans s'arrêter de certaines de ses affaires les plus prestigieuses, selon lui. Il ne donna pas de noms, mais Frankie rit plusieurs fois à cause des descriptions de ses clients et de certaines des choses qu'ils avaient faites.

Frankie et Annie déclinèrent tous deux le dessert et furent les premiers à quitter la salle à manger. Dès qu'ils sortirent sur le pont, Frankie poussa un soupir de soulagement. Le brouhaha des conversations fut étouffé lorsque la porte se referma derrière eux. Il posa la main au creux du dos d'Annie et il se détendit lorsqu'elle s'appuya contre lui. Au lieu de retourner tout droit vers leur chambre, ils s'avancèrent vers le bastingage. Annie se blottit contre lui, le dos collé à son torse, pendant qu'ils contemplaient l'eau qui s'agitait contre les bords du bateau en voguant vers leur première île.

— Excusez-moi.

Il serra instinctivement Annie en se retournant pour voir qui avait parlé.

Un des marins du navire se tenait là, l'air nerveux.

— Je ne veux pas vous interrompre, mais j'ai entendu dire que vous étiez sourd ?

Frankie sentit Annie se raidir dans ses bras.

— Je le suis, confirma-t-il. J'ai reçu un implant cochléaire il y a des années, alors je peux entendre tant que je porte l'appareil externe, expliqua-t-il en se tournant et en montrant l'appareil sur le côté de sa tête, derrière son oreille. Je sais aussi lire sur les lèvres, alors je ne serais pas un problème en cas d'urgence.

Le marin secoua la tête et fit un sourire d'excuse. Puis il surprit Frankie en parlant en langue des signes. *Ma sœur est sourde, mais je ne l'ai pas vue depuis plus d'un an. Elle me manque, et j'ai peur de perdre un peu l'habitude de communiquer en langue des signes. J'espérais simplement pouvoir m'entraîner avec vous pendant que vous êtes à bord ?*

Annie se redressa dans ses bras. *Bien sûr*, fit-elle en souriant au jeune homme. *Comment vous appelez-vous ?*

Manuel.

Je m'appelle Annie, et voici Frankie.

Êtes-vous sourde également ? demanda Manuel.

Annie secoua la tête. *Non. Mais j'ai compris il y a longtemps que si je voulais parler au type que j'aime, il fallait que j'apprenne.*

Manuel hocha la tête. *Je ne voulais pas vous déranger. C'est juste que j'étais si enthousiaste en apprenant qu'il y avait une personne sourde à bord que je n'ai pas pu attendre de vous trouver et de vous parler.*

Chaque fois que vous aurez envie de bavarder, je serai là, lui dit Frankie.

Merci. Nous sommes assez occupés à bord, mais je ferai ça, si ça ne vous dérange pas, dit Manuel.

Ça ne me gêne pas du tout, répondit Frankie.

Manuel hocha la tête.

— Passez une bonne nuit. Elle va être tranquille et les conditions semblent réunies pour faire de la voile demain, dit-il à voix haute.

— Monterez-vous dans le gréement ? demanda Annie.

Manuel sourit.

— Oui. Je monte tout en haut. Je suis responsable des cordages supérieurs et des voiles.

— Waouh, c'est courageux.

Le jeune homme haussa les épaules.

— J'ai toujours aimé grimper aux arbres quand j'étais petit. Profitez de votre soirée.

Puis il s'éloigna.

Juste au moment où je suis prête à sauter par-dessus bord et à détester tout le monde, il faut que quelqu'un arrive et me fasse changer d'avis, dit Annie en langue des signes.

Frankie sourit. Son Annie était passionnée par tout ce qu'elle faisait. Quand elle appréciait une personne, elle l'exprimait de tout son cœur. Quand quelqu'un la décevait ou était impoli, elle n'hésitait pas à faire connaître son mécontentement. Il la sentit une fois de plus se détendre contre lui et il fut reconnaissant envers Manuel d'avoir aidé à la calmer.

— Quelle heure est-il? demanda-t-elle en penchant la tête en arrière et en le regardant.

Frankie sourit. Il aimait être dehors à l'air frais, à regarder l'eau filer en étant debout sur ce magnifique voilier, mais à ce moment précis, il ne pensait à rien d'autre qu'à ramener Annie dans leur chambre et à lui montrer combien il l'aimait. Personne ne le défendait comme elle. Personne ne l'encourageait autant qu'elle. Il avait vraiment de la chance et il le savait.

Il n'était pas riche. Ne serait jamais l'homme le plus populaire ou le plus beau dans une pièce. Il allait toujours devoir se battre à cause de son handicap, mais Annie n'avait jamais — pas une seule fois — donné l'impression qu'il valait moins que les autres à cause de ce qu'il était ou de ce qu'il faisait pour gagner sa vie.

Au contraire, elle était en partie responsable de sa bonne estime de lui-même. Depuis son enfance jusqu'à maintenant, elle lui répétait qu'il était incroyable, intelligent, beau et fort.

Il est temps pour moi de voir si tu es vraiment guérie ou pas, lui dit-il plein de désir.

Il sentit un changement immédiat dans son attitude. Son corps fondit contre lui lorsqu'elle sourit.

— Ah oui ? demanda-t-elle.

— Mm-mm.

— Je suis *complètement* guérie, dit-elle d'un ton séducteur.

— Il va falloir un examen approfondi pour que j'en sois certain, répondit Frankie.

Annie sourit, puis elle le prit par la main et se tourna. Elle le tira derrière elle en se dirigeant vers les escaliers qui conduisaient à leur chambre.

Frankie rit et il se laissa guider. Il était prêt à suivre cette femme partout. Sans hésiter.

CHAPITRE NEUF

Frankie ferma et verrouilla la porte derrière lui et il fixa Annie. Il n'avait pas menti au dîner. Elle était à couper le souffle, ce soir-là. Elle portait une robe simple avec de fines bretelles. La robe noire à fleurs jaunes était serrée autour du buste, puis elle s'évasait au niveau des hanches et s'arrêtait juste au-dessus de ses genoux. La jupe était ample et fluide et il avait terriblement envie de la déshabiller.

Son Annie était époustouflante. Elle avait un corps musclé et tonique, mais elle était toujours très féminine, avec des courbes à tous les endroits qui comptaient. Elle se plaignait fréquemment que ses cuisses et ses fesses étaient trop grosses, mais Frankie n'aurait rien voulu changer chez elle. Peu importe qu'elle pèse cinquante ou cent cinquante kilos, il ne l'aimerait jamais moins. Il avait bien conscience que certains hommes lui auraient dit qu'il ratait quelque chose, puisqu'il n'avait jamais fréquenté d'autres femmes, mais Frankie savait qu'ils avaient tort.

La seule femme qu'il n'ait jamais désirée, qu'il ne désirerait jamais, était celle qui se tenait devant lui en ce moment même.

Comme si un interrupteur venait d'être déclenché en lui, Frankie se tint plus droit en s'avançant vers elle. Il voyait le pouls d'Annie battre dans son cou. Elle le désirait. Elle avait besoin de lui. Peut-être même plus qu'il n'avait besoin d'elle à ce moment-là. Il avait volontairement évité de la toucher depuis un mois, pendant qu'elle guérissait. Essayer de lui faire l'amour alors qu'elle avait les côtes brisées aurait été trop douloureux. Ça n'avait pas été facile pour tous les deux, mais s'il y avait bien une chose qu'il avait apprise pendant qu'elle servait dans l'armée, c'était que l'anticipation rendait leurs ébats encore plus intenses.

— Passe devant si tu veux aller à la salle de bains, dit Frankie.

Ils avaient vécu ensemble assez longtemps pour qu'il sache qu'elle préférait d'abord se préparer pour se coucher. Annie se leva sur la pointe des pieds et l'embrassa doucement, puis elle se tourna et se dirigea vers la petite salle de bains dans leur cabine de luxe.

Frankie s'avança vers le lit et retira les couvertures, puis il enleva tout sauf son boxeur. Il mit ses vêtements sales dans l'un des sacs en toile qu'Annie avait rangés, puis il éteignit toutes les lampes sauf celle qui se trouvait à côté du lit. Il regrettait de ne pas avoir acheté de jolies fleurs ou autre chose, n'importe quoi pour rendre la chambre moins... austère. Mais il savait qu'Annie s'en moquait, et qu'elle ne lui en tiendrait jamais rigueur.

Peu de temps après, Annie sortit de la salle de bains. Elle portait le tee-shirt trop grand avec lequel elle aimait dormir et ses joues étaient roses d'anticipation. Mon Dieu, comme il l'aimait ! Elle était tout aussi belle et attirante avec ce vieux tee-shirt que si elle portait une chemise de nuit sexy. Elle n'avait pas besoin d'essayer de le séduire : elle le faisait juste en étant elle-même.

Frankie lui sourit et se dirigea vers la salle de bains pour se brosser les dents. Il envisageait de retirer l'appareil externe de son implant, mais décida finalement qu'il voulait entendre chaque soupir et gémissement venant de la bouche d'Annie. Il pouvait toujours le retirer avant de dormir.

Il quitta la salle de bains et la rejoignit sous les couvertures, poussant un soupir de contentement quand Annie se blottit immédiatement contre lui. Elle posa la tête sur son épaule et passa un bras autour de son torse.

— Je ne voudrais pas être ailleurs qu'ici avec toi, dit Frankie au bout d'un moment.

Il sentit son soupir caresser doucement son torse.

— Pareil pour moi, répondit-elle.

Puis Annie posa le menton sur sa main et le fixa dans la chambre tamisée.

— Je déteste que tous les autres aient ces espèces de préjugés à ton sujet, juste à cause de ton implant et parce que tu es sourd.

Frankie haussa les épaules.

— Tu sais que ça m'est égal.

— Oui, je le sais, dit-elle en fronçant les sourcils. Mais les gens comme ces crétins moralisateurs au dîner m'énervent encore énormément.

— Si je vivais ma vie en m'inquiétant constamment de ce que les inconnus pensent de moi, je serais dans un sale état, lui dit Frankie. Les seules personnes dont je me soucie sont nos amis et la famille. Tant qu'ils sont fiers de moi, tout va bien.

— Je suis fière de toi, dit immédiatement Annie.

Frankie sourit.

— Je le sais.

— Et je sais que tu es plus intelligent que quatre-vingts pour cent de la population, ajouta-t-elle.

— Seulement quatre-vingts pour cent ? la taquina Frankie.

Annie haussa les épaules.

— Il y a toujours ces gens comme Brain et son fils, tu sais, ceux qui sont super, *super* intelligents. Tu es simplement super intelligent, dit-elle en riant.

— Ça me va. Je t'aime. Personne ne m'a jamais autant donné l'impression d'être aimé et apprécié.

— Pas même Jenny ? demanda Annie d'une petite voix.

Jenny était la fille qu'il connaissait depuis son

enfance en Californie. Ils étaient dans la même classe depuis la maternelle et elle avait toujours craqué pour lui. Annie ne l'aimait pas. Il n'y avait pas de bonne raison à cela, puisque Jenny avait toujours été parfaitement aimable et n'avait jamais franchi aucune limite, mais Frankie la comprenait. Quand il était plus jeune, Annie était malheureuse que Jenny soit toujours près de lui, ensemble à l'école jour après jour, et pas elle. Sa jalousie était réelle. Peu importe le nombre de fois que Frankie l'avait rassurée en expliquant qu'il n'avait jamais ressenti autre chose que de l'amitié pour Jenny : il n'avait pas réussi à chasser son dédain pour l'autre jeune femme.

— Pas même Jenny, dit solennellement Frankie.

Annie soupira encore et elle reposa la tête sur son épaule.

— Je sais que je suis ridicule. Mais elle a disposé d'une si grande partie de ton temps. Tout ce que je peux dire, c'est que c'est une bonne chose qu'elle ne soit pas allée à la même université que toi. Je ne sais pas si j'aurais pu le supporter.

C'était une autre qualité chez Annie, en ce qui le concernait. Elle n'avait pas peur d'être franche et d'avouer ses défauts. Jenny avait toujours été un sujet sensible chez elle et elle le savait.

Ne voulant pas parler d'une autre femme alors qu'ils étaient au lit, même si c'était quelqu'un qu'il n'avait pas vu depuis presque dix ans, Frankie caressa doucement le bras d'Annie. Sa peau était douce et soyeuse, et il savait qu'à la fin de leurs deux semaines de vacances, elle allait être bronzée et avec un peu de chance, les rides de stress autour de ses yeux auraient disparu. Il avait l'intention de dorloter sa copine et de profiter de chaque seconde de leurs vacances. Être ensemble pendant deux semaines sans discontinuer, alors qu'ils n'étaient pas obligés de travailler et sans la menace constante d'un appel de départ en mission pour elle, c'était le paradis.

Il avait beau être pressé de faire l'amour avec Annie, il profitait de ce moment. De l'intimité. De la proximité. De lui parler de tout et de rien.

— Tu as eu l'air de passer un bon moment chez tes parents.

Annie hocha la tête.

— Être avec ma mère et Fletch semble me recharger d'une certaine façon. Eux et leurs amis. Ils sont tous amoureux, même après toutes ces années.

— C'est vrai, acquiesça Frankie.

— Et même si leurs fêtes sont folles, elles sont si amusantes. Il me tarde de voir leurs manigances à notre mariage.

Frankie se raidit momentanément, puis il se força à se détendre... mais Annie le remarqua tout de suite.

— Quoi ? Qu'est-ce qui ne va pas ?

— Rien, l'apaisa Frankie.

Elle fronça les sourcils, puis elle ferma un instant les yeux et secoua la tête.

— Bon sang, je suis tellement bête, dit-elle doucement.

— Non, pas du tout, rétorqua Frankie.

Il détestait qu'elle se rabaisse, même quand elle plaisantait.

Annie se hissa sur son coude à côté de lui et posa une main sur la joue de Frankie.

— Si. J'ai parlé à mon père de ça, et à ma mère, et même à certaines des autres femmes... mais je ne t'ai jamais rien dit, ce qui est horrible. Frankie... je suis prête. Je veux prévoir une date. Nous marier. Fletch a dit que nous pouvions faire la réception chez eux, si ça te convient. Il m'a promis de poster des gardes afin qu'il ne se passe pas la même chose que lors de sa propre réception.

Frankie déglutit. Ça. C'était ce qu'il voulait depuis qu'il avait sept ans. Épouser Annie. Il avait fait ce que son parrain lui avait suggéré : il lui avait laissé du temps et de la place. N'avait jamais essayé de la pousser à faire ce pour quoi elle n'était pas prête. Il aurait pu attendre toute sa vie et si elle n'avait jamais voulu rendre leur union officielle, ça ne l'aurait pas gêné.

Mais voir son Annie s'avancer vers lui ? Faire vœu de l'aimer aussi longtemps qu'ils seraient en vie ? C'était littéralement le rêve de toute une vie qui se réalisait.

— Frankie ? demanda Annie, dont l'inquiétude s'entendait facilement dans la voix.

Il roula jusqu'à ce qu'elle se trouve sous lui, puis il la regarda avec adoration.

— Faire la réception chez tes parents, c'est parfait, lui dit-il. Je t'aime tellement, Annie. Depuis toujours. Je n'ai jamais vraiment compris pourquoi tu m'as choisi, mais je ferai en sorte que tu ne le regrettes jamais.

Annie lui fit un grand sourire.

— Ma mère va en faire trop, le prévint-elle.

— Ça m'est égal.

— Tu vas être obligé de porter un smoking. Et des chaussures noires bien cirées. Et parce que je n'ai pas d'amis proches, elle a déjà suggéré que *toutes* ses amies deviennent mes témoins.

— Très bien.

— Ce qui signifie que leurs maris seront sans doute tes témoins.

— Annie, ta mère et toi vous pouvez faire en sorte qu'il y ait quarante-sept personnes devant l'autel avec nous, et ça me serait quand même égal. Tant que tu es à mes côtés, tout le reste ne me déstabilisera pas.

— Tu dis ça maintenant, rétorqua Annie en levant les yeux au ciel. Fletch a déjà parlé de réaménager mon tank pour y disposer nos alliances et il veut qu'il roule jusqu'à l'autel quand ce sera le moment.

Frankie rit. C'était bien le genre de Fletch.

— Et je suis sûre que ma mère va vouloir mélanger ces stupides soldats aux pétales de fleurs jetées dans l'allée. Je vais sûrement trébucher sur l'un d'eux.

Frankie ne pouvait s'arrêter de sourire. Il avait vu

les photos et il avait entendu l'histoire d'Annie qui avait caché ses précieux soldats en plastique dans son panier quand elle était chargée de semer les pétales au mariage de sa mère et Fletch.

— Sans doute, acquiesça-t-il.

Annie inspira profondément.

— Nous devrions peut-être simplement le faire chez un juge à Vegas.

Frankie secoua la tête.

— Hors de question. Tu es la préférée de tout le monde, et tu le sais. Ils seraient anéantis si tu faisais ça. Truck pleurerait sans doute. Et personne ne veut voir le grand méchant Truck pleurer comme un bébé.

Annie sourit.

— C'est vrai. Cependant, je ne sais pas combien de temps il faudra pour organiser ce mariage, avertit-elle.

Frankie devint sérieux.

— Peu importe. Un mois, deux… trois ans. Ça ne changera pas mon engagement envers toi. Quand je t'ai demandé de m'épouser, j'ai promis de t'aimer pour toujours. Pour le meilleur ou pour le pire, riche ou pauvre, malade ou en bonne santé. Ça n'a pas changé, Annie. En réalité, je le ressens avec plus de force. Je n'ai pas besoin d'une grande cérémonie élégante pour prouver mon amour pour toi, mais je sais combien ce jour sera important pour ta famille. Je suis donc heureux de faire tout ce que toi, et eux, vous voulez. Mais à la fin de la journée, quand c'est juste nous deux comme maintenant, je veux que tu t'endormes en sachant ce qui est le plus important : que tu as un homme qui te fera toujours passer la première. Qui fera n'importe quoi pour que tu sois heureuse et satisfaite. Qui veillera sur toi jusqu'à son dernier souffle, si c'est nécessaire.

— Frankie, chuchota Annie, bouleversée.

— Tu ne sais pas du tout à quel point tu es incroyable. Tu ne vois pas la façon dont les autres hommes te regardent en te désirant. Je sais que tu penses être un peu bizarre et pas très féminine, mais tu as tellement tort que ce n'est même pas drôle. Je suis émerveillé que tu sois avec moi et je ne considérerais jamais cela pour acquis. Je t'aime exactement comme tu es, avec tes bizarreries et tout. J'aime que ton idée d'un divertissement soit de faire une course d'obstacles dans n'importe quel campement de l'armée à proximité, avec un tas d'enfants qui te suivent. Tu as une si belle âme, Annie, et je te chéris tellement.

— D'accord, arrête de parler, le supplia-t-elle. Je me sens toujours bête d'avoir parlé de notre mariage à tout le monde sauf toi. C'était si impoli.

Frankie éclata de rire.

— Tu pourrais me surprendre avec mon propre mariage que ça ne me contrarierait pas. Mais je veux t'aider comme je le peux. Si tu veux laisser ta mère tout organiser, très bien. Si tu veux t'impliquer, super. J'examinerai les classeurs d'invitations de mariage et je t'accompagnerai pour choisir les fleurs et goûter les gâteaux autant que tu veux. Je veux simplement que tu sois heureuse, mon amour. C'est tout.

— Je le sais, le rassura-t-elle. Mais...

Elle commença alors à gigoter sous lui, et Frankie fronça les sourcils, perplexe, se soulevant un peu pour lui laisser de la place. Quand elle retira son tee-shirt, allongée nue sous lui, Frankie l'examina longuement.

Elle était tout le temps belle. Mais nue ? Elle lui coupait le souffle.

— Moins de bavardages, plus d'action, dit-elle avec exubérance.

Frankie était tout à fait partant.

— Ferme les yeux, ordonna-t-il.

Elle fit immédiatement ce qu'il exigeait.

Il trouvait incroyable qu'Annie le laisse prendre le contrôle quand ils faisaient l'amour. Elle avait avoué plus d'une fois que parce qu'elle devait prendre des décisions difficiles avec ses équipes, c'était libérateur de ne pas avoir à mener la danse dans la chambre. Et à l'inverse, Frankie était si décontracté dans sa vie de tous les jours, que c'était valorisant de prendre les rênes dans le domaine du sexe.

Frankie inspira profondément en se disant de faire doucement à cause de ses côtes, même si cela faisait effroyablement longtemps qu'il n'avait pas fait l'amour à Annie. Il avait l'intention de lui montrer exactement tout ce qu'elle représentait pour lui. Et si ça les rendait tous les deux fous, c'était encore mieux.

Il se pencha et lui embrassa la clavicule avec

lenteur. Puis le pouls qui tambourinait dans sa gorge. Il descendit le long de son corps, le vénérant en passant. Il déposa un baiser sur son ventre, aimant la façon dont elle inspira profondément. Elle était chatouilleuse, et c'était encore un détail intime qu'il aimait connaître.

Écartant doucement ses jambes, Frankie embrassa l'intérieur de sa cuisse. Puis l'autre. Il regarda vers le haut de son corps et vit qu'il avait toute l'attention d'Annie. Bien.

Bien décidé à faire en sorte qu'elle apprécie, il ferma les yeux et se mit au travail en donnant du plaisir à la femme qu'il aimait plus qu'il ne pouvait l'exprimer.

Annie se réveilla le lendemain matin en se sentant complètement détendue. Cela faisait très longtemps qu'elle n'avait pas eu de matinée où elle n'était pas obligée de se lever. Elle n'avait pas à se rendre à l'entraînement physique. N'avait pas besoin de penser aux réunions qu'elle allait avoir ce jour-là. N'avait pas à s'inquiéter d'être appelée ou envoyée en mission.

En s'étirant paresseusement, elle se rendit compte qu'elle était seule dans le lit. En ouvrant les yeux, elle vit Frankie l'observer, debout près de la salle de bains. Annie rougit en se souvenant de leurs ébats de la veille et elle sourit.

— Bonjour.

— Bonjour, ma belle, dit Frankie.

— Que fais-tu ?

— Je te regarde, dit son homme sans hésitation. Et je me pince pour être sûr que tu es à moi.

De temps en temps, Frankie disait quelque chose qui lui rappelait énormément son père et ses amis. Ils ne cachaient jamais leur amour pour leurs épouses et elle *adorait* le fait que Frankie fasse de même. Elle aimait aussi sa domination au lit. C'était si excitant et la veille n'avait pas été différente. Il avait pris tout son temps en l'embrassant et en caressant chaque centimètre de son corps avant de lui faire l'amour avec lenteur et douceur.

Puis, quand il avait été certain qu'elle ne ressentait aucune douleur à cause de ses blessures les plus récentes, il l'avait prise une nouvelle fois, brutalement, durement. Il s'était métamorphosé en l'amant dominateur, déterminé et sauvage qu'il pouvait être.

— Tu es à moi autant que je suis à toi, dit Annie.

— Tout à fait. Je me suis dit que j'allais partir te chercher quelque chose à manger au lit ce matin. Tu sais, juste pour m'assurer que tu n'aies pas une autre confrontation avec Dottie ou Megan et leurs maris. Je ne voudrais pas que tu commences mal la journée.

Annie sourit.

— Merveilleux. Combien de temps avons-nous avant que les marins ne grimpent dans les cordages pour lever les voiles ?

— Johnny a dit qu'ils allaient essayer de le faire autour de neuf heures.

Johnny était le type chargé des passagers sur le navire. Annie supposait que c'était une sorte de directeur de croisière. Même si ceci n'était qu'un petit vaisseau, quelqu'un devait néanmoins tout organiser et faire en sorte que les passagers soient contents.

En regardant le réveil, Annie vit qu'il était sept heures. C'était très tard pour elle lors d'une journée normale, mais elle se sentait extrêmement paresseuse.

— Comme quelqu'un m'a fait veiller tard hier soir, il se pourrait que je dorme encore une heure, dit-elle à Frankie.

Il avança alors en faisant le tour du lit. Il posa une main sur le matelas et se pencha pour l'embrasser.

— Reste au lit aussi longtemps que tu veux. Aujourd'hui, c'est une journée de navigation. Nous n'avons rien à faire et je suis sûr que tu pourras voir les voiles être relevées et baissées de nombreuses fois au cours des deux semaines qui viennent.

Un début de journée au lit, c'était fabuleux.

— D'accord.

— D'accord, répéta Frankie. Je vais descendre. Je t'apporterai le café et une assiette de fruits ou autre chose.

— Merci. Ne laisse personne te marcher sur les pieds.

— Je sais gérer les autres, ne t'inquiète pas.

Pourtant, elle l'était. Annie s'inquiétait constamment pour Frankie. Pas parce qu'elle pensait qu'il était incapable de prendre soin de lui-même, mais parce que l'idée que quiconque le prenne de haut la rendait complètement dingue. Depuis toujours.

Frankie l'embrassa une fois de plus sur le front avant de se redresser. Aujourd'hui, son homme portait un tee-shirt vert à manches courtes et un short de bain. Il semblait détendu et heureux.

— Je t'aime, dit-il en se dirigeant vers la porte.

— Je t'aime aussi.

Il lui sourit avant qu'elle n'entende la porte se refermer derrière lui. Elle l'entendit parler à quelqu'un dans le couloir, et elle se dit qu'il prévenait sans doute la femme de ménage qu'elle était toujours en train de dormir à l'intérieur. C'était son Frankie. Toujours si attentionné, veillant sur elle. La laissant dormir quand elle le pouvait, allant lui chercher le petit-déjeuner, lui laissant de petits mots d'amour dans leur maison, et un million d'autres choses.

Annie avait été si occupée au cours de l'année précédente, à entraîner les nouveaux membres de son équipe et à faire en sorte que tout le monde reste en vie pendant leur mission, qu'elle se rendait compte qu'elle était devenue moins consciente des choses que Frankie faisait pour elle. Le linge était toujours propre et plié quand elle rentrait à la maison. Il cuisinait. Faisait le ménage. Sortait les poubelles chaque semaine. Tondait la pelouse, payait les factures, et récupérait des cartes d'anniversaire pour tous ses pseudos cousins. Et il faisait tout cela alors qu'il travaillait lui aussi.

Il n'était pas parfait. Il laissait toujours les lampes allumées, ce qui la rendait dingue : elle passait son temps à tout éteindre derrière lui. Il regardait rarement une seule émission à la fois, zappant constamment entre les chaînes, au lieu de simplement regarder un programme jusqu'au bout. L'enregistreur vidéo était rempli d'émissions qu'il enregistrait mais ne regardait jamais. Et ça l'irritait *vraiment* quand il était de mauvaise humeur et qu'il retirait son appareil auditif en refusant de la regarder de sorte qu'elle ne puisse pas communiquer avec lui. C'était ce qu'aurait pu faire un gamin de trois ans, mais Dieu merci, il le faisait très rarement. Malgré tout, ça rendait Annie complètement folle.

Elle pouvait supporter ses défauts mineurs, parce qu'elle en avait tout autant. Il était si bon avec elle et Annie savait qu'elle ne trouverait jamais quelqu'un en qui elle avait autant confiance. Frankie et elle avaient partagé tant de choses en grandissant. Ils s'étaient envoyés des lettres et avaient parlé en ligne autant que leurs parents le leur permettaient. Il était véritablement son meilleur ami, et inversement.

Annie sourit et s'étira, sentant des douleurs et des courbatures érotiques qu'elle n'avait pas ressenties depuis trop longtemps. Oui, elle pouvait dire sans craindre de se tromper qu'elle allait garder Frankie. Pour toujours.

Elle eut soudain une envie urgente de l'épouser. Ils avaient tant retardé l'événement que l'intensité de son besoin de devenir madame Annie Sanders n'était pas très surprenante. Elle voulait se lier à lui avec tant de force qu'il ne pourrait jamais plus se débarrasser d'elle. C'était un petit miracle qu'il soit resté si longtemps auprès d'elle étant donné les défis de la carrière d'Annie. Elle ne voulait pas prendre le risque de le perdre maintenant. Elle ne pensait pas que ça allait arriver, mais elle avait toujours une petite crainte.

Connaissant sa mère, celle-ci allait planifier tout le mariage avant le retour de vacances d'Annie et Frankie. Cette idée ne la contrariait pas.

Annie se roula en boule sur le côté et serra l'oreiller de Frankie entre ses bras. Elle inspira profondément, absorbant son odeur musquée. En fermant les yeux, elle se laissa légèrement somnoler, entièrement satisfaite.

CHAPITRE DIX

Les jours passaient très vite. Une semaine s'était écoulée en l'espace d'un clin d'œil. Presque chaque jour, le navire s'arrêtait sur une petite île différente des Caraïbes. Annie n'aimait pas tellement nager ou faire de la plongée dans l'océan, alors ils choisirent à la place d'explorer les îles à pied. Ils accompagnaient parfois un groupe pour les activités prévues et partaient seuls d'autres fois.

Ils avaient mangé dans des restaurants locaux, avaient un jour participé à un match de foot improvisé en passant devant une petite école, avaient vu des ruines et des forteresses anciennes. Annie ne se souvenait pas d'un temps où elle s'était sentie aussi insouciante. Certainement pas depuis qu'elle avait rejoint l'armée.

Le voyage l'aida encore plus à comprendre que quitter l'armée était la meilleure décision. Elle était fière de ce qu'elle avait accompli, mais elle voulait autre chose que voyager d'un pays à l'autre en essayant de ne pas se faire tuer tout en cherchant simultanément à tuer d'autres personnes. Elle voulait se construire une vie avec Frankie, passer du temps avec sa famille, et profiter de l'avenir en général.

Malgré un certain nombre de passagers qui se donnaient des airs ou qui étaient simplement impolis sur le navire, ils en avaient rencontré d'autres plus terre à terre. Ils avaient eu quelques conversations agréables pendant des déjeuners et des dîners avec d'autres passagers. Manuel et Frankie avaient également passé du temps ensemble, et Annie voyait que même après ces visites relativement brèves, Manuel avait repris de l'assurance, la langue des signes lui venant un peu plus facilement chaque fois.

Aujourd'hui, le plan était de se rendre sur une grande île inhabitée des Bahamas, île qu'elle avait mentionnée aux amis de sa mère. Annie n'était pas certaine du nom, elle savait seulement que l'entreprise de croisière possédait la plage du côté sud de l'île. Alors que la plupart des passagers étaient enthousiastes à l'idée de l'arrêt du jour, parce que la plage était absolument pittoresque, Annie préférait les îles avec des villes et des villages pour pouvoir interagir avec les habitants et découvrir des cafés hors des sentiers battus. Elle aimait faire l'expérience de cultures différentes.

Johnny promit que la plongée était incomparable

et l'eau turquoise permettait des photos magnifiques. Annie avait essayé de persuader Frankie de partir faire de la plongée avec le groupe, mais il refusa, disant qu'il préférait passer son temps avec elle.

Et comme Annie n'aimait pas nager, c'était réglé.

Heureusement, Johnny dit qu'il y avait également une randonnée à travers la forêt tropicale. Cependant, elle ne faisait qu'un kilomètre et demi aller-retour, et même si la chaleur et l'humidité étaient assez intenses, Annie avait très envie d'un peu de sport plus vigoureux. Elle n'avait pas pu courir comme elle en avait l'habitude, et même si elle était presque certaine d'annoncer à son commandant qu'elle quittait l'armée au moment de son réengagement, elle n'était pas encore partie. Elle devait donc rester en forme. Il était très probable qu'elle soit déployée au moins une fois avant de démissionner, peut-être plus.

Les passagers devaient attendre leur tour pour monter à bord des petits zodiacs les conduisant vers la rive, mais ça ne gênait pas Annie. Elle laissa les passagers les plus impatients remplir les premiers bateaux. Quand ce fut leur tour, elle transpirait déjà. Il était trois heures de l'après-midi et le soleil était encore haut dans le ciel, travaillant sur leur bronzage.

— Le dernier bateau part à dix-sept heures, leur dit Manuel.

Il avait été un des marins chargés de conduire les passagers depuis et vers le navire.

Aucun problème, lui répondit Frankie en langue des signes.

— Amusez-vous ! dit l'autre marin sur le zodiac. Comme vous ne semblez pas être vêtus pour nager, le chemin de randonnée se trouve juste là-bas, sur la droite. Il se faufile à travers une partie de la jungle et vous recrache à l'autre bout de la plage. Vous pouvez soit revenir à pied sur la plage, soit faire demi-tour et repasser par la jungle. Il y a une bifurcation vers la moitié du chemin, faites en sorte de tourner à gauche.

— Où aboutit l'autre sentier ? demanda Annie, rongée par la curiosité.

— Il finit par arriver sur le côté nord de l'île, mais le chemin n'est pas facile, et il n'est pas maintenu non plus. Il y a beaucoup de tournées et de virages et il est facile de se perdre. Faites donc en sorte de tourner à gauche à l'embranchement. Vous n'aimeriez pas que l'on vous abandonne sur l'île, conseilla le marin.

— Je ne sais pas, dit Frankie en riant. C'est assez beau.

— C'est vrai. Mais vous vous lasserez vite de manger des noix de coco, dit l'autre homme avec un sourire. De plus, ajouta-t-il à voix basse, vous ne voudriez pas vous faire attraper par des pirates. Ou croiser des dinosaures élevés en secret qui sembleront mignons et qui sont totalement mortels, n'est-ce pas ?

Annie éclata de rire.

— Faites-vous référence au deuxième *Jurassic Park* ? Dans lequel le beau yacht part vers une île et la jeune fille se fait attaquer par les compies... ces petits dinosaures ?

— Effectivement, répondit le marin en faisant un clin d'œil. Alors, prenez soin de rester sur le chemin.

— Nous ferons attention, dit-elle joyeusement en tirant sur le bras de Frankie. Et si nous voyons des dinosaures, nous vous le ferons savoir.

Le marin gloussa et les salua de la main. Annie était impatiente de partir et de sortir du soleil brûlant. Dans la forêt, l'humidité n'était pas moins pénible, mais ils seraient au moins à l'ombre pendant une grande partie de leur randonnée.

Elle entendit Frankie glousser derrière elle pendant qu'elle le traînait vers le chemin.

— Tu es pressée ? demanda-t-il.

— Parfois j'oublie à quel point les gens m'ennuient, le taquina Annie.

Frankie se contenta de rire plus fort.

— Je me demande combien de gens ils ont perdu par ici ? songea-t-il à voix haute.

— Moi, ce que je me demande, c'est s'ils ne veulent pas que les gens traversent l'île jusqu'à l'autre côté, pourquoi leur chemin bifurque-t-il ? Ils auraient dû en créer un nouveau qui ne donne pas la possibilité de se tromper.

— Tu n'as pas tort, dit Frankie en serrant la main d'Annie.

Plusieurs minutes s'écoulèrent en silence pendant

qu'ils marchaient à travers la forêt, puis Frankie dit, d'un air pince-sans-rire :

— Pourrions-nous ne pas avancer au rythme d'une marche forcée ?

Annie ralentit immédiatement ses pas.

— Pardon, dit-elle en fronçant le nez. C'est juste que c'est très agréable d'étirer mes jambes et de faire de l'exercice.

Frankie s'arrêta brutalement et l'attira dans ses bras. Annie aurait normalement été ennuyée par ce qu'ils transpiraient déjà tous les deux, et il savait qu'elle n'aimait pas le contact quand elle faisait du sport, mais la posture lui rappela immédiatement la veille. La chaleur qu'ils généraient au lit... la façon dont Frankie s'assurait immanquablement qu'elle était satisfaite avant de tenir compte de ses propres envies. Elle avait entendu suffisamment d'histoires d'horreur dans la chambre à coucher de la part d'autres femmes pour comprendre qu'elle avait de la chance avec Frankie.

— Respire, mon amour, lui dit-il. Nous sommes en vacances. Pas en train de débarquer en Normandie ou de nous diriger vers une cachette de talibans.

— Je sais, soupira-t-elle. J'ai simplement besoin de faire un peu de sport.

Frankie leva un sourcil et eut un sourire en coin lorsqu'Annie comprit ce qu'elle venait de dire.

— Je veux dire, le sport de chambre d'hier soir était très bien, mais...

Il l'embrassa brutalement.

— Je sais ce que tu voulais dire. Ralentissons un peu pour voir où nous conduit ce chemin. Si nous devons faire plusieurs allers-retours pour que tu te sentes mieux, nous le ferons.

Annie sourit.

— T'ai-je dit aujourd'hui que je t'aime ? demanda-t-elle.

— Oui, mais je ne me fatigue jamais de l'entendre.

— Je t'aime, Frankie. Je ne comprends pas comment tu me supportes parfois, mais j'apprécie.

— Tu n'es pas si terrible, lui dit-il avec un clin d'œil. Même si tu piques la couverture, laisses traîner tes chaussures dans toute la maison et ne saurais même pas faire bouillir de l'eau.

Annie éclata de rire.

— Et si tu passais devant ? De cette façon, la randonnée pourra être un moment de détente et non un entraînement super extrême.

— Tu pourrais courir devant et revenir me rejoindre, suggéra Frankie.

Annie secoua la tête.

— Non. Je préfère rester avec toi. Je suis en vacances. Ça ne va pas me tuer si je ne cours pas un million de kilomètres avec un sac de quinze kilos sur le dos.

— Tu ne vas pas perdre ta forme physique, la rassura Frankie.

— Je sais. Et de toute façon, je vais rater des choses

si je passe la première. Tu es si doué pour montrer les oiseaux et les insectes qui ont l'air intéressants.

— D'accord. Mais si j'avance trop lentement, fais-le-moi savoir.

Ils repartirent, avec Frankie devant, cette fois. Il avançait assez tranquillement, s'arrêtant souvent pour regarder des plantes et des fleurs extraordinaires.

Annie ne savait pas combien de temps s'était écoulé, mais il ne fallut pas longtemps avant d'arriver à l'embranchement du chemin pour lequel on les avait prévenus.

Frankie s'arrêta devant et regarda vers la droite — où ils ne devaient pas aller — puis vers la gauche. Quelqu'un avait accroché une cordelette en travers du chemin sur la droite. Annie regarda cela avec envie. Elle voyait le chemin monter légèrement à travers les arbres au loin, ce qui représentait un exercice légèrement plus physique, et elle ne pouvait s'empêcher de penser que c'était un peu plus excitant d'explorer le chemin interdit.

— Tu sais, ils ont dit que l'île n'est pas habitée, songea Frankie.

Annie le regarda en souriant.

— C'est vrai, acquiesça-t-elle.

Il regarda sa montre.

— Et nous avons beaucoup de temps. Surtout si nous marchons un peu plus vite. Nous pourrions aller voir cette autre plage et néanmoins revenir à temps pour le dernier zodiac vers le navire.

— Depuis quand es-tu devenu aussi aventureux ?

— Depuis que je suis avec toi, dit Frankie sans hésiter.

— Nous sommes censés rester sur le chemin de gauche, lui rappela-t-elle, sans savoir pourquoi elle faisait semblant de le convaincre de rester sur le sentier autorisé. Elle avait très envie de partir à droite.

Frankie haussa les épaules.

— Je me sens un peu rebelle aujourd'hui, vois-tu ?

— Ça me plaît. Et si cette autre plage est déserte… nous pourrions peut-être apprendre si le sexe sur la plage est aussi bien qu'on le dit, dit-elle avec un grand sourire.

Frankie écarquilla les yeux.

— Euh… Non. Je t'aime, mais avoir du sable sur ma queue n'est pas très haut sur la liste des choses que je veux vivre. De plus, cette merde pourrait être très irritante pour toi. Tu imagines devoir consulter le médecin du navire et lui expliquer pourquoi tu as une irritation terrible de la foufoune ?

Annie éclata de rire, mais elle hocha la tête.

— D'accord, d'accord, tu as raison.

— Si nous avions une serviette, peut-être, poursuivit Frankie. Je ne suis pas prêt à prendre le risque de chercher des feuilles sur lesquelles nous allonger, parce qu'avec la chance que j'ai, il y aura une énorme araignée mortelle qui me mordra les fesses. Ensuite, c'est moi qui devrais expliquer au médecin à bord comment une araignée tropicale a réussi à rentrer dans mon short et mes sous-vêtements pour me mordre.

Annie ne pouvait presque plus parler à force de rire.

— J'ai dit d'accord ! parvint-elle à articuler.

— J'adore te voir rire ainsi, dit Frankie avec tendresse.

— Allez viens, avant que tu ne m'excites avec tes remarques cochonnes sur le sable et les araignées mortelles, dit Annie d'un ton pince-sans-rire.

Elle lui reprit la main et le tira hors du sentier pour faire le tour de la corde bloquant le passage.

— Oh, tu es assez cochonne comme ça, plaisanta Frankie.

Annie leva les yeux au ciel. Son homme était un clown, et ça lui allait très bien comme ça.

Ils continuèrent à avancer et Annie aimait avoir l'impression qu'ils étaient les seuls sur l'île. Les oiseaux gazouillaient au-dessus de leur tête et les feuilles s'agitaient dans la brise légère. L'odeur terreuse du sol sous leurs pieds ajoutait à cette ambiance.

Le sentier qu'ils avaient choisi avait plusieurs embranchements. Certains des chemins qu'ils suivirent n'étaient rien de plus que des traces laissées par les animaux, mais Annie n'avait pas peur de se perdre. Premièrement, ils étaient sur une île : ils ne pouvaient pas aller très loin. Deuxièmement, elle avait toujours eu un excellent sens de l'orientation. Elle savait qu'elle pouvait les ramener jusqu'à la plage de l'autre côté de l'île sans aucun problème. Mais elle comprenait comment d'autres pouvaient se perdre.

— C'est si beau, dit Annie après qu'ils aient marché pendant un moment.

— C'est vrai, acquiesça Frankie derrière elle.

Elle était repassée devant.

— Combien de temps nous reste-t-il ? demanda-t-elle.

Frankie regarda la montre à son poignet.

— Ça va. Nous marchons depuis moins d'une heure.

— D'accord.

Annie leva la tête et inspira profondément.

— Tu sens ça ? demanda-t-elle.

— Oui. Nous devons être près de l'autre côté de l'île.

Annie hocha la tête. L'odeur de l'océan était plus forte. Ils étaient montés par-dessus une crête qui divisait sans doute l'île en deux parties, le nord et le sud. Alors que le côté sud, où le bateau s'était ancré, avait des eaux calmes et seulement une légère brise, le nord était plus sauvage et venteux.

D'abord entourés d'arbres, ils se trouvèrent soudain au bord d'une longue étendue de plage. Annie confirma mentalement son analyse précédente. Ce côté de l'île n'était pas adapté aux touristes souhaitant flâner et se relaxer. Et ce n'était certainement pas idéal pour la plongée. Les vagues étaient violentes, s'écrasant sur la plage. La plage elle-même était très rocailleuse, pas du tout comme la longue couverture de sable doux que l'on trouvait à l'autre côté de l'île.

Mais pour une raison qu'elle ignorait, Annie préférait cette plage. Elle était plus sauvage, plus réelle.

— C'est magnifique, souffla-t-elle.

— C'est vrai, acquiesça Frankie.

Annie s'aventura prudemment sur la plage, observant les environs. Le vent fouetta les mèches de cheveux qui s'étaient échappées de sa queue de cheval, brûlant ses joues et son cou, et elle sentit le sel des embruns couvrir sa peau. En inspirant profondément, elle ne put s'empêcher de sourire. Elle ne s'était pas sentie aussi vivante depuis très longtemps.

Frankie était à environ trois mètres derrière elle, prenant le temps d'examiner la zone. Ils restèrent silencieux, profitant simplement de la quiétude du moment et du paysage magnifique.

Vers la moitié de la plage, Annie vit quelque chose devant elle, près des arbres. Elle ne comprenait pas ce qu'elle voyait. On aurait dit un tas de caisses... mais ça n'avait aucun sens. Ils étaient entièrement seuls et l'île n'était pas habitée, que voyait-elle donc ?

Elle marcha un peu plus vite, pressée de résoudre le mystère. Quand elle se trouva à six mètres environ des mystérieux contenants, elle se figea sur place.

Un homme se leva soudain derrière les caisses, juste entre les arbres... et pendant une seconde, ils se regardèrent sans bouger. L'homme semblait aussi surpris de la voir qu'elle.

Instinctivement, Annie fit un pas en arrière. Il y avait quelque chose chez cet homme qui lui donnait la chair de poule. Il avait les cheveux blonds et une barbe très négligée, comme s'il ne s'était pas rasé depuis une semaine ou plus. Son tee-shirt était sale et son short déchiré. Il semblait... terriblement nerveux. Il ressemblait beaucoup aux gens qu'elle avait vus lors de ses missions, des gens qui essayaient de se mêler à leur environnement, mais qui étaient trop fébriles et nerveux pour convaincre qui que ce soit qu'ils vaquaient à leurs affaires quotidiennes.

C'était cependant ce qu'il tenait dans la main qui poussa Annie à se tourner vers Frankie.

Elle avait l'intention de lui demander de fuir en courant... mais Frankie sprintait déjà vers elle.

Annie se retourna vers l'homme qu'ils avaient surpris, mais elle eut juste le temps de remarquer qu'il n'était plus là où elle l'avait vu la dernière fois. Il se retrouva soudain à côté d'elle, le pistolet dans sa main maintenant collé contre sa tête.

— Ne bouge pas, grogna-t-il.

Annie se figea. Elle voulait désarmer ce crétin, mais si jamais elle ratait son coup, elle ne voulait pas penser à ce qu'il risquait de faire à Frankie ou à elle. Elle ne savait pas du tout s'il était seul ou pas. Elle avait besoin de plus d'informations avant d'agir.

— Que se passe-t-il ? cria Frankie en s'approchant.

— Ne vous approchez pas, sinon je tire sur elle ! cria le type.

Frankie l'ignora et continua à courir vers eux.

— Je ne plaisante pas ! prévint l'homme.

— Il est sourd ! cria Annie.

— Quoi ?

— Il est sourd ! répéta-t-elle. Il connaît la langue des signes. Je peux lui communiquer ce que vous dîtes, mais je dois bouger les mains. S'il vous plaît, ne tirez pas.

Annie avait peur d'exagérer un peu le rôle qu'elle jouait, mais si ce crétin ne savait pas que Frankie entendait tout, cela pouvait jouer en leur faveur.

— Dis-lui de s'arrêter tout de suite, putain ! dit l'homme en appuyant le canon du pistolet contre sa tête.

Tu aurais dû courir dans l'autre sens, dit Annie à Frankie.

Frankie s'arrêta à trois mètres d'elle. *Tu penses que je pouvais t'abandonner ? Hors de question*, répondit-il par signes.

Même s'il ne parlait pas, Annie voyait son irritation dans la façon dont il bougeait les mains.

— Je pensais que cette île était inhabitée, dit-elle au crétin.

— Tu t'es trompée, répondit-il. Il y a quelques vieilles cabanes dilapidées du côté nord, pas très loin d'ici. D'après ce que nous savons, quelqu'un est venu de Nassau et squatte sans doute l'île.

L'homme baissa la voix en marmonnant :

— De toutes les putains d'îles, il fallait qu'ils choisissent celle-ci.

Nous. Cela répondait à la question de savoir si le crétin était seul ou pas. Et il était américain. Il n'avait pas un accent qu'Annie savait situer, cependant.

— Écoutez, laissez-nous partir et nous retournerons vers l'autre côté de l'île, dit-elle doucement. Nous nous moquons de ce que vous faites ici. Nous sommes en vacances. Nous ne voulons pas de problèmes.

— Eh bien, vous les avez trouvés quand même, dit l'homme. Nous ne pouvons pas vous laisser vendre la mèche de notre présence à quelqu'un. Et nous ne pouvons pas vous abattre, parce que ces idiots dans leurs cabanes pourraient vous entendre et venir enquêter. Sans parler du fait que je suppose que vous êtes arrivés sur ce putain de bateau chic. *Ces* crétins-là pourraient entendre les coups de feu et venir voir également. Alors pour l'instant, vous devez rester silencieux et faire ce que je dis.

— C'est quoi ce bordel, Garrett ? demanda un autre homme en sortant des bois et en avançant vers eux d'un pas lourd.

Annie eut l'estomac dans les talons. Merde. Le crétin — Garrett — avait déjà révélé le fait qu'il n'était pas seul sur l'île, mais Annie avait espéré que son partenaire dormait, par exemple. Elle pouvait facilement maîtriser un homme, mais deux, c'était plus difficile. Et le deuxième portait aussi un pistolet. *Merde merde merde.*

— Nous avons de la compagnie, dit Garrett.

— Sans déconner, Sherlock, répondit l'homme avec dégoût.

Il s'avança vers Annie et la dévisagea d'un air lubrique.

— Laisse-la tranquille, dit Frankie d'un ton dur.

— Il est attardé ? demanda le deuxième type après avoir entendu la voix de Frankie.

Annie vit rouge.

— Non, il n'est pas attardé ! Et c'est le mot le plus offensant qui existe.

— Il *parle* comme un attardé, argumenta Garrett.

Annie se raidit, prête à tuer les deux hommes.

Du calme, Annie. Reste concentrée, dit Frankie avec les mains.

— Qu'est-ce qu'il fait ? Il a une attaque ?

— Il est sourd, expliqua Garrett à son ami. En tout cas, c'est ce qu'elle dit.

— C'est vrai, affirma Annie. Il a une voix différente parce qu'il ne s'entend pas. Il est impossible d'apprendre à prononcer les mots quand on ne les a pas entendus d'abord. Si quelqu'un vous donnait un livre écrit en français ou en espagnol ou dans n'importe quelle autre langue, vous parleriez de façon assez bizarre aussi.

— Ah. Alors il ne peut pas nous entendre ? demanda le deuxième homme.

— Non.

— Et tu lui parles avec les mains ?

— Oui, répondit sèchement Annie.

— Dis-lui de s'approcher et de s'asseoir derrière les caisses, ordonna-t-il.

Ne le fais pas, dit Annie à Frankie. *Si tu fais demi-tour et que tu cours, tu vas les surprendre et tu auras de l'avance. Ils pourraient ne pas arriver à te rattraper. Tu peux retourner sur l'autre plage et chercher de l'aide.*

Je ne vais pas te laisser, dit Frankie en pinçant les lèvres.

Annie l'aimait tant, mais à ce moment précis, elle était frustrée par son entêtement.

— Qu'a-t-il dit ? demanda Garrett.

— Il veut savoir ce que vous allez nous faire, mentit Annie.

— Si vous faites ce qu'on vous dit, rien, dit le deuxième type. Il ne nous reste qu'une journée de plus sur cette île merdique avant que l'on ne passe nous chercher.

Quel est le plan ? demanda Frankie.

Je ne sais pas encore, lui dit Annie. *Ils ne me donnent pas l'impression de vouloir nous tuer. Il nous faut sans doute simplement attendre.*

Ils ne veulent pas nous tuer ? Cet enfoiré a un pistolet pointé sur ta tête, Annie !

— Que dit-il ?

— Il veut savoir où vous voulez qu'il s'assoie. Et ce qu'il y a dans les caisses.

Annie n'était pas certaine de vraiment vouloir le savoir. Mais s'il y avait des armes, elle pouvait essayer d'en ouvrir une et de rétablir un peu l'équilibre des forces.

— Devons-nous lui dire, Travis ? demanda Garrett d'un ton moqueur en gardant le pistolet appuyé contre sa tête pendant que Frankie marchait lentement vers l'endroit où ils lui avaient dit de s'asseoir.

Travis le suivit.

— Tu veux savoir ce qu'il y a à l'intérieur de nos caisses ? demanda-t-il.

Annie ne savait pas s'il était délibérément con ou s'il avait oublié que Frankie n'était pas censé pouvoir l'entendre. Elle supposait que c'était la première option. *Ne réagis pas*, dit-elle à Frankie quand il regarda dans sa direction. Mais au fond d'elle, elle savait qu'il était le plus tolérant des deux. C'était plutôt *elle-même* qu'elle enjoignait à ne pas réagir.

— De la cocaïne, dit succinctement Travis. Nous allons être carrément riches dès que cette cargaison sera récupérée. Nous sommes ici personnellement pour nous assurer que la livraison se passe sans accroc. Nos types viennent de Miami pour nous récupérer avec tout ça.

Annie se raidit. Mince.

— Assieds-toi là, dit Travis à Frankie en agitant le pistolet vers lui, l'utilisant pour indiquer le sol près de l'une des caisses.

Garrett avait fait faire le tour des caisses à Annie et

elle vit que les deux hommes avaient établi une espèce de petit campement plus loin dans la forêt. Il y avait un petit foyer et des ordures partout. Deux hamacs étaient accrochés entre les arbres et il y avait une grosse carafe sur le côté, dans laquelle Annie supposait qu'il y avait de l'eau. Ce qu'elle ne vit *pas*, c'étaient d'autres armes. Elle avait espéré mettre la main sur l'une d'entre elles.

Garrett lui prit le bras et tira dessus, faisant presque tomber Annie sur le sol rocheux. Frankie fit un bruit du fond de la gorge et commença à se lever, mais Travis leva son pistolet et le pointa sur sa tête.

— Rassieds-toi, le menaça-t-il.

Je vais bien, dit Annie à Frankie.

Garrett rit.

— On dirait que ce sera assez facile de vous faire obéir. Que dites-vous de ça : je tire sur toi s'il réagit mal et si tu fais la même chose, il est mort. Dis-lui ça.

Garrett la poussa avec la pointe du pistolet et la haine monta en Annie. C'était pour cette raison qu'elle avait voulu que Frankie s'enfuie. S'il était en sécurité, elle pouvait faire le nécessaire pour se débarrasser d'eux. Mais elle n'avait aucun doute qu'ils allaient tirer sur Frankie si elle bougeait un seul muscle. Il fallait qu'elle fasse croire à ces crétins qu'ils avaient l'avantage. Pour l'instant.

— Dis-lui, répéta Garrett en appuyant plus fort contre son crâne.

Nous devons attendre. Ils auront besoin de dormir un

jour, dit Annie à Frankie. *Reste calme et ne leur donne aucune raison de s'énerver contre nous.*

Ils me sous-estiment, dit Frankie.

Je sais. Et nous pouvons nous en servir à notre avantage. Mais pas pour l'instant, alors qu'ils sont très vigilants.

Frankie hocha la tête et s'appuya à nouveau contre la caisse.

— Bon garçon, gloussa Garrett.

Ensuite, il conduisit Annie vers un arbre de l'autre côté du campement improvisé et il la poussa sur le sol. Annie tomba à genoux et retint un grognement qui menaça de s'échapper quand son genou heurta un rocher pointu. Si Frankie pensait une seule seconde qu'elle avait mal, il allait perdre son sang-froid. Si les choses dégénéraient, il allait mourir en essayant de la protéger. Peu importe qu'elle soit une soldate des Forces Spéciales. Peu importe qu'elle soit capable de prendre soin d'elle.

Frankie n'avait jamais oublié comme il s'était senti impuissant lorsque sa propre mère avait essayé de l'enlever quand il était enfant. Il avait un énorme complexe du sauveur désormais, et en général, ça ne gênait pas Annie. C'était agréable quand il la défendait... mais ce n'était pas le bon moment pour qu'il perde son calme.

Je vais bien, lui dit-elle pour la centième fois.

S'il ne te lâche pas, je vais lui couper les mains.

Nous devons juste rester calmes, répéta-t-elle.

— S'il bouge, tire-lui dessus, dit Travis à Garrett en se penchant au-dessus d'un sac.

— Et le bruit ? Et les gens qui pourraient venir voir ce qu'il se passe ? demanda Garrett.

— Fait chier, jura Travis. Il nous faudra prendre le risque.

Il se tourna vers Annie.

— Je suggère que ton ami et toi vous restiez très silencieux. Tu n'aimeras pas ce qui se passera, autrement.

C'était légèrement rassurant qu'ils ne les aient pas *déjà* abattus parce qu'ils redoutaient d'attirer l'attention sur ce côté de l'île.

Travis se leva alors avec un morceau de corde dans les mains, et Annie perdit toute assurance.

— Comme Garrett l'a dit, tant que tu restes assise là comme une gentille petite fille, et que ton ami fait la même chose, tout ira bien. Demain, nos amis seront là pour passer nous prendre et vous serez à nouveau seuls. En attendant, je ne veux pas que vous vous enfuyiez, expliqua Travis en s'accroupissant à côté d'elle.

Il accrocha habilement une extrémité de la corde autour de l'arbre, l'autre autour de la taille d'Annie, l'attachant avec une série de nœuds compliqués.

— Je vais te laisser les mains libres afin que tu puisses traduire pour ton ami attardé.

Elle serra les dents.

— Arrête de dire ça. Il est aussi intelligent que tout le monde. Plus intelligent.

— Mais oui, bien sûr. Il m'a l'air plutôt stupide, maugréa Travis en serrant la corde autour d'elle.

Annie inspira brusquement.

— C'est trop serré, gémit-elle.

— La ferme, connasse, lui dit Travis, mais Annie fut soulagée quand il relâcha légèrement les liens.

Puis le dealer psychopathe se tourna et lui donna un coup de poing en plein visage.

Elle grogna en sentant la force de son poing frapper sa joue. C'était douloureux, mais elle avait traversé des choses bien pires pour devenir Béret Vert.

Garrett et Travis éclatèrent de rire.

— Dis à ton petit ami que si vous essayez quoi que ce soit, tu recevras bien pire. Tu n'es pas mon genre... mais ça fait un moment que je n'ai pas plongé ma queue dans une chatte. Tu feras l'affaire. Dis-lui ça, ordonna-t-il en ponctuant ses mots d'un coup de pied contre sa cuisse.

Je vais bien, dit Annie à Frankie, qui était au bord de la perte de contrôle. *Il frappe comme une lavette.*

Je vais le tuer, putain, dit Frankie.

Il veut que tu perdes le contrôle, s'empressa de communiquer Annie en langue des signes. *Je vais bien, sérieusement.*

Frankie hocha la tête mais elle voyait bien qu'il n'était pas content. Pas du tout.

L'adrénaline d'Annie était à son maximum et elle ne voulait rien de plus que tacler cet enfoiré, mais il fallait qu'elle réagisse intelligemment. Et le temps était son ami pour l'instant. Ils étaient censés retourner bientôt sur leur navire. En voyant leur absence, le capitaine allait certainement les chercher. Il suffisait que le capitaine appelle les autorités des Bahamas pour demander leur assistance. Ensuite, ce n'était qu'une histoire de temps avant qu'Annie et Frankie ne soient retrouvés.

Annie était certaine que la cavalerie allait être appelée. Frankie et elle devaient simplement rester patients et ne pas irriter Travis ou Garrett.

— Qu'a-t-il dit ? demanda Travis.

— Il veut savoir ce que vous allez faire ensuite, inventa Annie sur le coup.

— Tout ce que nous voulons, dit Travis en soulignant son argument avec son pistolet. Dis-lui ça.

Je t'aime, Frankie. Nous allons nous en sortir.

Je suis désolé d'avoir suggéré de prendre ce foutu sentier, dit Frankie.

Annie secoua la tête. *Tu sais que je t'aurais convaincu de le prendre.*

C'est vrai. Puis, prouvant qu'ils étaient sur la même longueur d'onde, il ajouta : *Il ne reste qu'une heure avant notre retour supposé. Ils vont nous chercher.*

— Que dit-il encore ? demanda Garrett.

— Il a simplement peur, répondit Annie. Tout comme moi.

— Dis-lui de la fermer. Bon sang ! Qui aurait cru qu'un sourd pouvait être aussi irritant à parler autant ?

Nous avons besoin de les laisser baisser leur garde. L'aide va venir, mais si nous pouvons faire quelque chose avant, nous le ferons.

Dis-moi quoi faire, et je le ferai, indiqua Frankie.

Annie hocha la tête. Mon Dieu, c'était un homme si bon. Il n'hésitait même pas à lui faire savoir qu'il suivrait son exemple. Ils savaient tous les deux que c'était elle l'experte dans ce genre de situations, et même si Frankie était prêt à mourir pour elle, il voulait bien la laisser faire comme elle voulait pour les sortir de là.

Son amour pour lui faillit la submerger... avant qu'elle ne se rende véritablement compte de la gravité de leur situation.

Frankie pouvait mourir aujourd'hui.

Annie n'avait pas peur de la mort. Elle l'avait si souvent regardée en face que ça la perturbait à peine. Mais l'idée que quelque chose arrive à Frankie la paralysait presque. Elle ne pouvait pas le perdre. Ne pouvait pas imaginer une vie sans lui.

Et à cette pensée, la détermination gonfla en elle.

Elle n'avait pas l'intention de le perdre. Pas à cause de ces crétins.

Pour l'instant, nous attendons, annonça-t-elle à Frankie.

Il hocha la tête, puis il la baissa comme s'ils étaient vaincus.

CHAPITRE ONZE

Frankie était assis contre les caisses remplies de drogue et il cherchait un plan. Mais la stratégie, c'était le domaine d'Annie. Tout ce qu'il pouvait faire, en réalité, c'était rester complaisant afin qu'aucun des hommes ne lui fasse du mal. Il avait regardé sa montre et vu qu'il était bien plus tard que le moment où ils étaient censés être de retour sur la plage. Le capitaine et les autres employés savaient certainement qu'ils manquaient à l'appel.

Ils étaient sans doute en train de fouiller la plage et le sentier. Il ne savait pas du tout ce qui allait se passer s'ils n'étaient pas trouvés rapidement. Avec un peu de chance, ils allaient élargir les recherches.

Certains des autres passagers à bord allaient être énervés que leurs vacances soient interrompues. Qu'ils ne soient pas partis pour leur destination suivante. Quelques-unes des personnes qu'ils avaient rencontrées allaient être inquiètes. Elles allaient peut-être se porter volontaires pour aider dans les recherches. Mais il allait bientôt faire nuit et Frankie ne pensait pas que l'entreprise de croisière souhaite que ses passagers parcourent la forêt dans l'obscurité. Ils ne voulaient sans doute même pas que leurs employés le fassent.

Ça ne le gênait pas. Frankie ne voulait pas que quelqu'un d'autre tombe sur Garrett et Travis. Il avait l'impression qu'ils n'allaient pas hésiter à abattre quiconque oserait se mettre en travers de leur livraison de drogue.

Annie avait raison, il leur fallait simplement garder profil bas. Ne pas énerver les hommes avec les pistolets.

Depuis environ une heure, Travis et Garrett étaient assis assez près de lui pour parler. Ils avaient gardé leurs armes sur eux, mais tant que Frankie ne faisait pas de mouvement brusque, ils avaient l'air de l'ignorer.

Il avait déjà appris pas mal de choses sur eux, puisqu'ils ne pensaient pas qu'il pouvait les entendre. Et il faisait passer chaque information qu'il apprenait à Annie. Au début, les hommes avaient demandé à savoir ce dont parlaient Annie et lui. Elle avait menti en inventant assez de conneries pour qu'ils arrêtent de poser la question. Ce qui était extrêmement stupide de leur part. Ils auraient dû savoir qu'ils parlaient d'un moyen de s'échapper. Mais à la place, ils se plaignaient surtout des insectes et parlaient de l'argent qu'ils allaient gagner en ramenant les caisses aux États-Unis.

Ils sont frères, dit Frankie à Annie. *Travis est plus âgé. Ils ont peur que leur dealer s'impatiente. Si leurs amis sont en retard pour passer les chercher, le marché pourrait foirer.*

Ce n'est pas notre problème, rétorqua Annie.

Ça le serait s'ils deviennent trop angoissés, répliqua Frankie. *Il vaudrait mieux que nous ne soyons pas là quand les autres types arrivent.*

Je suis d'accord. Nous pouvons attendre le milieu de la nuit. Avec un peu de chance, un des hommes ou les deux vont s'endormir et nous pourrons partir discrètement.

Frankie aimait qu'elle ne soit pas décidée à capturer les deux criminels. Il préférait de loin sortir de là et laisser les autorités s'occuper des deux frères. Non pas qu'il pensait qu'Annie en était incapable, mais ils allaient devoir se séparer pendant que l'un gardait les hommes et l'autre retournait jusqu'à l'autre plage pour obtenir de l'aide. Frankie ne voulait absolument pas être séparé d'Annie.

Des heures passèrent, l'obscurité tomba et Frankie ignora les gargouillis de son estomac. Il avait faim et soif, mais chaque muscle était tendu, attendant de voir ce que les hommes allaient faire d'eux.

— Et s'ils ne viennent pas ? demanda Garrett à son grand frère.

— Ils viendront, rétorqua Travis.

— Mais s'ils ne viennent pas ? insista Garrett.

Ils parlaient doucement à nouveau, certains que

Frankie ne pouvait pas les entendre. Pour la première fois de sa vie, Frankie était content d'être sourd. C'était un avantage tactique.

— Ils vont venir, dit Travis dont l'irritation fut facile à entendre.

— Que vont-ils faire avec eux ? demanda Garrett.

Frankie se raidit en attendant la réponse de Travis.

— Nous verrons ce que Martin veut faire.

Garrett gloussa. Frankie aurait pu penser que le jeune frère était un peu naïf et pas aussi dangereux que Travis, mais ce qu'il dit ensuite démentit cette notion.

— Il ne voudra pas de témoins qui pourront nous identifier ou dire à quelqu'un ce qui est arrivé ici. Tu penses qu'il me laissera faire ?

Frankie se raidit.

Que disent-ils ? demanda Annie avec impatience. Elle n'était manifestement pas ravie de ne pas pouvoir entendre les frères elle-même.

Donne-moi une seconde, lui dit-il un luttant pour entendre la réponse de Travis.

Le grand frère haussa les épaules.

— Je ne vois pas ce qui l'en empêcherait. Il se moque de *qui* les tue, tant que c'est fait. Il faudra alors tirer dans la tête, les tuer immédiatement afin de ne pas faire plus de bruit que nécessaire. Fais en sorte que chaque balle compte. Vérifie qu'ils sont morts. Nous ne voulons pas que quelqu'un nous retrouve avant de pouvoir quitter cette île stupide.

— Je peux m'en occuper, dit Garrett presque avec enthousiasme. Nous devrions peut-être le faire maintenant afin que Martin n'ait pas à s'inquiéter d'eux. Il sera satisfait s'il arrive ici et que nous avons déjà tout réglé.

— Tu n'as pas tort, dit Travis. Mais nous devons attendre un peu, parce que je suis certain que des gens de ce navire les cherchent. Ils finiront par venir de ce côté, mais sans doute pas avant la lumière du jour. Ils vont se concentrer sur le côté sud d'abord, le long du sentier qu'ils ont fait. Nous avons un peu de temps. Si nous le faisons maintenant, ils pourraient entendre les coups de feu. Nous pouvons gérer quelques squatters, mais pas tout l'équipage d'un foutu navire.

— Et s'ils nous trouvent avant l'arrivée de Martin ? demanda Garrett.

— Ça n'arrivera pas.

— Comment peux-tu en être certain ?

— Parce que ! Maintenant, la ferme ! dit Travis à son frère. Il nous suffit de faire profil bas jusqu'à ce que l'on nous récupère. À ce moment-là, nous serons tirés d'affaire.

Frankie eut envie de lever les yeux au ciel. Ils devaient bien se douter que quelqu'un du bateau pouvait arriver à n'importe quel moment, de jour comme de nuit. Ils étaient sans doute malins de ne pas faire trop de bruit indiquant où ils se trouvent, mais toute l'île allait finir par être fouillée et ils allaient être trouvés. Il était impensable qu'ils aient jusqu'au matin, jusqu'à l'arrivée de leurs camarades. Ils se berçaient d'illusions en pensant le contraire.

— D'accord, mais je pense quand même que nous devrions nous occuper d'eux avant l'arrivée de Martin. Ça le rendra heureux, et ça prouvera que nous faisons tout ce qu'il faut et que nous savons gérer la responsabilité de travailler avec lui. Nous pouvons ramener leurs corps avec nous et les jeter par-dessus bord quand nous serons assez loin en mer. Ils ne seront jamais retrouvés, et personne ne pourra remonter leurs traces jusqu'à nous.

— Bonne idée, acquiesça Travis en hochant lentement la tête.

Nouveau plan, dit Frankie à Annie en langue des signes. *Dès que nous avons une opportunité, il faudra la prendre.*

Pourquoi ? De quoi parlent-ils ?

Ils pensent que le type qui viendra demain matin voudra notre mort. Garrett est pressé de tuer pour la première fois. Ils ont décidé qu'il valait mieux nous abattre avant l'arrivée de leurs partenaires.

Merde.

Oui. Mais ils veulent attendre un peu plus longtemps, en espérant que les coups de feu n'alertent pas ceux qui nous cherchent.

D'accord, ça nous donnera un peu de temps.

Je vais voir si je peux récupérer le couteau utilisé par Travis tout à l'heure et couper les cordes qui t'accrochent à l'arbre avant qu'ils ne comprennent ce que je fais, dit

Frankie à Annie. Il ne savait pas du tout *comment* il allait accomplir cela, mais il était prêt à faire son possible pour la libérer. Même s'il devait prendre une balle pour cela.

Inutile, je suis déjà libre, expliqua Annie.

Frankie écarquilla les yeux de surprise. *Ah bon ?*

Oui. Ce crétin ne sait pas du tout comment attacher quelqu'un correctement, et il n'aurait pas dû me laisser les mains libres. Il nous suffit d'être prêts à les éliminer dès qu'ils baisseront leur garde.

Frankie avait l'impression d'avoir mille questions à poser. Il ne savait pas du tout comment Annie avait réussi à détacher la corde autour d'elle sans que ses ravisseurs le remarquent. Il ne savait pas comment ils allaient les « éliminer » alors que Travis et Garrett avaient des pistolets et pas eux, ni comment ils allaient deviner que c'était le bon moment pour agir.

Avant qu'il ne puisse poser la moindre question, quelque chose de dur lui frappa le front.

Frankie grimaça de douleur et porta immédiatement la main à sa tête. Il sentit que c'était mouillé.

— Bien visé, Garrett !

Frankie leva la tête et vit les deux frères rire à ses dépens. Garrett prépara son bras pour lancer un autre caillou.

— Arrête, grogna-t-il.

— L'attardé parle ! exulta Travis.

Frankie avait été souvent insulté dans sa vie, aussi ne tint-il pas compte de la provocation. Il avait travaillé très dur au cours des vingt dernières années pour parler plus clairement et pour prononcer les mots correctement, mais il allait toujours émettre des bruits différents des personnes entendantes. Il s'en moquait, parce qu'Annie s'en moquait. Elle avait fait des merveilles pour son estime de lui.

Mais il avait aussi bien conscience de la haine que pouvait éprouver Annie quand les gens le traitaient mal ou faisaient des commentaires grossiers sur sa façon de parler. Il fallait qu'il fasse quelque chose avant que la situation ne dégénère. Savoir qu'Annie n'était pas impuissante, qu'elle n'était pas une cible facile contre son arbre s'il énervait les frères, cela donna le courage à Frankie de voir s'il pouvait faire évoluer la situation. Il voulait qu'Annie soit de retour sur leur bateau, saine et sauve. Loin de ces dealers lunatiques et avant que leurs camarades ne débarquent.

— J'ai besoin de pisser, lâcha-t-il juste au moment où Garrett jetait le deuxième caillou.

Frankie se baissa et il vola par-dessus sa tête, touchant une des caisses derrière lui.

— Tu as raté ! ricana Travis.

— Il a bougé ! Ce n'est pas de ma faute, expliqua Garrett.

— Il te faudra viser mieux que ça si tu veux le toucher plus tard.

— Vous l'avez entendu ? cria Annie de l'autre côté. Il a dit avoir besoin de faire pipi.

Frankie garda les yeux rivés sur les hommes, ne voulant pas prendre un autre caillou dans la tête. Il avait besoin de croire qu'Annie comprenait et approuvait sa tentative de modifier la situation. Maintenant qu'ils savaient que les frères avaient l'intention de les tuer, ils ne pouvaient pas se contenter d'attendre et de voir ce qui allait se passer ensuite.

— J'ai entendu, aboya Travis.

— Ça fait des heures que nous sommes assis là, continua Annie. Vous ne nous avez rien donné à manger ni à boire, et vous avez pissé plusieurs fois. Allez… s'il vous plaît ? gémit-elle.

— Très bien. Garrett, tu l'accompagnes, dit Travis en haussant les épaules.

— Pourquoi moi ? À toi de le faire. Je ne veux pas être seul avec l'attardé, se plaignit Garrett.

— Arrêtez de l'appeler comme ça, putain ! Il est sourd ! cria Annie. Pas handicapé mental !

— Handicapé mental, dit Travis en riant. Je suppose que c'est le terme politiquement correct pour attardé, hein ?

Frankie avait l'impression que si cette conversation continuait trop longtemps, Annie allait vraiment piquer une crise. Il dit donc :

— S'il vous plaît ? Je promets d'être sage. Je ne veux pas que vous me fassiez du mal.

Il fit de son mieux pour paraître aussi docile que possible.

— Très bien, marmonna Garrett en se levant.

Il pointa son pistolet vers Frankie.

— Debout.

En jouant son rôle, Frankie fixa l'homme et fronça les sourcils comme s'il ne comprenait pas.

— Putain, grommela Garrett pendant que son frère jubilait. Debout ! cria-t-il, comme si cela pouvait aider Frankie à l'entendre.

Il gesticula, faisant signe de monter avec les mains, agitant son pistolet en l'air n'importe comment.

Frankie hocha la tête et il se leva lentement, les bras en l'air comme pour se soumettre.

— Dis-lui que je te tue s'il tente quoi que ce soit, dit Travis à Annie.

Ne l'écoute pas, dit Annie en langue des signes. *C'est bien. Nous devons les séparer.*

Frankie leva les mains pour répondre, afin de demander quel était le plan, mais Garrett frappa une de ses mains avec le pistolet.

En poussant un cri de surprise et de douleur, Frankie jeta un regard noir à son ravisseur.

— Assez parlé ! grogna-t-il. Tu voulais pisser, c'est ce que nous allons faire. Marche !

Il indiqua les arbres derrière le campement.

Frankie marcha vers les arbres, essayant de trouver quoi faire. Il était certain que Travis serait ravi d'abattre Annie s'il en avait l'occasion. Ce qui était encore plus horrible, c'était ce que les deux hommes pouvaient lui faire *avant* de la tuer. Il n'était pas idiot. Annie était jolie et il ne voulait pas penser aux façons dont ces enfoirés pouvaient la violer s'ils en avaient l'occasion.

Il était hors de question qu'ils posent la main sur elle.

Il garda un œil sur Garrett pendant qu'ils avançaient un peu dans la forêt. Heureusement qu'il avait vraiment besoin d'aller aux toilettes. Sinon, Garrett allait devenir fou.

— Là. Pisse là, dit Garrett en indiquant un endroit à côté d'un arbre.

Frankie hocha la tête et défit le nœud de son short. Il fit ce dont il avait besoin et hocha la tête vers Garrett quand il eut fini. Il était difficile de croire que les deux frères étaient si stupides qu'ils n'avaient pas compris ce qu'était l'appareil sur le côté de sa tête. S'ils n'avaient jamais rencontré quelqu'un de sourd, ils devaient tout de même se demander ce qu'il portait. Ses cheveux le couvraient peut-être suffisamment pour qu'aucun des hommes ne le remarque.

— Vas-y, on retourne au campement, ordonna Garrett en faisant une fois de plus un geste dans la direction d'où ils venaient avec le pistolet.

Frustré de ne pas avoir de plan, et qu'aucune opportunité ne se soit présentée pour agir, Frankie obéit et retourna vers le campement. Il détestait tourner le dos à Garrett, priant pour que l'autre n'en profite pas pour l'abattre tout de suite.

Juste au moment où ils approchèrent du campement, Garrett appela son frère.

— Je reviens tout de suite. Je vais pisser !

— Comme tu veux ! cria Travis.

Frankie n'arrêta pas de marcher lorsqu'il entendit Garrett se retourner et repartir entre les arbres.

Son pouls accéléra. C'était le moment. C'était celui qu'ils avaient attendu. Ils n'avaient pas beaucoup de temps, mais s'ils parvenaient à maîtriser Travis avant que Garrett ne revienne, ils allaient certainement pouvoir dominer le deuxième homme.

En marchant plus vite, souhaitant se donner autant de temps que possible, Frankie se prépara. Sans se donner le temps de réfléchir, il fonça dans la clairière et chargea Travis.

L'autre homme était toujours assis sur le sol et il leva la tête une fraction de seconde avant que Frankie ne le tacle.

— Ahhhhhh ! cria Travis et Frankie grimaça.

Il avait espéré surprendre ce crétin afin qu'il n'ait pas le temps de prévenir son frère. Au moins, son tacle avait fait voler le pistolet de sa main. Frankie le vit tomber dans le sable pendant qu'il luttait avec le dealer.

Frankie roula avec Travis en cherchant à le maîtriser. Une douleur vive frappa le côté de sa tête. Comme si un interrupteur venait d'être enclenché, le monde de Frankie devint silencieux. Travis avait réussi à faire tomber l'appareil de sa tête. Il était accroché par des aimants puissants, mais il n'était pas difficile de le retirer.

Il n'entendait vraiment plus rien maintenant, et il ne savait pas du tout si Annie essayait de lui dire quoi que ce soit. Il ne savait pas si Garrett avait entendu le cri de son frère et s'il revenait en courant vers le campement.

Gonflé à l'adrénaline, Frankie leva assez longtemps la tête pour voir Annie apparaître à ses côtés. Il lut sur ses lèvres quand elle dit :

— Je me charge de lui. Occupe-toi de Garrett.

Frankie s'écarta sans hésiter de Travis en roulant sur le côté, ayant confiance en sa fiancée pour gérer toute seule le dealer énervé. Il savait que si Garrett arrivait au campement et voyait ce qui se passait, celui-ci n'hésiterait pas à tirer.

Juste au moment où Frankie se levait, il aperçut Garrett. Il était évident que l'autre homme avait entendu le cri de son frère et qu'il était revenu en courant, le regard rivé sur Annie et Travis.

Frankie n'hésita pas. Il n'avait jamais été du genre sportif, mais il avait vu suffisamment de matchs de foot américain. N'ayant d'autre pensée que celle de protéger Annie, Frankie se jeta sur Garrett quand il sortit du bois. Son épaule heurta l'autre homme dans l'estomac et ils chutèrent. Violemment.

Garrett était fin, mais c'était un combattant. Frankie ne savait pas du tout ce qui se passait derrière lui entre Travis et Annie, mais il ne pouvait se concentrer sur rien d'autre que la maîtrise de l'homme énervé qui s'agitait sous lui. En attrapant le poignet de Garrett,

Frankie fit des efforts pour que le pistolet ne pointe pas vers lui.

Juste au moment où il pensa avoir le dessus, le doigt de Garrett s'enroula autour de la gâchette.

Frankie vit un éclair dans le canon et son adversaire grimaça à cause du bruit du coup de feu.

Garrett tira un deuxième coup... et Frankie vit rouge.

Il ne savait pas du tout ou étaient allées les balles, mais il était mort de peur que l'une d'entre elles ait pu toucher Annie. Il arracha le pistolet de la main de l'autre homme et le jeta aveuglément vers les arbres. En utilisant toutes ses forces, il donna un coup de poing au visage de Garrett. Une fois. Deux fois. Une troisième fois.

Frankie n'avait jamais frappé quelqu'un de sa vie. Il n'aimait pas la confrontation, qu'il évitait à tout prix. Mais à ce moment-là, il avait ressenti quelque chose et sut que s'il ne mettait pas fin à cette histoire tout de suite, Annie et lui étaient profondément dans la merde.

Il vit bouger les lèvres de Garrett, mais il était trop perdu dans sa rage pour lire les mots. Il continua à frapper l'autre homme jusqu'à ce que celui-ci ramène les deux mains vers son visage pour parer l'attaque de Frankie.

Frankie se retourna brusquement lorsqu'il sentit quelque chose sur son épaule. Il était prêt à se charger de Travis.

C'était Annie qui se tenait à côté de lui.

Va surveiller Travis, dit-elle en langue des signes. *Je vais finir ça.*

Frankie regarda derrière Annie et vit Travis allongé dans le sable, immobile. Il ne savait pas du tout si l'homme était mort, mais si c'était le cas, il n'avait pas l'intention de verser une larme.

Avant même que Frankie ne hoche la tête, Annie se mit en mouvement. Elle lui donna à peine le temps de se pousser avant de retourner Garrett sur le ventre et de l'attacher avec la même corde qu'ils avaient utilisée pour ligoter à l'arbre. Elle enroula la corde autour de ses poignets, puis elle fit remonter ses jambes et accrocha ses mains liées à ses chevilles.

Frankie courut vers l'endroit où il avait jeté le pistolet utilisé par Garrett, le trouvant heureusement très vite, et il le porta jusqu'aux caisses. En le posant sur l'une d'entre elles, il se retourna pour aider Annie. Elle avait déjà entièrement maîtrisé Garrett. Il avait toujours su qu'elle était incroyable, mais il le comprit vraiment à ce moment-là.

Elle traîna Garrett dans le campement, à côté de son frère, sans que cela paraisse lui coûter le moindre effort. Elle était couverte de sable et de griffures des pieds à la tête après avoir lutté avec Travis, et elle ne semblait même pas essoufflée.

Frankie, en revanche, savait qu'il soufflait comme s'il venait de faire une course de cinq kilomètres en sprint. Il sentait battre son cœur et il savait que s'il avait pu s'entendre souffler, il aurait eu honte.

Surveille-les. S'ils bougent, tu tires, dit Annie en langue des signes, puis elle retourna vers l'endroit où elle avait lutté avec Garrett.

Frankie ramassa à nouveau le pistolet et fit de son mieux pour le tenir droit, malgré ses mains tremblantes. Il était difficile de croire que leur situation ait changé si radicalement en quelques minutes. Il ne savait pas ce que faisait Annie, mais quand elle se pencha et ramassa quelque chose sur le sol avant de revenir vers lui, il comprit.

Elle tenait son appareil auditif.

Ils venaient de se battre pour survivre, et non seulement elle savait que l'appareil avait été arraché, mais sa priorité avait été de le récupérer pour lui.

Frankie eut soudain le tournis : il chancela avant de reculer de sorte que les caisses le retiennent, les yeux rivés sur Annie. Il ne bougea pas quand elle s'approcha, tendit la main vers sa tête et rattacha doucement l'appareil.

La première chose que Frankie entendit lorsque l'aimant cliqua en place fut un gémissement rauque.

Il regarda derrière Annie et vit que Travis s'agitait. Ses mains étaient également attachées dans son dos, les chevilles liées. Mais c'était la grande tache rouge sous ses cuisses qui poussa Frankie à écarquiller les yeux de surprise.

— Il a pris une balle. Une de celles tirées par son

frère, dit Annie avec nonchalance, comme si elle parlait de la météo.

Le cœur de Frankie accéléra encore en entendant cela. Elle aurait pu être touchée. C'était *elle* qui aurait pu être allongée en saignant sur le sable.

Comme si elle savait ce qu'il pensait, Annie posa la paume sur sa joue.

— Je vais bien, dit-elle. Je m'inquiétais pour toi. Je pensais qu'il t'avait touché, *toi*.

Frankie secoua la tête. Il ne pouvait pas parler.

— Hé ! Aidez-le ! cria Garrett.

Annie ne se retourna même pas. Elle retira la main de sa joue et la posa sur son front en regardant la petite coupure qu'il avait après avoir été touché par le caillou de Garrett.

— Enfoiré, maugréa-t-elle.

— Sérieusement ! Il est vraiment blessé ! Il a besoin d'aide ! cria encore Garrett.

Frankie vit l'irritation sur le visage d'Annie une fraction de seconde avant qu'elle ne tourne la tête pour dire :

— Tes amis l'aideront peut-être en arrivant ici.

— Il va se vider de son sang avant ça ! protesta Garrett.

Annie soupira et regarda Frankie.

— Est-ce que ça va ? demanda-t-elle doucement.

Frankie hocha la tête.

Annie prit le pistolet de sa main et le reposa sur la caisse derrière lui. Puis, comme s'ils ne venaient pas presque de mourir et n'étaient pas couverts de sueur et de sable, elle posa les mains sur le visage de Frankie et se pencha.

Sans hésiter, Frankie la rejoignit à mi-chemin. Il l'embrassa comme s'il ne l'avait pas fait depuis des années. Il avait failli la perdre. Si elle n'était pas si incroyable, et si elle n'avait pas pu se détacher ou maîtriser Travis, ils auraient tous deux été tués. C'était une certitude.

Il préférait cette femme des Forces Spéciales à tout le reste du monde. Elle le surpassait dans tant de domaines, mais il s'en moquait. Il adorait qu'elle soit plus forte, plus intelligente et plus incroyable que lui. Il n'était pas grand-chose en comparaison et ça ne le gênait absolument pas.

CHAPITRE DOUZE

Intérieurement, Annie n'arrêtait pas de trembler. Elle avait appris à contrôler ses réactions au cours des années, mais à ce moment précis, il lui fallut faire des efforts énormes pour ne pas fondre en larmes. Quand elle avait entendu les coups de feu, elle avait pensé que Frankie était touché.

Elle n'arrivait pas à croire qu'il ait littéralement taclé les deux hommes. Il n'avait pas hésité, il avait couru tout droit vers eux, comme s'ils ne tenaient pas de foutus pistolets. Il avait eu de la chance de les prendre par surprise, sinon il aurait facilement pu être abattu.

— Vous allez sérieusement le laisser mourir là ? cria Garrett derrière eux.

En soupirant encore, Annie s'écarta lentement de Frankie. Elle garda les mains sur son visage. Il la serrait contre lui et elle n'avait pas du tout envie de le lâcher pour aller s'occuper des deux crétins derrière elle.

Leurs provocations et leurs insultes étaient encore fraîches. Ils avaient eu l'intention de les tuer tous les deux, alors pourquoi devait-elle faire quoi que ce soit pour les aider maintenant ? Ce qu'elle voulait vraiment, c'était retourner dans la forêt jusqu'à l'autre côté de l'île, s'excuser de s'être perdus et reprendre le navire pour continuer leurs vacances, en laissant derrière eux les deux frères et leur bazar.

Mais trop de temps s'était écoulé. La machine était déjà en marche et si elle ne se trompait pas, la cavalerie n'allait pas mettre très longtemps à arriver. Avec un peu de chance, *avant* les trafiquants de drogue.

— Je suis tellement fier d'être avec toi, dit doucement Frankie.

— Je pense que c'est à moi de dire ça, répondit-elle.

Il secoua la tête.

— Non. C'est vraiment toi le chef de famille. Je suis émerveillé par ta force et tes capacités.

Annie lui sourit.

— Nous formons une bonne équipe, dit-elle.

— C'est le chef qui fait la valeur d'une équipe, rétorqua Frankie.

— Allez, mon vieux ! supplia Garrett.

— Il n'est pas aussi arrogant et méchant sans son pistolet, n'est-ce pas ? demanda Frankie en secouant la tête.

Sachant qu'elle devait s'occuper de ces enfoirés,

qu'elle ne pouvait pas laisser Travis se vider de son sang dans le sable même s'il le méritait, Annie caressa une dernière fois la joue de Frankie avec tendresse, puis elle inspira profondément et se tourna vers les hommes qui avaient eu l'intention de les tuer avant la fin de la nuit.

La plage était sombre, mais une lumière leur parvenait depuis une lanterne près de l'endroit où Frankie et les frères avaient été assis. Il y avait également la pleine lune dans le ciel au-dessus de leurs têtes, leur donnant un peu plus de luminosité.

Annie marcha tranquillement vers l'endroit où les frères étaient ligotés. Elle les surplomba avec les mains sur les hanches.

— Waouh, regarde, Frankie. Il a l'air très mal en point. Garrett a raison, il va sûrement perdre son sang en moins d'une heure.

— Ah. Dommage, lâcha Frankie qui joua le jeu comme elle l'avait prévu.

— Attendez… Je croyais qu'il était sourd ? dit Garrett, stupéfait.

Il avait une joue posée sur le sable rocailleux, le visage tuméfié à cause des coups de Frankie. Il gigota un peu, essayant de se détacher, mais Annie l'avait trop bien ligoté.

— Il l'est. Il a un implant cochléaire, répondit Annie.

— Un quoi ?

Annie leva les yeux au ciel.

— En gros, c'est un appareil auditif très puissant.

— Alors, il peut nous entendre ?

— Oui.

— Il a entendu *tout* ce que nous avons dit ?

— Oui.

— Pourquoi utiliser la langue des signes, alors ? demanda Garrett.

— Nous complotions contre vous, expliqua brièvement Annie.

— Merde ! jura Garrett.

Annie se contenta de rire.

— Tu sais, tu pourrais sans doute aider Travis, dit Frankie sur le ton de la conversation.

— Probablement, acquiesça Annie.

— Oui ! Aide-le ! supplia Garrett.

— Pourquoi ? demanda Annie.

— Parce que ! Sinon il va mourir !

— Vous alliez nous tuer, rétorqua Annie. Tu allais nous tirer dans la tête et jeter nos corps dans l'océan pour que personne ne nous retrouve. Il te tardait même de le faire. Alors pourquoi devrais-je vous aider maintenant ?

Pour une fois, Garrett n'eut rien à dire.

— Elle est infirmière, dit Frankie à Garrett. Dans l'armée. En fait, c'est un Béret Vert. Sais-tu ce que c'est ?

— J'ai vu *Rambo* avec Stallone. Elle n'est pas plus un foutu Béret Vert que Kermit la grenouille. Ils n'autorisent pas les filles dans leurs rangs.

Annie et Frankie éclatèrent de rire.

Elle s'agenouilla devant Garrett.

— Tu es un idiot, dit-elle sans se fâcher. Ça m'est égal que tu croies mon homme ou pas. Mais le fait est que j'ai cassé la figure à ton frère et que je vous ai attaché tous les deux avant que vous ne puissiez réagir. Et si tu veux mon aide, tu pourrais essayer de ne pas m'énerver. Ne connais-tu pas l'expression qui veut que l'on n'attrape pas les mouches avec du vinaigre ?

Annie ne fut pas surprise de voir que Garrett était perplexe.

— Bref. Il te suffit de le soigner suffisamment pour qu'il tienne jusqu'à ce que nos amis arrivent ici. Ils l'aideront.

— Vos amis ne vont pas vous sauver. Ils ne vont pas récupérer ces drogues, et votre patron à Miami sera très énervé contre vous tous quand il ne recevra pas sa livraison.

— Tu n'en sais rien, grommela Garrett.

— Si, répondit Annie en souriant. Vois-tu, mon père est un ancien militaire. Tout comme tous ses amis. Et il a un ami vraiment incroyable qui est un génie de l'informatique. Un hacker, si tu veux. Quand Frankie et moi nous ne sommes pas revenus pour prendre le bateau jusqu'à notre navire, le type en charge des passagers a sans doute envoyé une équipe de recherche. Quand ils ne nous ont pas trouvés, ils ont prévenu le capitaine du navire. Lui, à son tour, aura contacté les autorités des Bahamas, puisque nous nous trouvons dans leur juridiction. À la seconde où nos noms ont été tapés à l'ordinateur, une alerte aura été envoyée en Pennsylvanie... prévenant l'ami de mon père génie de l'informatique. Je suis certaine qu'il a demandé autant de faveurs que possible pour nous retrouver. Alors, même maintenant, pendant que ton frère se vide lentement de son sang — à cause de la balle que tu as tirée —, des équipes d'hommes très énervés sont en route vers cette île. Pour trouver Frankie et moi. Comme je l'ai dit... je m'en fiche complètement si tu ne crois pas que je fais partie des Forces Spéciales. Tu m'as sous-estimée une fois, et regarde ce qui est arrivé. Mais tu vas te faire dessus quand la cavalerie arrivera. Ils vont confisquer ces caisses, puis ils monteront la garde pour attendre vos camarades et les arrêter également. Tu es foutu, Garrett. Si j'étais toi, je serais un peu plus gentil afin que j'aide ton frère avant qu'il ne se vide de son sang.

Elle se leva et croisa les bras sur la poitrine, attendant sa réponse.

Tous les muscles du corps de Garrett s'affaissèrent. Il ne voulut pas la regarder dans les yeux.

— S'il te plaît. Aide-le. Il est la seule famille qui me reste.

Annie voulut refuser. Elle avait envie de lui dire d'aller se faire foutre. Mais ce n'était pas son genre.

— Je l'aiderai à une condition.

— Tout ce que tu veux, dit Garrett.

— Quand les autorités arriveront, tu coopéreras

pleinement. Tu leur diras tout. Comment tu as trouvé cette ville, depuis combien de temps vous l'utilisez pour faire de la contrebande, les noms de vos fournisseurs, les noms de vos amis, le nom de votre contact à Miami... *tout*.

— Ils me tueront, chuchota-t-il.

— Peut-être. Peut-être pas, répondit Annie. Mais si tu veux que ton frère ait la moindre chance de survivre, tu seras d'accord.

Garrett resta silencieux un moment, et Annie sentit Frankie s'approcher d'elle par-derrière. Il posa une main au creux de son dos et elle s'appuya légèrement contre lui. Elle ne se sentait pas aussi courageuse qu'elle essayait de le paraître, et avoir Frankie derrière elle lui donnait la confiance nécessaire pour camper sur sa position.

Juste à ce moment-là, Travis gémit.

Ce fut la motivation dont Garrett avait besoin.

— Très bien. Je suis d'accord, marmonna-t-il.

Ce fut alors Frankie qui s'agenouilla à côté de l'homme ligoté.

— Elle ne mentait pas concernant son père et ses amis. Elle leur dira ce pour quoi tu étais d'accord, et si tu reviens sur ta parole, tu regretteras de ne pas être mort.

Annie ne put s'empêcher de sourire. Mon Dieu, comme elle aimait Frankie. Il prétendait ne pas être très dominant, mais à ce moment-là, il était tout aussi effrayant que n'importe quel soldat des Forces Spéciales qu'elle ait pu rencontrer.

Garrett hocha la tête.

Annie poussa mentalement un soupir de soulagement. Ça l'arrangeait de ne rien faire pour aider Travis. Même s'il avait eu l'intention de lui faire du mal à Frankie et elle, c'était contre sa nature de laisser quelqu'un souffrir.

Elle s'agenouilla près de Travis dans le sable et elle détacha la corde qu'elle avait enroulée autour de ses chevilles. Il n'était pas en état de se débattre, gémissant simplement quand elle le bousculait. Elle attacha la corde autour de sa cuisse pour faire un simple tourniquet, puis elle appuya fermement les mains contre la blessure. La balle n'avait pas touché d'artère majeure. Dans le cas contraire, il serait déjà mort, mais il n'était pas encore tiré d'affaire.

Frankie resta à proximité, attendant de savoir comment l'aider, mais la seule chose à faire pour Travis était d'arrêter le saignement. Il avait besoin d'un hôpital. Annie était confiante de pouvoir au moins le garder en vie jusqu'à ce que les secours arrivent.

Et elle n'avait pas menti à Garrett. Elle était certaine que les programmes de Tex avaient réagi quand Frankie et elle avaient été déclarés disparus. Et elle était sûre qu'il connaissait suffisamment de monde dans l'armée pour envoyer des gens jusqu'à eux. Il fallait simplement attendre.

Elle ne savait pas combien de temps s'était écoulé

lorsqu'elle entendit un bruit par-dessus le vent et les vagues qui s'écrasaient sur la plage. Elle avait réussi à arrêter le saignement de Travis, mais il avait besoin de soins plus complexes que ce qu'elle pouvait donner à ce moment-là. Il était allongé sur le sable, à moitié conscient.

Garrett avait arrêté de les supplier de retirer ses liens. Il avait inventé tout et n'importe quoi — depuis des problèmes de circulation et de l'asthme, à l'anxiété et même le diabète — pour essayer de les convaincre de le détacher, mais Annie et Frankie avaient ignoré ses gémissements. Il n'allait pas être détaché. Pas par eux, du moins.

En regardant vers l'océan, Annie plissa les yeux pour découvrir ce qui avait fait le bruit entendu. En se levant, elle attrapa le pistolet pendant que Frankie éteignait la petite lanterne. Il était très possible qu'il s'agisse des amis des deux frères qui venaient les chercher.

Si c'était le cas, ils étaient en avance et Annie et Frankie étaient dans la merde.

En s'accroupissant derrière les caisses, Annie chercha à voir qui s'approchait. Elle retint sa respiration en se préparant au combat. Elle n'allait pas céder facilement. Frankie et elle avaient réussi à s'en sortir jusqu'ici, et elle n'avait pas l'intention d'abandonner maintenant. Hors de question.

Frankie ne posait pas les questions pour lesquelles elle n'avait pas de réponse. Il ne râlait pas au sujet de leur situation. Il restait solide. Solide comme un roc. Il avait été incroyable. Non, ce n'était pas un Béret Vert, et il n'avait eu aucun problème à la laisser prendre la situation en main, mais quand le moment était arrivé, il avait agi sans hésiter.

Annie se sentit plus déterminée. Elle n'allait pas mourir et elle n'allait pas laisser quoi que ce soit arriver à Frankie. Ils avaient toute leur vie devant eux et aucun enfoiré de dealer n'allait la leur voler.

Soudain, la décision qu'elle avait eu tant de mal à prendre au sujet de rester ou de quitter l'armée lui sembla évidente : aucun travail au monde ne méritait qu'elle passe une minute de plus que nécessaire loin de l'homme qu'elle aimait. Elle serra les doigts autour du pistolet et elle vit Frankie faire la même chose avec l'arme qu'il tenait. Ils étaient prêts pour les occupants du bateau qui s'approchait très vite. Annie le voyait maintenant. C'était un zodiac noir qui ressemblait beaucoup à ceux qu'avaient utilisés les autres passagers et eux pour quitter le navire et venir sur la plage.

Le bateau ne ralentit pas. Il fonça vers la plage comme si celui qui conduisait avait envie de mourir.

Quand il coupa le moteur à la dernière seconde et que le bateau glissa sur le sable sans accroc et très vite... Annie sut sans le moindre doute qu'ils étaient sauvés.

Cela se confirma lorsque six hommes descendirent du bateau, trois de chaque côté, se répartissant en une formation parfaite. Elle était à quatre-vingt-dix-neuf pour cent certaine qu'aucun dealer n'était aussi confiant en conduisant un bateau, ni aussi précis dans ses mouvements.

Mais juste pour s'en assurer, Annie resta à sa place pendant un peu plus longtemps.

— Capitaine Fletcher ? cria une voix. C'est le sergent Billings, ici. Nous vous voyons derrière les caisses. Êtes-vous blessée ?

Annie ferma les yeux en poussant un énorme soupir de soulagement. Elle commença à se lever, mais Frankie lui saisit le bras.

— Ils pourraient bluffer.

Elle entendit le stress dans la voix de son homme.

— Comment ces drogués pourraient-ils savoir que nous sommes ici ? Il connaît mon nom. Tout va bien, Frankie. Ce sont les gentils.

Frankie s'immobilisa, et même si elle ne distinguait pas clairement tous ses traits, elle vit ses yeux scruter les siens. Puis il hocha la tête.

C'était la quatre-cent-soixante-septième raison pour laquelle elle aimait cet homme. Il n'était pas dans son élément, mais il la croyait quand elle disait qu'ils étaient en sécurité. Elle posa l'arme qu'elle tenait sur les caisses, puis elle prit la main de Frankie et se leva. Elle garda l'autre main baissée, en prenant soin de montrer qu'elle n'était pas armée. Oui, ils étaient de leur côté et ils avaient été envoyés pour les sauver, mais elle ne voulait rien faire qui puisse les inciter à croire qu'ils représentaient une menace.

Elle supposa que les hommes portaient des lunettes de vision nocturne et qu'ils voyaient assez clairement Frankie et elle, alors elle sortit lentement de derrière les caisses, Frankie à ses côtés, et dit :

— Nous sommes là. La situation est sous contrôle.

— Capitaine Fletcher ? demanda un autre homme.

— Oui, répondit Annie.

— Franklin Sanders est-il avec vous ?

— Je suis là, dit Frankie.

— Des blessures ?

— Seulement les méchants, indiqua Annie.

Elle entendit quelqu'un glousser.

— C'est ce que Tex a dit que nous allions trouver.

Annie sourit pour la première fois depuis ce qui lui semblait être des heures. Elle savait que Tex allait l'aider. Il prétendait être trop vieux pour veiller sans cesse sur tout le monde dans son cercle de plus en plus grand, mais elle savait que ce n'était pas vrai.

— Vous avez des yeux sur vous ? demanda Annie, en faisant référence aux caméras miniatures sur les uniformes.

— Oui, m'dame, dit l'homme chargé du sauvetage.

Annie hocha à la tête.

— Merci, Tex, dit-elle avec ferveur.

Elle savait qu'il allait voir cette vidéo, sans doute avant même que Frankie et elle ne remontent à bord de leur navire.

— Retirez les lunettes ! cria quelqu'un et Annie se tourna vers Frankie.

— Ferme les yeux, lui dit-elle.

Il fit ce qu'elle demandait sans lui poser de questions. Une fois de plus, Annie sentit l'amour monter en elle à cause de sa confiance immédiate. En se tournant vers lui, Annie ferma ses propres yeux et posa le front contre son épaule.

Même avec les yeux fermés, elle vit facilement que leurs sauveteurs allumaient leurs spots afin de mieux analyser la situation. Elle entendit Garrett les supplier d'être relâchés, et un des hommes lui dit de la fermer.

En souriant, elle ouvrit les yeux et regarda Frankie. Il la fixait avec un air qu'elle ne put pas déchiffrer.

— Quoi ?

Frankie secoua la tête.

— Si je lisais un livre et qu'une telle chose arrivait, je l'aurais sans doute jeté de l'autre côté de la pièce. C'est tellement peu crédible.

Annie gloussa.

— Je sais. En tout cas, j'ai quelques oncles un peu trop protecteurs, c'est certain.

— Excusez-moi, m'dame.

Le même soldat avec lequel elle avait parlé plus tôt s'approcha.

— Je dois m'assurer que vous allez bien, dit-il en s'excusant presque.

Elle le comprenait. Il avait sans doute des ordres très stricts de soigner les éventuelles blessures que Frankie et elle pouvaient avoir subies. En s'écartant de Frankie, Annie se tourna vers lui.

— Je vais bien. J'ai quelques bleus et des égratignures. C'est tout.

— Comment vont vos côtes ? demanda le même homme.

Là, c'était certain : ces hommes avaient été envoyés par Tex. Annie ne put empêcher le sourire qui s'étalait sur son visage.

— Elles vont bien.

— Et vous, monsieur ? Puis-je jeter un coup d'œil à cette coupure sur votre front ?

— Je peux m'en occuper si vous m'apportez de quoi nettoyer et des pansements, lui dit Annie.

L'homme hocha la tête. Il s'écarta, puis il se tourna vers elle.

— Je ne suis pas surpris, après avoir entendu des histoires sur votre compte de la part de Tex, mais bravo d'avoir maîtrisé ces crétins. C'est vous qui lui avez tiré dessus ?

Annie secoua la tête.

— Non. Frankie et Garrett, celui qui est ligoté, se battaient pour prendre son pistolet et un coup est parti. Il a touché son propre frère.

— Pendant qu'Annie se battait avec lui, maugréa Frankie.

L'homme écarquilla les yeux et siffla doucement. Mais il se contenta de hocher la tête.

— Ce tourniquet lui a sans doute sauvé la vie.

Annie acquiesça. Il n'avait pas besoin de le lui dire.

— Au fait, leurs amis sont censés arriver demain

matin pour passer les chercher, ainsi que les caisses de drogue.

Les yeux de l'homme s'illuminèrent comme s'il était enthousiaste à l'idée d'intercepter les nouveaux venus.

— Dix-quatre. Nous allons vous sortir de là et établir un périmètre. Nous les attraperons.

— En échange de l'aide que j'ai apportée à son frère, Garrett a promis de tout dire aux autorités.

— Tout ? demanda l'homme avec un grand sourire.

— Tout, confirma Annie.

— Excellent. Si vous voulez attendre près du zodiac, nous allons vous faire sortir d'ici en un clin d'œil. Vous pourrez examiner la tête de votre compagnon dans le bateau.

Annie hocha la tête. Elle était tout à fait partante pour sortir de là. Et elle préférait être ramenée jusqu'au navire au lieu de devoir retrouver leur chemin sur le sentier à peine délimité qu'ils avaient utilisé pour se rendre de ce côté de l'île.

— Nous retournons sur le voilier, n'est-ce pas ? demanda-t-elle.

L'homme parut mal à l'aise pour la première fois.

— Euh, nous avons pour ordre de vous ramener à Nassau.

— Non, dit Annie fermement. Il me reste presque une semaine de nos vacances et je n'ai pas l'intention de la perdre.

Il était évident que l'homme ne savait pas quoi répondre.

Annie se força à parler d'un ton plus calme.

— Nous allons bien, Sergent. Vous avez fait votre travail et vous nous avez trouvés, sains et saufs. Nous ne sommes pas blessés. Nous voulons simplement terminer nos vacances.

Il ne paraissait toujours pas convaincu.

Annie lâcha la main de Frankie et s'approcha de l'autre homme. Elle regarda directement vers la caméra attachée au milieu de son torse.

— Tex, je vais bien. Frankie va bien. Tu as fait exactement ce dont j'avais besoin, tu as envoyé la cavalerie. Merci de toujours veiller sur moi. Mais nous allons retourner sur notre navire, où nous pourrons nous détendre une semaine de plus. D'accord ?

Elle entendit le sergent glousser et elle leva les yeux vers lui.

— Vous savez que ce n'est pas retransmis en direct, n'est-ce pas ? demanda-t-il.

— C'est ce que vous pensez, marmonna Annie.

Puis, d'une voix plus forte, elle dit :

— Je connais Tex et s'il veut vraiment que je rentre à la maison, il fera en sorte que ça arrive. Je ne serais pas surprise si en arrivant sur le navire, nous trouvions tous nos bagages préparés et en attente d'être emportés.

Le soldat sembla à nouveau mal à l'aise.

— Merde, laissez-moi deviner, Tex vous a donné l'ordre de récupérer nos bagages aussi, n'est-ce pas ?

— Euh... oui, m'dame.

— Eh bien, vous pouvez oublier ça. Je n'ai pas eu de vraies vacances depuis trop longtemps et je n'ai pas l'intention de raccourcir celles-ci, insista Annie.

— Tout va bien, mon amour, dit Frankie en posant le bras autour de sa taille.

Annie se rendit compte qu'elle avait fait un pas supplémentaire vers le soldat et qu'elle était prête à se battre avec lui s'il n'était pas d'accord.

— Je suis certaine que Tex sait que tu travailles dur et combien tu as besoin de ces vacances. Particulièrement après le stress que tu as eu dernièrement... avec tes équipes et l'incident lors de ta dernière mission. Il n'oserait pas te retirer ça. Il se doute que ça te stresserait encore plus. En outre, je suis certaine qu'il accepte que si nous avions encore d'autres problèmes, tu t'en occuperais très bien. Tu es Annie Fletcher, après tout. La fille de Fletch ne se laisserait pas vaincre par le premier dealer venu.

Annie sourit à Frankie. Elle comprenait qu'il parlait à la fois à elle, au soldat et à Tex, qui les observait sans doute. Son homme était un manipulateur, mais comme il utilisait sa ruse à leur avantage, elle était à cent pour cent d'accord.

— Tu as raison. Tex saurait que me forcer à faire quelque chose que je ne veux pas se retournerait contre lui. Qu'en penses-tu : est-ce qu'envoyer des messages de remerciements et des cadeaux chaque jour pendant un an suffirait à le faire dégoupiller ?

Annie eut un sourire satisfait. Tout le monde savait que Tex détestait être remercié. C'était une de ses lubies.

Elle leva les yeux vers le soldat qui se tenait devant eux d'un air gêné.

— Sérieusement, ça va. Nous allons bien, vous et vos hommes pouvez vous occuper de Garrett et Travis et de leurs amis. Frankie et moi nous allons retourner sur notre navire, et je promets de bien me comporter. Nous resterons même sur le navire dans tous les ports suivants si ça peut rassurer tout le monde.

Le sergent soupira, mais il hocha la tête.

— Très bien. Si vous voulez bien attendre à côté du zodiac, nous allons très vite vous ramener.

Annie se retourna et se dirigea vers l'océan avant même que l'homme n'ait fini de parler. Elle était certaine que Tex l'avait très bien entendue. Il allait rassurer son père en lui expliquant qu'ils allaient bien et qu'ils terminaient leurs vacances. Fletch allait leur faire subir un interrogatoire en règle au sujet de ce qui était arrivé, mais pour l'instant, elle était relativement certaine que Frankie et elle allaient pouvoir finir leurs vacances.

Et elle n'avait pas menti. Elle était parfaitement heureuse de rester à bord pour la durée du voyage. Annie avait bien conscience qu'ils étaient responsables de s'être retrouvés dans cette situation dangereuse.

S'ils étaient restés sur le sentier, ils dormiraient en ce moment même à bord du voilier.

Mais d'un autre côté, s'ils n'avaient pas enfreint les règles, des millions de dollars de drogue auraient bientôt envahi les rues. Annie ne pouvait pas regretter leurs actions, simplement parce qu'ils avaient participé à la lutte contre le trafic de drogue.

Le soldat qui avait été laissé en charge du zodiac les aida à monter à bord et Annie fit de son mieux pour nettoyer et panser la coupure de Frankie.

Seulement cinq minutes plus tard environ, le sergent cria :

— Extinction des lumières dans trente secondes !

Sachant que la plage allait à nouveau être plongée dans l'obscurité, Annie s'appuya contre Frankie. Il posa le bras autour d'elle et la serra contre lui. Elle aperçut Garrett que l'on portait, toujours ligoté, sur la plage. Il fut lâché sans ménagement au fond du zodiac, son frère étant placé un peu plus doucement à côté de lui. Ensuite, le sergent et un autre homme montèrent de chaque côté du bateau juste au moment où les spots sur la plage furent éteints.

Les deux hommes poussèrent facilement le zodiac dans l'eau et ils voguèrent bientôt en direction de leur navire, espéra-t-elle.

Il y avait juste assez de lumière ambiante pour voir Frankie se tourner vers elle et dire en langue des signes : *Les autres ne viennent pas avec nous ?*

Je suis certaine qu'ils sécurisent un périmètre afin de

neutraliser ceux qui viendront récupérer les drogues, lui dit Annie. *Je pense qu'ils vont nous déposer, puis ramener ces deux-là à Nassau, avant de retourner sur l'île.*

Frankie hocha la tête.

— C'est tellement irritant quand vous parlez avec les mains, grommela Garrett en sautant au fond du zodiac qui filait sur les vagues.

Le pied du sergent bougea brusquement et frappa l'épaule de Garrett.

— Aïe ! Fais gaffe !

— Pardon, j'ai glissé, dit le sergent en faisant un clin d'œil à Frankie et Annie.

Puis il utilisa une sorte de langue des signes pidgin pour dire : *Mon unité a trouvé que la langue des signes est très utile pendant les missions.*

Annie échangea un regard avec Frankie. Autrefois, Cooper, son parrain, avait perdu l'audition et il avait été renvoyé à la vie civile par la Navy pour raison médicale. Ensuite, il avait été engagé pour apprendre la langue des signes aux équipes des Forces Spéciales, tout comme Annie l'apprenait à tous ses coéquipiers. Apparemment, au bout de vingt ans, c'était maintenant devenu très courant.

Elle ferma les yeux et s'appuya contre Frankie, sentant que le stress de la journée et de la nuit menaçait finalement de la submerger. Elle avait été inquiète pour sa propre vie, bien sûr, mais avoir Frankie avec elle avait été à la fois une bénédiction et une malédiction. Elle ne pouvait pas imaginer la vie sans lui et pendant un moment, la situation n'avait pas semblé très positive pour tous les deux.

Tout s'était pourtant bien terminé. Elle était en sécurité. Frankie était en sécurité. Ils avaient tous les deux faim, soif, ils étaient fatigués, mais ils étaient en vie. Le reste n'avait pas d'importance.

CHAPITRE TREIZE

Frankie serra Annie contre lui et il la sentit se détendre. Il était trop agité pour envisager de somnoler. Les soldats sur le zodiac portaient des lunettes de vision nocturne et même si Frankie ne distinguait rien de plus que des formes vagues, il ne ferma pas les yeux.

Ce qu'Annie et lui venaient de traverser n'était rien comparé à ce qu'elle faisait de façon régulière, et ça le rendait encore plus heureux qu'elle envisage de quitter l'armée. Elle était très douée dans son travail, c'était évident après l'avoir vue en action au cours des dernières heures, mais ça ne voulait pas dire que quelqu'un ne pouvait pas avoir de la chance en tirant pour la tuer un jour.

Être médecin des urgences n'allait pas être facile, cela impliquait de longues heures de travail et beaucoup de stress, mais Frankie préférait cela plutôt qu'Annie se fasse régulièrement tirer dessus dans certains des endroits les plus dangereux au monde.

Il était certain qu'elle serait une médecin incroyable si c'était ce qu'elle choisissait. Il l'avait vu avec Travis : elle était calme et elle avait facilement interrompu son saignement. La femme qu'il aimait pouvait exceller dans tout ce qu'elle choisissait de faire, mais être médecin allait aider tant de gens. Elle pouvait continuer à faire une différence dans le monde.

Frankie avait été perdu dans ses pensées, alors quand il vit des lumières au loin, il crut halluciner pendant un instant. Puis il rendit compte qu'ils se dirigeaient tout droit vers le voilier. Il était impossible de se tromper, car chaque lumière du vaisseau semblait briller, alors qu'il était — il regarda sa montre — une heure trente du matin.

Il n'avait pas été certain que le sergent accepte de les ramener à leur navire. Il connaissait Tex. Il savait comme celui-ci pouvait être convaincant. Mais si Annie voulait finir ses vacances, Frankie allait faire tout ce qu'il fallait pour que ça arrive. Pour être honnête, il voulait passer un peu de temps avec elle, lui aussi. Après ce qui était arrivé, il avait besoin d'être près d'elle, sans la partager avec sa famille et leurs amis. C'était égoïste de sa part, mais Frankie s'en moquait.

Le zodiac longea le navire et Manuel les attendait en bas des escaliers sur le côté du bateau.

Dieu merci, vous allez bien, dit Manuel en langue des

signes avant d'attraper la corde à l'avant du zodiac. Il l'attacha à la petite plate-forme en bas des escaliers et tendit la main.

Annie était bien réveillée maintenant, mais Frankie vit qu'elle approchait de ses limites. Elle avait été aux commandes pendant des heures et il était plus que ravi de lui faire prendre une pause. Frankie serra sa main et l'aida à se lever. Elle avança péniblement vers le côté du zodiac et tendit la main vers Manuel. Frankie ne la lâcha pas avant d'être sûr que l'autre homme la tenait fermement. Elle monta les marches, mais elle s'arrêta au bout de la quatrième pour l'attendre.

— Merci, dit Frankie au sergent en lui tendant la main.

L'autre homme la lui serra fermement.

— Merci à *vous*. Ma sœur est morte d'une overdose. Une journée où nous pouvons empêcher davantage de drogues de rentrer dans le pays, c'est une bonne journée.

Frankie hocha la tête, puis il se tourna vers Manuel. Il prit la main du marin et avant même qu'il n'ait monté les marches pour rejoindre Annie, le zodiac s'était éloigné du navire et repartait dans la nuit sombre.

Il suivit Annie en montant les marches pour atteindre le pont de promenade. Le capitaine les attendait.

— Je suis ravi de vous voir tous les deux, dit-il avec soulagement.

— Je suis désolée pour tout ce que vous avez dû endurer à cause de nous, dit Annie.

— Nous n'aurions pas dû enfreindre les règles et prendre le chemin interdit, ajouta Frankie.

Le capitaine se contenta de hausser les épaules.

— Franchement, vous n'êtes pas les premiers. Nous n'arrêtons pas de dire à nos patrons que quelqu'un doit créer un nouveau sentier qui ne possède pas autant de tentations. L'île est magnifique : qui ne voudrait pas l'explorer ?

Frankie savait que le capitaine était très bienveillant, car il avait tous les droits d'être énervé. Les recherches avaient perturbé le planning du navire et il avait sans doute dû gérer quelques passagers : les gens étaient généralement égoïstes, et ils voulaient ce qu'ils voulaient. Peu importe que quelqu'un manque à l'appel : s'ils n'arrivaient pas à temps au port suivant, c'était une irritation.

— De quoi avez-vous besoin ? De nourriture ? Quelque chose à boire ?

Annie jeta un coup d'œil à Frankie avant de dire :

— Je mangerais bien.

Son estomac choisit ce moment précis pour gargouiller. Bruyamment.

Tout le monde rit.

— Mais je ne veux pas déranger le personnel, ajouta Annie.

— Ce n'est pas un souci. Notre pâtissière est debout en ce moment pour préparer les pâtisseries du petit-déjeuner. Et si ça ne vous dérange pas de manger des restes, je suis certain que nous pourrons vous trouver quelque chose. En général, nous transformons le poulet et les fruits de mer qui ne sont pas mangés au dîner en plat pour le déjeuner. Venez, nous allons dévaliser la cuisine.

Annie se tourna vers Frankie. *Il est vraiment gentil. J'attends le revers de la médaille. Qu'il se mette à hurler contre nous.*

Frankie hocha la tête. *Je pense qu'il est simplement soulagé de ne pas nous avoir perdus. Ça ne serait pas joli sur son CV.*

C'est vrai.

Ils suivirent le capitaine jusqu'à la cuisine. Elle était petite, faisant la largeur du navire juste derrière la salle à manger. Annie et Frankie furent présentés à la pâtissière qui leur tendit à tous les deux une tranche de cake à la cannelle et aux raisins secs qu'elle venait de sortir de four.

Frankie mangea une bouchée et ferma les yeux de plaisir.

— Bon sang, je pense que c'est la meilleure chose que j'ai jamais mangée, dit Annie avec enthousiasme.

La pâtissière sourit.

— Tenez, essayez ça. C'est un pain aux raisins pomme-framboise.

Et cela continua ainsi. La pâtissière leur donnait des morceaux de ce qu'elle préparait pour le petit-déjeuner, pendant que le capitaine retrouvait les restes au frigo qui allaient être transformés en salade pour le déjeuner du lendemain.

Frankie et Annie s'empiffrèrent debout dans la petite cuisine, bavardant avec le capitaine. Quand ils eurent enfin soulagé leur faim, et qu'ils eurent bu deux grands verres d'eau, Annie sourit au capitaine.

— Merci de ne pas avoir attendu pour signaler notre disparition.

Il écarquilla les yeux.

— Pourquoi aurais-je attendu ?

— Je ne sais pas. Parce que vous espériez que nous sortirions de la jungle d'un instant à l'autre ? Parce que vous ne vouliez pas avoir de problème avec vos patrons ? Parce que ça ne donnait pas une bonne impression ?

Le capitaine secoua la tête.

— Quand nous ne vous avons pas trouvés tout de suite, je n'ai pas hésité à appeler de l'aide. Il faut parfois jusqu'à une journée pour faire venir quel-qu'un de Nassau jusqu'ici. J'espérais vous retrouver en attendant, mais je ne voulais pas retarder l'aide. J'ai malgré tout été surpris quand l'aide est venue si vite.

Frankie ne put s'empêcher de glousser.

— Les types qui sont venus nous aider n'étaient pas les sauveteurs de Nassau, expliqua-t-il au capitaine.

Il était épuisé et tellement soulagé qu'Annie et lui étaient là, à se gaver de nourriture délicieuse au lieu de couler dans les profondeurs de l'océan après avoir pris une balle tirée par Garrett et Travis. Il n'aurait sans doute rien dit s'il n'était pas aussi fatigué.

— Ils ne l'étaient pas ?

— Non.

— Qui étaient-ils ?

Annie échangea un regard avec Frankie et il hocha la tête. Il en avait sans doute déjà trop dit. Il allait laisser à Annie le choix de révéler les détails ou pas.

— Mon oncle était un SEAL. Il connaît du monde. À la seconde où nos noms ont été entrés dans un ordinateur pour signaler notre disparition, il a été prévenu. Il a envoyé nos sauveteurs, expliqua Annie.

C'était une explication très simplifiée, mais elle suffisait.

— Alors, encore une fois, merci de ne pas avoir attendu pour demander de l'aide, termina Frankie.

— Waouh.

Le capitaine pencha la tête et examina Frankie et Annie pendant un long moment.

— J'ai l'impression que vous n'êtes pas tout à fait ce que vous semblez.

— Nous sommes exactement ce que vous voyez, rétorqua Annie. Deux personnes follement amoureuses ayant terriblement besoin de vacances.

— Ah oui, dit le capitaine d'un ton sceptique. Là-dessus, je vais vous laisser terminer et aller dormir.

— Avons-nous beaucoup perturbé le planning ? demanda Annie.

— Étonnamment, non. Nous avions l'intention

d'essayer de naviguer demain matin avant d'arriver au port suivant, mais j'ai déjà dit à mon capitaine de relève de foncer vers le port. Nous ne prendrons pas le temps de faire de la voile, et nous aurons environ une heure de retard, mais nous y arriverons.

— Bien, dit Annie.

Elle leva les yeux vers Frankie, puis regarda le capitaine.

— Je sais que nous n'avons pas le droit de vous demander une faveur, après les problèmes que nous avons causés...

— Vous avez aidé à arrêter deux dealers et empêché tout un tas de drogues aux États-Unis, je dirais que les « problèmes » que vous avez causés en valaient bien la peine, répondit le capitaine.

— Encore une fois, merci d'être aussi gentil, dit Annie. Quoi qu'il en soit, puisque vous êtes le capitaine d'un navire... pouvez-vous nous marier ?

Frankie écarquilla les yeux de surprise.

— Annie, chuchota-t-il.

— Enfin... si tu veux, dit-elle en examinant Frankie.

— Bien sûr que je le veux. Je l'ai toujours voulu. Mais qu'en est-il de ta mère et du grand mariage qu'elle est déjà certainement en train de planifier ?

— Nous pouvons quand même avoir tout ça. J'ai été bête, Frankie. Ce qui est arrivé aujourd'hui m'a ouvert les yeux. Je ne veux rien d'autre qu'être à toi. Je ne veux pas attendre un jour de plus.

— Tu es à moi, dit fermement Frankie. Nous

n'avons pas besoin de paperasse et d'alliances pour que ce soit vrai.

— Si je peux vous interrompre une seconde, intervint le capitaine.

Frankie et Annie le regardèrent.

— Le fait que tous les capitaines ont la capacité de marier des gens est une idée fausse. Mais dans mon cas, j'en ai effectivement le pouvoir. La compagnie de croisière a payé pour faire enregistrer le navire aux Bahamas afin que nous puissions pratiquer des cérémonies de mariage à bord et les rendre légales. Cependant, il est nécessaire de remplir des papiers. On ne peut pas simplement décider de se marier... il y a une période d'attente, entre autres.

Les épaules d'Annie s'affaissèrent.

— Ah. Bien sûr. Ce n'est pas grave.

— Faisons-le quand même, suggéra Frankie. Ça ne sera peut-être pas officiel, mais dans nos cœurs, ça le sera.

Les yeux d'Annie s'illuminèrent.

— Vraiment ?

— Vraiment. Penses-tu que je peux te refuser quoi que ce soit ? demanda Frankie en riant.

— Je suis sûre de pouvoir faire un gâteau en un rien de temps, dit la pâtissière.

Frankie avait oublié qu'elle était toujours dans la pièce avec eux.

— Et nous pouvons sans doute accrocher des décorations et le faire sur le pont arrière avant le déjeuner.

Peut-être pas demain, mais le lendemain, suggéra le capitaine.

— Pouvez-vous nous marier maintenant ? demanda Annie.

— Maintenant ? répéta le capitaine.

— Oui.

— Mais tout le monde dort.

— Nous n'avons pas besoin d'un public. Seulement de nous deux, dit Frankie, complètement partant pour l'idée d'Annie.

— Oh, eh bien... oui, je peux faire ça, dit le capitaine.

— Nous ne voulons pas que ça représente plus de travail pour qui que ce soit, expliqua Annie. Quelque chose de discret sera parfait.

— Voulez-vous aller vous doucher et vous changer d'abord ? demanda le capitaine.

Annie se regarda et éclata de rire.

— Frankie ? demanda-t-elle.

Il secoua la tête.

— Non. Je pense que maintenant, c'est parfait.

— Très bien, alors. Où souhaitez-vous le faire ? demanda le capitaine en souriant.

— À l'avant, près du pont, répondit Annie comme si elle avait passé du temps à y réfléchir.

— Il y aura du vent, prévint le capitaine.

— Pas grave, assura Annie.

Cinq minutes plus tard, Frankie se tenait face à face avec Annie sur le pont près de la passerelle. Le vent soufflait fort, comme le capitaine l'avait promis, parce qu'ils allaient très vite pour atteindre le port suivant. Il était trois heures du matin, ils étaient tous les deux fatigués, sentaient la transpiration, avaient encore du sable collé sur eux… et ils avaient de si grands sourires que ce n'était pas dur de voir comme ils étaient heureux.

Frankie n'avait jamais vu quelqu'un d'aussi beau que son Annie à ce moment-là. Il n'était pas non plus surpris qu'elle ait réussi à persuader le capitaine de procéder à ce mariage. Elle était le genre de personne pour laquelle les autres faisaient leur maximum.

— Prêts ? demanda le capitaine.

— Prêts, dirent Frankie et Annie en chœur.

— Je vais faire court, dit-il. Je suis honoré aujourd'hui de célébrer et d'être témoin du mariage d'Annie et Frankie. La vie est une série de péripéties, et il n'est pas facile de trouver quelqu'un pour faire le voyage avec vous. Mais quand on le sait, on le sait, et il est évident que vous deux, vous êtes faits l'un pour l'autre. Frankie, acceptez-vous de prendre Annie pour épouse ? Consentez-vous à la chérir et à l'honorer, pour le meilleur et pour le pire, jusqu'à ce que la mort vous sépare ?

— Oui, dit Frankie.

— Annie, acceptez-vous de prendre Frankie pour époux ? Consentez-vous à le chérir et à l'honorer, pour le meilleur et pour le pire, jusqu'à ce que la mort vous sépare ?

— Oui, répondit Annie.

— Souhaitez-vous échanger des vœux ? demanda le capitaine.

Annie regarda Frankie, souhaitant manifestement lui laisser cette décision.

— Oui, lâcha-t-il sans vraiment savoir ce qu'il allait dire.

Pendant un moment, il paniqua en se demandant comment il allait pouvoir trouver les mots pour que cette femme incroyable comprenne à quel point il l'aimait.

Puis ils se déversèrent de lui par ses doigts. Il s'exprima en langue des signes parce que sa gorge était nouée, et il savait qu'il allait tout mélanger s'il essayait de parler.

Annie, dès la première seconde que je t'ai vue, j'ai su que je voulais te faire mienne pour toujours. D'une façon ou d'une autre, j'étais décidé à faire de toi ma femme. Tu es ma meilleure amie, ma plus grande supportrice, mon amante. Je promets de te donner tous mes mots, prononcés avec la bouche ou les mains, quand c'est nécessaire, et de rester silencieux quand ça ne l'est pas. Je te soutiendrai sans condition dans tout ce que tu veux faire. Que tu veuilles devenir médecin ou le meilleur clown de cirque qui ait jamais existé. Je serais le meilleur homme que je peux être pour toi, et si ce moment arrive, le meilleur père pour nos enfants. Je suis submergé par l'amour et la gratitude de me trouver là devant toi. Je suis fier et j'ai énormément de chance, et je le sais. Je t'aime, Ann Elizabeth Grant Fletcher, bientôt Sanders.

Annie suivit l'exemple de Frankie et fit ses propres vœux en langue des signes.

Tu as été à moi dès que nous nous sommes rencontrés, Frankie. Il n'y a jamais eu quelqu'un d'autre pour moi, et il n'y en aura jamais. Tu as été la raison pour laquelle j'ai essayé d'être la meilleure de ce que je pouvais être à l'époque, tout comme tu l'es maintenant. Tu renforces mes faiblesses et tu mets mes rêves en lumière. Ensemble, nous sommes l'équipe parfaite, nous l'avons toujours été. Tu ne seras jamais en deuxième place dans ma vie. Jamais. Tu es toujours dans mes pensées où que je sois et quoi que je fasse.

— Je t'aime, dit Frankie quand elle eut terminé.

— Et je t'aime, répéta Annie.

Frankie prit son visage entre les mains et se pencha en avant. Les cheveux d'Annie volèrent entre eux et entrèrent dans sa bouche quand il l'embrassa, mais peu importe. Rien n'avait d'importance en dehors de la bonne santé de la femme dans ses bras.

Ils riaient tous les deux quand il s'écarta et Frankie essaya de coincer les cheveux d'Annie derrière ses oreilles... sans y parvenir.

— Je suppose que c'est le moment où je dois dire : je vous prononce maintenant mari et femme, dit le capitaine. Félicitations.

Quand Frankie regarda Annie, il sut que c'était ceci qu'il attendait du reste de leur vie. Des rires, de l'amour, et certainement rien de conventionnel. Ils avaient déjoué les pronostics depuis le moment de leur rencontre. Qui aurait cru qu'une petite fille extravertie comme Annie allait apprécier un garçon sourd et timide avec lequel elle ne pouvait même pas parler ? Mais c'était arrivé, et Frankie avait su alors qu'Annie ferait partie de son avenir. Qu'il allait faire son possible pour la rendre heureuse.

Parce que quand Annie était heureuse, il était heureux.

— Je suppose que nous ne vous verrons pas au petit-déjeuner, dit le capitaine avec un sourire en coin.

— Vous avez raison, lui dit Frankie.

— Et si ça peut vous rassurer, nous n'avons pas non plus l'intention de débarquer dans les ports, dit Annie. J'ai plus ou moins promis à ma famille que nous allions être sages et rester au même endroit jusqu'au retour à la Barbade.

— Vous les avez contactés ? demanda le capitaine. Quand ?

— C'est une longue histoire. Je n'ai pas vraiment parlé directement à mon père, précisa Annie avec un sourire en regardant Frankie.

— Aucun souci. Vous n'êtes pas obligés de descendre du voilier. Si vous avez besoin de quoi que ce soit, faites-le savoir aux membres de mon équipe ou à moi. Nous sommes vraiment soulagés que vous alliez bien.

— Merci, nous aussi, avoua Frankie.

— Je vous souhaite un bon mariage, dit le capitaine

en leur souriant avant de longer le pont jusqu'aux escaliers, et sans doute vers son lit.

Au lieu de la guider jusqu'à leur propre chambre, Frankie prit Annie dans les bras et elle le fixa, perplexe.

— Que fais-tu ?

— Je danse avec ma femme. C'est la première danse.

Annie sourit et se blottit contre lui, posant la tête sur son épaule. Il s'agissait plus d'un balancement d'avant en arrière que d'une véritable danse, mais Frankie s'en moquait. Il ne sut pas combien de temps ils restèrent dehors dans le vent et l'obscurité, car il était trop concentré sur la femme dans ses bras.

Il sut qu'il était temps de ramener Annie dans leur chambre quand elle tressaillit brusquement, comme si elle s'était endormie debout.

— Allez viens, dit-il en gloussant et en passant un bras autour de sa taille. Je ne sais pas toi, mais je suis prêt à dormir douze heures d'affilée.

— Moi aussi, répondit Annie avec un énorme bâillement.

Frankie aurait aimé avoir l'énergie de faire l'amour à sa femme, mais il en aurait le temps plus tard. Elle avait besoin de se doucher, puis de dormir. Comme il n'y avait pas de place dans la salle de bains pour qu'ils se douchent en même temps, il la laissa passer la première. Elle allait être endormie quand il aurait fini de se laver, mais ce n'était pas grave. Elle avait plus que mérité ce repos.

Vingt minutes plus tard, Frankie se blottit contre sa femme.

Sa *femme*.

La cérémonie n'avait peut-être pas été légale aux yeux de l'administration, mais ceci serait toujours la date à laquelle il allait fêter leur anniversaire. Annie avait valu la peine d'attendre vingt ans. Bon sang, il aurait pu en attendre vingt de plus. Ils n'avaient pas besoin d'un morceau de papier pour savoir qu'Annie était à lui et lui à elle. Ils étaient reliés par le corps, l'esprit et l'âme.

Et demain, quand tous les autres allaient être sur la terre ferme à faire du shopping, à manger et à faire les activités prévues par la société de croisière, il allait montrer physiquement à sa femme tout ce qu'elle représentait pour lui.

Frankie s'endormit avec un énorme sourire sur le visage. Cette journée avait été une autre aventure dans la vie incroyable qu'il avait avec Annie. Avec un peu de chance, les escapades futures ne contiendraient ni pistolets, ni drogues, mais si c'était le cas, son Béret Vert super fort allait les garder en sécurité.

CHAPITRE QUATORZE

Six jours plus tard, lors de leur dernière nuit à bord du navire, Annie était au lit avec Frankie et elle poussa un soupir de contentement. Ils avaient tenu leur promesse et n'avaient pas quitté le navire depuis leur sauvetage. À peu près tous les passagers — y compris Megan, Dottie, Joseph et Bill — avaient été extrêmement compréhensifs au sujet de ce qui était arrivé. Personne n'était contrarié que le voyage ait été retardé et tout le monde semblait soulagé qu'ils aillent bien.

Annie ne savait pas si les gens avec qui ils avaient mangé le premier soir mentaient, mais en réalité ça n'avait pas d'importance. Tout ce qui importait, c'était qu'ils soient en sécurité.

— À quoi penses-tu, madame Sanders ? demanda Frankie.

Annie sourit. Elle ne se fatiguerait jamais d'entendre ça. Intellectuellement, elle savait qu'ils n'étaient pas légalement mariés, car ils n'avaient rempli aucun papier et n'allaient pas prendre cette peine, mais ce soir de la semaine précédente leur donnerait toujours l'impression d'être leur anniversaire officiel.

— C'était agréable, dit-elle. J'ai beaucoup voyagé grâce à l'armée, mais je n'ai jamais pu me détendre de cette façon.

Frankie serra le bras autour d'elle. Annie était sur le côté, la tête sur l'épaule de Frankie, ses doigts décrivant doucement des cercles sur le torse nu de son homme. Ils avaient fait l'amour plus tôt, et elle profitait de l'intimité agréable qu'ils partageaient après. Le lendemain allait être bien rempli : une fois de retour à la Barbade ils avaient un avion à prendre, mais pour le moment, elle avait l'impression que Frankie et elle étaient seuls au monde.

— Si nous étions restés plus longtemps, tu serais devenue folle, avoue-le, dit Frankie avec un petit rire.

Annie sourit. Il avait raison. Elle n'avait jamais été du genre à paresser très longtemps. Même petite, elle était constamment en mouvement d'après sa mère.

— C'est vrai, dit-elle au bout d'un moment. Est-ce que ça te gêne ?

— Non, répondit Frankie sans hésiter. Je t'aime exactement telle que tu es. Nous nous compensons.

Annie hocha la tête. C'était vrai. Ils avaient toujours été ainsi. Annie était l'extravertie qui aimait prendre des risques. Frankie était réservé, préférant rester en arrière et examiner la situation avant d'agir. Savoir qu'il la soutenait était une des raisons pour lesquelles Annie se sentait si confiante en essayant de nouvelles choses. Si ça ne fonctionnait pas, Frankie était là pour la rattraper.

En posant la tête sur sa main, Annie étudia l'homme qu'elle aimait depuis l'enfance.

— Quoi ? finit par demander Frankie quand elle ne dit rien.

— J'ai l'impression de t'avoir sous-estimé, lâcha Annie.

Il fronça les sourcils.

— Non, tu n'as pas fait ça.

— Si, insista Annie.

Elle y avait beaucoup réfléchi au cours de la semaine passée.

— Quand nous étions là-bas, nous avons parfaitement travaillé ensemble. Je n'ai encore jamais si bien fonctionné avec quelqu'un sur le terrain.

— C'était toi, dit Frankie modestement. Tu es un des meilleurs chefs que je n'ai jamais vus. C'est facile de te suivre.

— Non, insista Annie. Tu ne t'accordes pas assez de mérite. Ils ne t'ont même pas attaché, Frankie. Ils étaient tellement certains que tu ne représentais aucune menace parce que tu as si bien joué ton rôle. Mais quand tu as chargé Travis, puis Garrett... je n'ai jamais eu aussi peur de ma vie.

— J'aurais fait n'importe quoi pour les empêcher de te toucher. De te faire du mal, affirma Frankie.

— Je sais. C'est de ça que je parle, précisa Annie. Toute ma vie, les gens m'ont dit que je suis incroyable. Si forte. Si intelligente. Si drôle. J'ai excellé dans le corps d'entraînement des officiers de réserve à la fac, et j'étais certaine d'entrer dans les Bérets Verts. Depuis que je te connais, tu as toujours été mon soutien silencieux. Tu ne voulais jamais être sous le feu des projecteurs, tu ne voulais pas d'éloges. Et cette semaine m'a ouvert les yeux et m'a fait voir que ce que j'ai accompli dans l'armée, c'est grâce à toi. Grâce à ton soutien. Parce que tu m'encourageais et que tu n'as jamais hésité quand je rentrais à la maison en disant que nous allions déménager. Encore. Chaque fois que j'étais appelée en mission, tu me rassurais que tout se passerait bien à la maison, de ne pas m'inquiéter pour toi, de partir faire mon travail.

Les yeux d'Annie se remplirent de larmes.

— Je me suis servie de toi et je déteste ça. J'ai été égoïste et trop focalisée sur moi-même et ce que je veux. Tu es incroyable, Frankie. C'est grâce à toi que j'ai le cran d'être courageuse. Et j'ai beaucoup plus besoin de toi que tu n'auras jamais besoin de moi.

— C'est faux, dit Frankie en roulant jusqu'à ce qu'Annie le regarde d'en bas. Tu ne t'es pas servie de moi du tout, parce que j'ai tout fait à cause de mon amour pour toi. Si tu avais dit vouloir vivre dans le désert africain, j'aurais accepté sans hésiter. Je te suivrais n'importe où. Tu comptes tellement pour moi. Tu as cru en moi chaque fois que personne d'autre ne semblait y croire. Tu m'as soutenu sans condition. Quand on m'a opéré pour l'implant, ta voix était la première que je voulais entendre. Je t'aime, Annie. J'étais complètement hors de mon élément là-bas, et je ne faisais que suivre ton exemple.

Annie ferma les yeux et sentit Frankie frotter doucement sa joue avec le pouce, essuyant ses larmes. Après avoir pris une minute pour se calmer, elle les rouvrit et vit son regard aimant.

— Je vais parler à mon commandant quand je retourne au poste. Je veux partir.

Frankie fronça les sourcils.

— Tu en es sûre ? Tu n'es pas obligée de décider quoi que ce soit tout de suite.

— Je le sais, lui dit Annie. Et je suis sûre de moi. Ce qui est arrivé sur cette île a facilité la décision. Je me suis inquiétée de ce que tous les autres allaient penser de ma décision, alors que les seules opinions qui comptent vraiment sont la tienne et la mienne. Personne d'autre ne vit ma vie. Personne d'autre n'est sur la ligne de front pour pister les terroristes et voir le pire de l'humanité. Juste moi. Personne d'autre n'a dit au revoir à l'amour de sa vie en espérant le revoir à la fin de la mission. Juste toi. Oui, je veux que mon père et tout le monde soient fiers de moi, mais j'ai enfin compris qu'ils le sont déjà. Je n'ai plus besoin de prouver quoi que ce soit. Et quand nous étions là-bas et que j'ai vu que je pouvais te perdre — qu'il suffisait que l'un de ces crétins prenne peur —, j'ai compris exactement ce que tu dois vivre chaque fois que je suis déployée. Je ne veux pas ça pour toi, Frankie, et je ne le veux pas pour moi.

— Ne démissionne pas à cause de moi, dit sévèrement Frankie.

— Je ne fais pas ça, répondit Annie sans hésiter. Je le fais pour toi. Et pour moi. Je peux servir mon pays en étant médecin. En sauvant des vies à l'hôpital. Je suis fière de ce que j'ai fait dans l'armée. Fière d'être l'une des premières femmes à devenir Béret Vert. J'aimerais croire que j'ai ouvert la voie à d'autres femmes pour faire la même chose. Mais je peux aussi être fière de moi en étant médecin. Je peux sauver des vies au lieu de les prendre, sans mettre la mienne en jeu.

— Oui, tu le peux, dit Frankie. Et ton père et les autres seront tout aussi fiers de toi.

— Je l'espère, mais s'ils sont déçus que je quitte l'armée... je n'y peux rien. Je dois faire ce qui est bien pour toi et moi. Ce ne sont pas eux qui vivent nos vies, c'est nous.

Frankie sourit et Annie vit le soulagement dans ses yeux. Son homme n'aurait jamais dit franchement qu'il voulait qu'elle démissionne, mais elle voyait qu'il n'était pas du tout contrarié par sa décision.

— Ça ne va pas être facile, prévint-elle.

Frankie éclata de rire.

— La vie n'est pas facile, rétorqua-t-il. Mais peu importe les difficultés, nous les affronterons ensemble.

— Comme nous l'avons fait sur cette île.

— Exactement.

Ils se firent un sourire, puis Frankie dit :

— Où que tu ailles, quoi que tu fasses, je serai là. Je n'ai pas honte et je n'ai pas peur de te soutenir, Annie. Les gens peuvent penser ce qu'ils veulent sur notre relation, et s'ils pensent que je suis mené à la baguette, je m'en moque. Parce que je le suis. Je te laisse avec plaisir le feu des projecteurs, mais je serai toujours là pour te protéger, peu importe ce que cela implique.

Annie se sentit bien. Vraiment bien.

— Et je te protégerai également, lui dit-elle.

— Personne ne nous cherchera des emmerdes, ajouta Frankie avec un sourire.

— Non. Et nous avons l'avantage de pouvoir parler sans les mots.

— C'est vrai que c'est pratique. Comme quand tu seras un médecin célèbre et que nous devons assister à des galas de charité et que je ne peux pas supporter de te voir aussi belle dans ta robe, je pourrais te dire depuis l'autre côté de la salle que je veux te ramener à la maison et te baiser jusqu'à ce que tu ne puisses plus marcher.

Annie sourit.

— Je déteste porter des robes, lui rappela-t-elle.

— Je sais. C'est donc encore plus spécial quand tu le fais.

C'était encore une autre raison pour laquelle elle aimait son homme. Il la laissait être elle-même et il ne voulait jamais qu'elle s'excuse pour ça.

— Nos familles vont être folles quand nous rentrerons à la maison, prévint Annie.

— Je sais.

Et Annie supposa qu'il le savait effectivement. Non seulement Fletch allait perdre les pédales au sujet de ce qui avait failli arriver, mais tous ses amis allaient réagir de la même façon. Et sa mère allait être particulièrement collante, voulant parler au téléphone tous les soirs jusqu'à ce qu'elle comprenne enfin que son bébé allait bien. Et c'était avant même de commencer les préparatifs du mariage.

— Notre vie va être assez folle pendant l'année qui vient, ajouta-t-elle. Pendant que je quitte l'armée et que nous nous adaptons à notre nouvelle normalité.

— Oui, dit tranquillement Frankie.

Annie soupira et décida qu'ils avaient assez parlé. Il était presque impossible d'angoisser Frankie. Il prenait les choses comme elles venaient et il était son point de repère quand elle était trop stressée. Maintenant qu'elle avait enfin pris sa décision, elle devait parler au commandant au sujet de sa sortie de l'armée, postuler dans des écoles de médecine, déménager, préparer un mariage. Penser à tout le chaos qu'elle allait vivre suffisait à faire monter sa pression sanguine. Mais pour l'instant, elle voulait profiter de cette dernière nuit avec son mari.

— Pourquoi souris-tu comme ça ? demanda Frankie.

— Mon mari, dit Annie simplement.

— Ma femme, répondit-il.

Annie poussa alors le torse de Frankie jusqu'à ce qu'il roule encore. Elle enjamba sa taille en souriant. Il avait les yeux rivés sur sa poitrine. Elle ne put s'empêcher de cambrer légèrement le dos, faisant ressortir ses seins. Il posa ses mains dessus et joua avec ses tétons ; elle se mit à respirer plus vite.

Sachant qu'il pouvait facilement la distraire de ses plans, Annie se força à reculer jusqu'à ce qu'il laisse tomber les mains. Il écarta les jambes, lui laissant la place de s'agenouiller entre elles.

Juste au moment où elle crut qu'il allait la laisser prendre les commandes, il posa brusquement une main dans ses cheveux et s'y accrocha fermement.

— Ne me fais pas jouir, ordonna-t-il.

Annie fit la moue.

— Je suis sérieux. Je veux être en toi quand ça arrive.

Elle le sentit relâcher suffisamment ses cheveux pour qu'elle hoche la tête, puis il lui fit un sourire très sexy avant de pousser sa tête vers ses genoux.

Annie se laissa faire avec plaisir. Elle aimait cet homme plus que les mots ne pouvaient l'exprimer. Il allait donc falloir lui montrer, à la place.

* * *

Frankie regretta de voir s'estomper au soleil le navire sur lequel ils avaient passé les deux semaines précédentes. Ce moment allait garder une place spéciale dans son cœur, même après ce qui avait failli arriver à Annie et lui. Il détestait qu'elle ait failli être blessée, mais il était terriblement fier d'elle. Il avait toujours su qu'elle était une très bonne soldate, mais il n'avait jamais eu l'occasion de le voir par lui-même.

Il avait aussi passé quelques-unes des meilleures nuits de sa vie au lit avec sa femme sur ce navire. Leur chambre était petite et simple, mais pour lui, cela aurait pu être une suite dans un château. Son amour était là : il n'aurait rien pu demander de plus.

Ce matin-là au petit-déjeuner, ils échangèrent leurs adresses e-mail avec quelques personnes et firent leurs adieux. Frankie et Annie avaient passé un peu de temps avec Manuel, lui promettant de rester en contact. Il était devenu bien plus confiant en langue des signes au cours des deux semaines passées et il était reconnaissant d'avoir eu cette chance de s'entraîner.

Le capitaine les avait surpris tous les deux avec un certificat de mariage signé. Il avait prévenu que ce n'était pas légal, car il n'y avait pas le tampon et les signatures des autorités des Bahamas, mais Frankie et Annie s'en moquaient. C'était un cadeau bienvenu, un cadeau qu'ils allaient chérir pour toujours.

Il leur avait aussi dit qu'il avait appris par les autorités que les transporteurs de drogue qui étaient arrivés pour récupérer les caisses avaient été interceptés et qu'ils étaient maintenant en prison à Nassau. Non seulement ça, mais apparemment, Garrett n'était pas revenu sur ses paroles, racontant tout ce qu'il savait sur l'opération. C'était une petite victoire, même si Frankie savait que quelqu'un allait prendre leur place dans les rouages du trafic de drogue.

Travis était toujours à l'hôpital mais il devait normalement guérir complètement... après quoi il allait être transféré en prison avec son frère.

Annie serra la main de Frankie et il la regarda. Il faisait chaud dans le bus et il était bondé, il avait aussi une drôle d'odeur, mais ça leur était égal.

— Je t'aime, dit Annie.

— Pas autant que je t'aime, rétorqua Frankie.

Elle leva les yeux au ciel.

Leur avion ne décollait pas avant la fin de l'après-midi et dans leur voyage était compris un tour de l'île avant de se rendre à l'aéroport. La seule surprise de la journée eut lieu lorsqu'ils s'enregistrèrent pour leur vol et qu'ils découvrirent qu'ils avaient été transférés en première classe.

— Tex ? demanda Frankie à Annie pendant qu'ils faisaient la queue pour les contrôles de sécurité.

— C'est ce que j'aurais dit aussi, répondit-elle, comme d'habitude sur la même longueur d'onde. C'est lui, ou bien la société de croisière a décidé de nous surclasser.

— Après que nous ayons causé autant de problèmes ? demanda Frankie en levant un sourcil.

Annie gloussa.

— Oui. Probablement pas. C'est certainement Tex.

Certains hommes auraient été mal à l'aise à cause du pouvoir de l'ancien SEAL et de la façon dont il semblait toujours savoir ce qui se passait pour sa femme et lui. Mais pas Frankie. Tex avait donné sa première paire de boucles d'oreilles à Annie, dans lesquelles il y avait des pisteurs GPS. Elle avait arrêté de les porter quand elle était adolescente, pas à l'aise à l'idée que l'ami de son père sache en permanence où elle était, mais elle les mettait chaque fois qu'elle était déployée. Elle était prudente, pas stupide.

Annie ne mentait pas quand elle disait que ça allait être la folie en rentrant à la maison. Surtout parce qu'ils allaient devoir rassurer tous les amis de son père. Même si Annie était une soldate des Forces Spéciales, pour eux, elle allait toujours être la petite fille qu'ils dorlotaient autrefois.

Elle devait aussi parler à ses parents et leur faire savoir qu'elle avait pris sa décision au sujet de l'armée et de son avenir. Elle voulait toujours leur soutien, mais Frankie était soulagé de savoir qu'elle n'était plus aussi stressée au sujet de leur réaction. Elle faisait ce qui était mieux pour elle et leur avenir. C'était le plus important.

Ils trouvèrent deux sièges côte à côte dans l'aéroport, et même s'il restait deux heures et demie à attendre avant leur vol, Annie sembla contente de s'asseoir à côté de lui et de regarder les gens passer.

— Ça va ? lui demanda Frankie.

— Oui, pourquoi ?

— En général, tu n'aimes pas rester assise, dit-il en haussant les épaules. Tu te promènes, tu fais les vitrines, tu vas chercher de l'eau… Bref, tu gigotes.

Annie sourit et lui prit la main.

— Je sais. Mais aujourd'hui, je veux simplement rester assise ici à côté de toi et apprécier la vie pendant un moment.

— Ça me va, dit Frankie en levant leurs mains serrées et en embrassant les doigts d'Annie. Mais si tu as envie de bouger, sens-toi libre de le faire. Je garderai nos affaires.

— Je sais que tu le feras. Tu es trop bon avec moi.

— Pas du tout.

La capacité d'Annie à rester assise en appréciant la vie dura environ quarante minutes, c'est-à-dire trente de plus que ce qu'avait estimé Frankie. Elle lui fit un sourire gêné et dit qu'elle allait marcher un peu. Frankie l'embrassa sur la joue et lui demanda de faire attention. Il la regarda traverser le hall, remarquant les regards admiratifs des hommes quand elle passait. Il n'avait pas peur qu'elle flirte à son tour. Depuis qu'il la connaissait, elle n'avait jamais manifesté d'intérêt pour quelqu'un d'autre.

Il lui sembla que c'était la millionième fois, mais il remercia sa bonne étoile qu'Annie l'ait choisi. Il se promit d'être le meilleur qu'il pouvait être pour elle. Elle méritait le monde entier et même s'il ne pouvait lui donner que sa petite partie à lui, il pouvait la remplir avec assez d'amour, de rires et de bonheur pour toute une vie.

CHAPITRE QUINZE

Annie rit quand son père jeta un regard noir à l'obstacle sous lequel il fallait ramper dans le camp d'entraînement de l'armée.

— Je ne me souvenais pas que ce foutu machin était si près du sol, marmonna Fletch en le contournant à pied. Si je descends là-dessous, je ne pourrai jamais me relever.

Annie rit encore plus fort. Bon sang, comme elle adorait son père. Elle était certaine que Fletch était capable de descendre à plat ventre dans la boue et de remonter en traversant l'obstacle, mais il s'inquiétait sûrement davantage de salir son tee-shirt et de se faire gronder par Emily.

Dix mois s'étaient écoulés depuis que Frankie et elle étaient rentrés de leur voyage dans les Caraïbes. Sa vie avait été trépidante. Fletch n'avait pas été surpris par sa décision de quitter l'armée. Il admettait que même s'il avait le plus grand respect pour ses capacités, il était soulagé de ne plus avoir à s'inquiéter pour elle pendant qu'elle était en mission.

Elle avait informé son commandant qu'elle retournait à la vie civile, elle avait été rejetée par trois écoles, et était heureuse d'être acceptée par l'université du Texas à Austin. C'était son premier choix, même si ce n'était pas la meilleure école du Texas. Annie aimait l'idée d'être proche de sa famille pour la première fois depuis dix ans. Ses parents ne rajeunissaient pas, même s'ils avaient encore l'air très en forme pour leur âge.

Elle aimait pouvoir passer plus de temps avec John pendant qu'il finissait le lycée, ainsi que tous ses cousins. Le père de Frankie avait décidé lui aussi de prendre sa retraite au Texas, mais cette décision venait surtout du fait que la femme qu'il avait rencontrée en ligne vivait à San Antonio. Frankie avait été fou de joie de voir son père plus souvent.

Maintenant que l'École de Médecine avait commencé, Annie était plus occupée que jamais à étudier comme une folle.

Frankie et elle étaient soulagés que le déménagement soit leur dernier pour longtemps. Elle se sentait coupable qu'il endosse une nouvelle fois la plupart des responsabilités à la maison. Le nettoyage, la cuisine, les courses et les centaines de petites choses qu'il fallait gérer en s'installant dans une nouvelle maison. Mais il la rassurait constamment que ça lui était égal, qu'il était heureux de faire sa part pour faciliter la vie d'Annie.

Sa mère avait fait la plus grosse partie des préparatifs de leur mariage et Annie avait aussi culpabilisé à ce sujet pendant un moment. Mais comme sa mère avait promis qu'elle s'amusait comme une folle, elle l'avait laissé faire.

Demain, Annie allait officiellement devenir la femme de Frankie. Bien qu'ils considérassent toujours tous les deux que leur mariage caribéen était leur véritable date d'anniversaire, elle allait être soulagée de pouvoir enfin en faire légalement son mari.

Elle avait dit au revoir à Frankie plus tôt dans la soirée, vers vingt heures trente, quand il était parti à l'hôtel avec son père et son parrain. Il n'était pas ravi, mais il ne fit pas de scène. Annie n'était pas très enthousiaste non plus : elle détestait passer la nuit loin de son homme. Elle était devenue accro au fait de dormir à côté de lui chaque nuit, maintenant qu'elle n'était plus envoyée en mission un mois sur deux.

Vers vingt heures trente, Fletch avait demandé si elle voulait se rendre au camp d'entraînement et faire la course d'obstacles avec lui une dernière fois pendant qu'elle était encore sa petite fille. Annie n'hésita pas à accepter... même si elle affirma qu'elle allait toujours être sa petite fille.

Elle regarda Fletch courir facilement sur le parcours. Il avait toujours été immense à ses yeux, et la facilité avec laquelle il se hissait par-dessus les barrières tout en râlant la fit rire encore. Elle le suivit, laissant son père gagner en l'honneur du bon vieux temps. Quand ils eurent fait le parcours deux fois, Fletch montra un banc avec la tête.

Annie ne fut pas étonnée. Évidemment, son père ne voulait pas vraiment faire du sport si tard la veille de son mariage. Il voulait lui parler. Elle s'installa à côté de Fletch et remarqua vaguement qu'il ne respirait même pas fort. Elle espérait avoir au moins la moitié de sa forme quand elle atteindrait son âge.

— Alors, demain c'est le grand jour, commença Fletch.

Annie sourit.

— Oui.

— La vie est drôle, songea son père.

Annie attendit qu'il continue, mais quand ce ne fut pas le cas, elle dit :

— C'est vrai.

Fletch soupira.

— Je ne suis pas prêt, avoua-t-il.

— Papa, dit Annie doucement.

— Je sais, je sais. Tu as vingt-huit ans. Tu es une adulte. Tu es autonome et ça fait dix ans que tu ne vis plus à la maison. Mais tu seras toujours mon petit lutin. Je me souviens quand j'ai rencontré ta mère pour la première fois... elle m'a demandé si ça me gênait que tu poses des questions. J'étais perplexe. Je veux dire, évidemment que ça ne me gênait pas. Mais elle a dit que je ne comprenais pas. Que tu étais une enfant *vraiment* curieuse, et que tu posais *beaucoup* de questions. À cette époque-là, je n'étais pas prêt pour toi non plus, admit Fletch. Mais le premier jour où tu m'as espionné derrière le mur du garage pendant que je travaillais sur un moteur, j'étais foutu. Tu étais couverte de saleté et tu m'as effectivement posé un million de questions. Tu as dit que mon nom était drôle et tu as fait une grimace quand j'ai dit quelque chose que tu n'avais pas compris.

Annie sentit des larmes dans ses yeux, mais elle ne l'interrompit pas.

— Et tu m'as achevé en venant chercher mon aide quand ta mère était malade et que tu avais faim. J'ai su à partir de ce moment-là que j'allais faire le nécessaire pour m'assurer que tu aies toujours ce qu'il fallait pour grandir et devenir la femme incroyable que tu allais certainement devenir un jour. Et tu as plus que surpassé toutes mes attentes, mon lutin.

Annie pleurait, maintenant.

— Papa, soupira-t-elle.

Fletch ne la regarda pas, fixant un point droit devant lui en continuant à parler, comme s'il avait besoin de faire sortir les mots tout de suite.

— Je n'étais pas sûr au sujet de Frankie, au début. Je veux dire, c'était un gamin assez gentil, mais il vivait en Californie. J'ai pensé que tu allais te lasser si tu ne le voyais pas tout le temps. Mais je t'ai sous-estimée, tout comme beaucoup de gens doivent le faire quand ils te rencontrent pour la première fois. Tu étais si heureuse pour lui quand il a reçu son implant cochléaire. Il était incroyablement fier de toi quand tu as gagné ce concours de rhétorique en quatrième. Je vous ai vu grandir et tomber de plus en plus amoureux. Mais ce n'est que quand tu as été blessée en première et que Frankie a pris le bus et qu'il est venu jusqu'ici pour voir de ses propres yeux que tu allais bien, que j'ai compris que j'allais un jour te perdre auprès de lui.

— Tu ne me perds pas, rétorqua Annie.

Fletch se tourna et la regarda, et elle fut stupéfaite de voir des larmes dans ses yeux.

Fletch ne pleurait pas. Jamais.

— Je t'aime, mon lutin. Je suis fier de toi. Tu es ma seule fille et mon bébé. J'ai tant de souvenirs incroyables de toi, y compris quand tu rôdais dans ce foutu tank, terrorisant le quartier.

Annie sourit à travers ses larmes.

— Frankie est quelqu'un de bien. Il a toujours été ton plus grand supporter, et je sais qu'il te protégera de sa vie, si nécessaire. Un père ne pourrait pas demander plus pour sa fille. Tu as bien choisi. Vraiment bien.

Annie ne put plus le supporter. Elle se jeta sur Fletch et enfouit son visage contre son torse. Quand il referma les bras autour d'elle, elle ne put s'empêcher d'avoir l'impression qu'elle avait à nouveau sept ans. Fletch avait toujours représenté la sécurité. Il avait toujours été là quand elle en avait besoin.

— Je t'aime, papa.

— Moi aussi, mon lutin. Moi aussi.

Ils s'installèrent ensemble sur le banc pendant un moment, jusqu'à ce qu'ils maîtrisent tous les deux leurs émotions.

— Un dernier passage en l'honneur du bon vieux temps ? demanda Fletch.

— Tu penses pouvoir le faire sans avoir de courbatures affreuses demain ? demanda Annie. Je ne voudrais pas que tu marches comme un vieillard à mon mariage.

— Comme si ça allait arriver, ricana Fletch. Je peux encore te battre à plate couture.

— Tu veux parier ?

— Non.

Annie éclata de rire.

— Allez viens, papa, dit-elle en se levant et en lui tendant la main. Nous allons le faire ensemble, comme nous le faisions autrefois.

— Sauf qu'à cette époque, c'était moi qui t'aidais, grommela Fletch.

Annie leva les yeux.

— N'importe quoi. Tu n'as pas besoin d'aide, papa. Tu es toujours un Delta qui déchire. Tu gères.

— Carrément, oui, dit Fletch.

Ils marchèrent alors main dans la main vers le début de la course d'obstacles.

— Prêt ? demanda Annie.

Quand son père hocha la tête, elle compta :

— Trois, deux, un, c'est parti !

* * *

Emily secoua la tête quand Fletch sortit péniblement de la salle de bains pour se diriger vers le lit.

— Tu étais obligé d'exagérer la veille du mariage de ta fille, hein ?

— C'est elle qui a commencé, marmonna Fletch.

Emily éclata de rire et se blottit contre son mari quand il se fut glissé sous les couvertures. Il était tard et ils devaient tous les deux être debout très tôt le lendemain. Elle avait prévu des manucures et des pédicures pour tout le monde. Puis des rendez-vous pour la coiffure et le maquillage. Le photographe allait passer à l'église pour prendre les photos avant le mariage. La journée allait être remplie dès l'instant où ils se réveillaient jusque tard dans la nuit, au moment où la réception se terminerait. La journée allait être épuisante et excitante... et Emily ne put s'empêcher de se sentir un peu triste.

— As-tu eu une bonne conversation ? demanda-t-elle à son mari.

Fletch soupira et posa la tête contre celle d'Emily.

— Je n'arrive toujours pas à croire qu'elle va se marier demain.

— Nous savions que ce jour allait arriver.

— Je sais.

— Je suis toujours un peu étonnée que Frankie et elle aient fini ensemble, songea Emily. Ils avaient tant d'obstacles.

— Quand on sait, on sait, dit Fletch.

— C'est vrai, répondit Emily en repensant au moment où Fletch et elle s'étaient rencontrés pour la première fois. Même si la vie met parfois des obstacles en travers de notre route.

— Ça, c'était moi qui agissais comme un crétin, dit Fletch sans hésiter.

Emily secoua la tête.

— Non, c'était simplement que nous ne communiquions pas comme des adultes. J'étais trop inquiète en m'occupant d'Annie et tu étais...

— Trop occupé à être jaloux, dit Fletch en terminant sa phrase.

— Ce n'est pas ce que j'allais dire, protesta Emily.

— Mais c'est vrai. J'ai vraiment de la chance et je le sais. Tu as supporté beaucoup de choses, pendant que j'étais dans l'armée et déployé très souvent. Bon sang, tu as été enlevée à cause de moi.

— Ce n'est pas de ta faute, Fletch, le rassura Emily.

Elle détestait qu'il pense encore à l'incident avec Jacks. Cela faisait si longtemps.

— Si, mais d'accord. Je sais que tu n'aimes pas en parler. Puis tu as survécu à l'explosion de notre maison.

— Et tu m'as donné trois fils incroyables. Et tu nous as tous gâtés. Nos vies n'ont pas toujours été roses, mais je n'ai jamais douté du fait que si j'avais besoin de toi, tu étais là.

— Je serai toujours là pour toi, Em. Quoi qu'il

arrive. Je t'aime. Tu es la meilleure chose qui me soit arrivée.

— Et tu es la meilleure chose qui me soit arrivée à moi, répondit-elle. Nous n'aurons pas une seconde de répit demain, et nous devons dormir... mais d'abord, je crois que mon mari a besoin de quelques soins attentionnés.

— Ah bon ? demanda Fletch avec un sourire en coin.

— Oui. Et parce que je suis une bonne épouse, et que je sais que tu dois avoir des courbatures après avoir exagéré en essayant de prouver à ta fille que tu es autant en forme qu'il y a vingt ans, je vais faire tout le travail. Il te suffit de rester allongé là.

— Ooh, j'aime cette idée, grogna Fletch en roulant sur le dos et en posant les mains derrière sa tête.

Emily savait très bien que son mari n'allait jamais se contenter de rester allongé sans bouger pendant qu'ils faisaient l'amour. Mais elle aimait leurs préliminaires. Elle l'enjamba et retira sa chemise de nuit par-dessus sa tête. Les yeux de Fletch se dilatèrent. Emily n'était plus aussi jeune qu'autrefois, et elle subissait la gravité dans plus d'endroits qu'elle ne l'aurait voulu, mais le désir dans les yeux de son mari, même après tout ce temps, n'échouait jamais à lui donner l'impression qu'elle était la femme la plus sexy au monde.

Fletch posa les mains sur ses hanches.

— J'ai bien fait d'oublier de mettre mes sous-vêtements après la douche, hein ?

Emily leva les yeux au ciel.

Il sourit un instant avant de redevenir sérieux.

— Je t'aime, Emily.

— Je t'aime aussi.

Puis elle lui montra exactement à quel point.

Annie se trouvait dans une pièce à l'arrière de l'église dans laquelle sa mère s'était mariée toutes ces années auparavant, et elle observa tout le monde autour d'elle.

Rayne aidait Mary avec ses cheveux, Harley discutait avec Kassie dans le coin, Casey essayait d'occuper sa fille de neuf ans afin qu'elle ne froisse pas sa robe, Sadie bricolait avec son mascara, et Wendy était assise avec Akilah et elles avaient une conversation apparemment intense.

La journée avait été bien remplie, mais tout se passait sans accroc. Sa mère avait soigneusement planifié les choses. L'organisatrice du mariage avait couru ici et là toute la matinée et l'après-midi, mais pour Annie, tout était parfait.

La mère d'Annie s'arrêta à côté d'elle.

— Penses-tu que nous pouvons avoir un moment ? demanda-t-elle doucement.

Annie inspira profondément.

— Mon mascara est waterproof, mais je suis sûre que la maquilleuse sera énervée si elle doit tout recommencer, plaisanta-t-elle à moitié.

Emily se contenta de sourire.

Elle ne pouvait pas dire non à sa mère.

— Allez viens, dit-elle en lui tendant la main et en la tirant vers la porte. On revient ! cria Annie à tout le monde. Que personne ne panique. Que personne ne parte. J'épouse Frankie à seize heures précises. Si vous le ratez, tant pis !

Tout le monde rit quand elle quitta la pièce avec Emily.

Elles longèrent le couloir et s'engouffrèrent dans une plus petite pièce près de là. C'était là qu'Annie s'était habillée. C'était plutôt un grand placard qu'une véritable pièce, mais il y avait une petite fenêtre et elle était actuellement inoccupée.

Quand elles furent seules, Emily sourit à sa fille.

— Tu es magnifique.

Annie se *sentait* magnifique. Elle n'était pas fan des robes très féminines et tout le monde le savait. Quand elle avait vu cette robe, elle avait su qu'elle la voulait. Elle n'avait pas le moindre centimètre de dentelle. Elle serrait son buste et s'évasait au niveau des hanches. Elle avait de petits mancherons et surtout : elle était vert émeraude.

Annie avait craint que Frankie ne trouve bizarre que sa robe ne soit pas blanche, mais quand elle lui en avait parlé, il avait simplement haussé les épaules en disant qu'elle pouvait porter ce qu'elle voulait, tant qu'elle disait « je le veux » le moment venu.

Elle se sentait comme une princesse de conte de

fées dans cette robe. Ses cheveux étaient tirés en arrière, mais ils tombaient dans son dos. Ils n'étaient pas aussi longs que dans son adolescence — les cheveux courts étaient plus faciles pendant les missions — mais il lui tardait de les refaire pousser.

Annie tendit un pied et remonta le bord de sa robe pour montrer ses chaussures.

— J'adore les chaussures que papa a trouvées pour moi.

— Il a parcouru tout internet pour ça, dit Emily avec un sourire. Et quand il n'a pas pu trouver de rangers avec des paillettes, il a payé une quantité folle d'argent à une dame sur Etsy pour qu'elle les fasse.

— Elles sont parfaites.

Annie regarda sa mère. Elle ne se souvenait pas beaucoup de sa petite enfance, juste de quelques petits éléments ici et là. Mais ce dont elle se souvenait, c'était que sa mère était toujours là. Elle avait entendu l'histoire sur Emily qui avait été malade de faim, trop pauvre pour les nourrir toutes les deux, et comment Annie était allée jusqu'à la maison de Fletch pour lui demander de l'aide. Bien qu'elle ne se souvienne pas de tous les détails, Annie se rappelait son inquiétude au sujet de sa mère. C'était un personnage à l'époque et quand elle ne s'était pas levée du canapé pendant plus d'une journée, Annie avait su que Fletch allait la sauver. Les sauver toutes les deux.

Emily était la meilleure amie d'Annie. Elle l'avait été toute sa vie. Et maintenant qu'Annie avait fait l'ex-

périence de la vie de soldate, elle savait mieux apprécier aussi la force de sa mère.

— J'ai un cadeau pour toi, dit Emily en mettant la main dans la poche de sa robe.

Elle avait insisté pour trouver une robe de mère de la mariée avec des poches qui ne donnaient pas l'impression que c'était pour les « vieilles dames ». Elle avait réussi.

Emily tendit quelque chose à Annie.

Celle-ci éclata de rire quand elle vit ce que sa mère tenait dans la main : un petit soldat en plastique vert.

— Dis-moi que ça ne date pas de ton mariage, lâcha Annie.

— Bien sûr que si. Tu étais si fière de les éparpiller le long de l'allée en même temps que les pétales de fleurs.

— Et tu as failli tomber à plat ventre en marchant sur l'un d'entre eux, ajouta Annie en riant.

— Je me suis dit que c'était approprié de t'en faire porter un le jour de ton mariage. Nous pouvons le coincer parmi tes fleurs.

Annie sourit à cette idée.

— T'ai-je déjà remerciée ? demanda-t-elle.

— Pour quoi ? demanda Emily.

— Pour tout. D'avoir eu faim pour que je puisse manger. De m'avoir protégée. De m'avoir laissé te poser un million de questions. De m'avoir laissé jouer dans la boue et porter des pantalons au lieu de me forcer à faire des choses pour les filles. De ne pas avoir paniqué quand j'ai rencontré Frankie et que j'ai dit vouloir l'épouser. D'être absolument la meilleure mère que l'on pourrait souhaiter. Si je peux être la moitié de ce que tu es, je considérerais que j'ai réussi.

— Oh, ma chérie, dit Emily en posant les mains de chaque côté du visage d'Annie. Tu étais une enfant si facile à élever.

Annie ricana.

— Mais si, insista sa mère. Tu savais t'occuper pendant des heures. Tu étais polie et reconnaissante de tout ce que tu recevais. J'ai toujours cru que j'étais bénie parce que tu avais tant d'empathie. Chaque fois que tu voyais quelqu'un souffrir, ta première pensée était d'essayer d'aller l'aider. De Truck et Fish à Akilah et Tex. Tu as toujours dit vouloir réparer les autres, les soigner. J'étais certaine que tu allais être une soldate incroyable, et tu l'as été, mais tu seras un médecin encore meilleur. Je pense sincèrement que tu es faite pour ça.

— Maman, dit Annie en faisant de son mieux pour retenir ses larmes.

— Et je veux juste que tu saches que Frankie est vraiment l'homme que j'aurais choisi pour toi. Tu sais... si j'avais mon avis à donner, dit Emily en gloussant doucement. Il n'a eu d'yeux que pour toi. Littéralement. Quand vous étiez dans la même pièce ensemble, son regard ne te quittait jamais. S'il t'arrivait de tomber, il bougeait avant même que ton père ou moi ne l'ayons remarqué. Il sera ton défenseur, ton supporter et ton protecteur. Tu sais prendre soin de toi, nous le savons tous les deux, mais avoir un partenaire sur lequel tu peux compter à cent pour cent, c'est une bénédiction.

— Et tu sais de quoi tu parles, ajouta Annie.

— Oui, effectivement.

— Merci d'avoir préparé cette fête aujourd'hui. Je sais que je ne t'ai pas beaucoup aidée.

Emily haussa les épaules.

— C'était amusant.

— Papa a-t-il exagéré au niveau de la sécurité pour la réception ?

— Évidemment. Il est encore fâché que ces types aient osé nous cambrioler pendant notre propre réception, dit Emily.

— Tu penses que si je les suppliais, Fish et Tex accepteraient de recréer leur petite danse à trois jambes ? demanda Annie en gloussant.

— Seulement si Akilah accepte de te laisser prendre sa prothèse pour la faire tourbillonner comme une batte de base-ball, rétorqua Emily.

— Nous avons passé du bon temps, hein ? dit Annie de façon rhétorique.

— Oui, répondit Emily malgré tout. Et maintenant, je suis sûre que tout le monde nous attend. Particulièrement Frankie. Tu as ton épingle des Bérets Verts, et l'épingle de Ranger qu'Aspen t'a donnée il y a plusieurs années ?

— Oui, elles sont déjà attachées au bord de ma robe, dit Annie.

— Bien. J'ai ta tenue pour la réception dans l'autre pièce. Après la cérémonie, le photographe voudra prendre quelques photos de plus, puisque Frankie n'a pas eu le droit de te voir avant que tu ne marches jusqu'à l'autel. Tu pourras te changer avant que vous ne retourniez à la maison.

— D'accord, maman.

— Mais n'oublie pas d'apporter des fleurs. Nous les mettrons sur la table près du gâteau. Oh, et j'ai déjà donné un pourboire au pasteur, alors tu n'as pas à t'inquiéter pour ça.

— Très bien. Maman, nous avons...

Emily ne lui laissa pas le temps de finir.

— Tu n'es pas obligée de te presser pour revenir à la maison. Il y aura déjà des hors-d'œuvre installés, et bien sûr le bar, alors tout le monde s'occupera très bien jusqu'à ce que Frankie et toi arriviez...

— Maman !

— Quoi ?

— Tout ira bien. Arrête de t'inquiéter.

Emily inspira profondément.

— D'accord. Je suis heureuse pour toi, Ann Elizabeth Grant Fletcher.

— Moi aussi, je suis heureuse pour moi, dit Annie.

— Allez viens, arrêtons de faire languir Frankie. Ton père était dans tous ses états le jour de notre mariage. Il n'arrêtait pas d'essayer de me voir avant la cérémonie.

Annie sourit en suivant sa mère hors de la pièce pour revenir à l'endroit où tout le monde se rassemblait pour s'avancer vers l'autel. Elle ne pensait pas qu'Emily aurait aimé savoir que Frankie et elle s'étaient déjà éloignés de leurs amis plus tôt et qu'ils avaient échangé des cadeaux pour le jour de leur mariage.

Annie avait annoncé qu'elle partait aux toilettes, et Frankie avait utilisé la même excuse. Ils s'étaient cachés dans un placard à balais de l'église et ils avaient ri comme des enfants pas sages. Frankie lui avait donné un magnifique bracelet en diamant et elle lui avait offert la dernière extension de la version actuelle de *This is War*. Harley avait demandé quelques faveurs pour l'obtenir en avance et l'excitation dans les yeux de Frankie quand il comprit ce qu'elle lui avait offert avait été un bonheur à voir.

Ils s'étaient embrassés comme des ados pendant un moment. Puis, quand Annie avait pensé qu'elle avait assez tenté le diable et que quelqu'un allait venir la chercher si elle ne revenait pas, elle avait à contre-cœur laissé Frankie dans le placard et elle était retournée au milieu du chaos.

Quand Annie et Emily entrèrent à nouveau dans la pièce qu'elles avaient quittée moins de dix minutes plus tôt, Rayne cria :

— Vous voilà !

Tout le monde se mit à parler en même temps, l'excitation faisant presque crépiter l'air. Ce n'était pas leur premier mariage, mais chaque fois que quelqu'un de leur cercle intime se mariait, ils semblaient tous perdre la tête.

Quand Akilah avait épousé son mari, un Irakien qu'elle avait rencontré à une soirée pour les hommes et les femmes venant d'Irak, tout le monde avait pleuré de joie. Quand Jackson, le frère de Wendy s'était marié, Annie était certaine qu'il avait été mort de honte à cause de l'enthousiasme bruyant de tout le groupe. Sa famille savait comment faire la fête, alors Annie était impatiente d'être à sa propre réception. Il y avait plusieurs personnes auxquelles elle n'avait pas encore pu parler et qu'elle n'avait pas vues depuis des années, alors il lui tardait de prendre de leurs nouvelles.

Mais d'abord... elle devait épouser l'homme qu'elle aimait plus que tout.

CHAPITRE SEIZE

Dans l'entrée de l'église, attendant avec son père et le petit cortège, Annie tapa impatiemment du pied. L'espace était séparé de l'église à proprement parler par de grandes portes et il lui tardait qu'elles s'ouvrent. Elle était prête. Prête à épouser Frankie devant leurs familles et leurs amis.

Les jumeaux de Gillian et Trigger étaient chargés de répandre les pétales de fleurs et ils étaient agités eux aussi, pressés de jouer leur rôle. Annie n'avait pas manqué de remarquer qu'il y avait de petits soldats verts mélangés aux fleurs dans leurs paniers.

Fletch se pencha et chuchota :

— Es-tu prête ?

— J'étais prête pour ça toute ma vie, papa, lui dit-elle avec confiance.

Elle n'était pas angoissée. Elle n'avait pas le moindre doute. Elle était à Frankie et il était à elle.

Point final. C'était définitif. Ce mariage était simplement une formalité : ils s'étaient déjà promis l'un à l'autre de nombreuses années auparavant. Et puis plus formellement, dix mois plus tôt sur le pont d'un voilier dans les Caraïbes.

Son père était extrêmement beau dans son smoking, tout comme tous ses amis. L'église était remplie d'hommes séduisants aux cheveux gris et Annie adorait avoir toutes ses personnes préférées ensemble au même endroit.

Un bruit derrière eux attira son attention et Annie jeta un coup d'œil par-dessus son épaule pour voir quelqu'un entrer dans l'église. Pendant une seconde, elle resta figée sur place, puis un énorme sourire s'étala sur son visage quand elle marcha vers le nouveau venu, ignorant le chaos organisé autour d'elle. Elle entendit vaguement l'organisatrice du mariage essayer d'attirer l'attention de tout le monde, mais elle ne s'arrêta pas.

L'homme qui venait d'entrer dans l'église sourit et tendit les mains.

Annie s'avança tout droit dans ses bras.

— Tex ! s'exclama-t-elle joyeusement. Je croyais que tu ne venais pas !

— Que je rate le mariage de ma petite préférée ? Impossible !

Annie renifla un peu pendant que les bras de Tex se fermèrent autour d'elle. Akilah avait déjà mentionné que son père était en Californie pour rendre visite à un SEAL blessé au combat qui avait perdu ses deux jambes. Tex travaillait toujours avec des vétérans blessés et il faisait son possible pour les aider à s'adapter à la vie civile. Annie était bien consciente que le soldat devait être très important, ou bien plongé dans une profonde détresse mentale pour que Tex envisage de rater son mariage, et ça ne la gênait pas. Elle voulait qu'il soit à l'endroit où on avait le plus besoin de lui.

— Merci, chuchota Annie.

Elle n'avait pas vu Tex depuis qu'il avait envoyé les hommes pour les sauver dans les Caraïbes. Elle l'avait remercié au téléphone, mais ce n'était pas la même chose que de le faire en personne.

Tex se contenta de hocher la tête contre elle. C'était un petit miracle qu'il ne détourne pas son remerciement ou qu'il ne proteste pas en disant n'avoir rien fait. Il n'était pas connu pour ses capacités à accepter la gratitude.

Annie s'écarta et examina l'homme qui avait un plus grand complexe du sauveur que tous ceux qu'elle connaissait. Il s'était personnellement chargé de garder les femmes de ses amis en sécurité. Et leurs enfants. Et leurs amis. Annie ne savait pas combien de personnes cet homme avait sous son aile, mais elle était reconnaissante d'en faire partie. Elle avait toujours su qu'il pistait les gens et qu'il avait des compétences assez effrayantes dans les technologies, mais elle n'avait jamais été aussi heureuse de l'avoir pour soutien que quand elle s'était trouvée sur cette île.

— Je savais qu'à la seconde où mon nom allait être enregistré dans un ordinateur quelque part comme étant « disparu » tu allais envoyer tes troupes, lui dit-elle doucement. Et j'apprécie que tu aies laissé Frankie et moi poursuivre nos vacances.

Il lui jeta un regard noir.

— Heureusement que tu n'as pas envoyé des cartes et des fleurs chaque jour pendant un an pour me remercier, dit Tex.

Annie sourit. Elle avait été certaine que Tex allait voir les vidéos des soldats qui les avaient sauvés.

— Je sais qu'il vaut mieux pas, lui répondit-elle.

— Salut, papa, dit Akilah derrière eux.

Les yeux de Tex s'illuminèrent en voyant sa fille. Il embrassa Annie sur le front et dit :

— Fais-moi penser à te donner ton cadeau de mariage avant que je parte.

— Il me tarde de voir quel genre de pisteur GPS tu as inventé maintenant, répondit Annie, pince-sans-rire.

Tex rit, puis il se tourna vers Akilah. Annie soupira en voyant l'amour que Tex avait pour sa fille adoptive. Elle se sentait peut-être particulièrement émotive, puisque c'était le jour de son mariage, mais elle adorait voir l'affection qu'il n'avait pas peur de montrer à sa fille. Akilah avait plus d'une trentaine d'années, elle était mariée et avait un enfant elle-même, et pourtant Tex la traitait toujours comme si elle était la deuxième chose la plus précieuse de sa vie.

Deuxième seulement parce que tout le monde savait que Tex ne vivait que pour sa femme, Melody. Il aurait fait n'importe quoi pour elle. Littéralement n'importe quoi. Briser des lois, casser des crânes, faire appel à tous les gens qui lui devaient une faveur. Personne ne faisait du mal à sa Melody. Personne.

Et en parlant de sa femme, elle apparut comme sortie de nulle part.

— John ! s'exclama-t-elle. Je n'étais pas certaine que tu puisses venir !

Akilah fit un pas en arrière en souriant pendant que Tex saluait sa femme. Cela faisait des décennies qu'ils étaient ensemble, mais Tex regardait toujours Melody comme si elle était la plus belle femme au monde et la seule personne dans la pièce.

— Salut, Mel. Moi non plus, je ne savais pas si j'allais y arriver, mais si je ratais le mariage d'Annie, Fletch ne m'aurait plus lâché.

Ils s'embrassèrent tendrement et Annie sourit en voyant leur amour.

— Nous devons démarrer cette cérémonie, sinon votre futur époux va perdre la tête, dit l'organisatrice du mariage près de là.

— Pardon, s'excusa Tex. Je ne voulais pas ralentir le déroulement de la journée.

Annie ricana.

— Viens-tu de ricaner, jeune fille ? demanda Tex.

Annie effaça vite son sourire en coin.

— Bien sûr que non.

Tex secoua la tête et passa son bras autour de Melody.

— Très bien.

Puis il embrassa Akilah sur la tempe et ouvrit une des portes en entrant dans l'église avec sa femme.

Avant que la porte ne se referme doucement derrière eux, Annie l'entendit annoncer bruyamment :

— Pardon, ce n'est pas Annie. Juste un vieil homme et sa magnifique femme.

Le rire de tous les invités fut facile à entendre.

Tex savait ménager son arrivée.

Elle sentit un bras passer autour de sa taille et regarda son père.

— Savais-tu que Tex allait venir ?

— Il m'a dit que ça allait être juste. Mais je savais qu'il serait à la réception.

— J'espère qu'il ne sera pas obligé d'utiliser sa prothèse comme une arme, comme il l'a fait à ta réception, hein ? le taquina Annie.

Fletch frissonna.

— Te voir balancer le bras d'Akilah vers ce crétin a suffi à me donner des cauchemars pendant des années, dit-il.

Annie sourit.

— Je me souviens vaguement d'avoir fait ça, mais je me rappelle surtout avoir passé un moment incroyable.

J'étais si heureuse que maman et toi vous vous mariiez et que tout le monde soit si gentil.

— Allez, arrêtons de faire patienter la pauvre organisatrice du mariage. On va te conduire jusqu'à Frankie, d'accord ?

Annie hocha la tête.

— Tout à fait d'accord.

Fletch hocha le menton en direction de l'organisatrice surmenée et la femme poussa un soupir de soulagement. Ça ne gênait pas Annie que les choses soient un peu chaotiques. Avec des amis et de la famille comme la sienne, elle ne s'attendait à rien d'autre.

* * *

Frankie se tenait à l'avant de l'église avec les yeux rivés sur les portes. Il n'était pas nerveux. Pas du tout. Il était excité. Il lui tardait de voir Annie, même s'il avait réussi à la voir pendant un petit moment quelques heures auparavant.

Il était fier de l'épouser devant leurs familles et leurs amis, et surtout, qu'elle l'épouse, lui. Quand il était enfant, il avait eu une période où il ne pensait pas mériter d'être aimé. Sa propre mère l'avait rejeté à cause de son handicap. Mais avec l'aide de son institutrice — maintenant sa marraine — et de son époux, Cooper, il avait commencé à comprendre qu'il n'était peut-être pas aussi horrible qu'il en avait l'impression.

Pendant toute sa vie, il avait voulu être un mari. Il

avait voulu être le mari d'*Annie*. Tant de gens avaient essayé de le convaincre que ce qu'il ressentait pour elle depuis l'âge de sept ans n'était pas le véritable amour. Mais il savait au fond de son cœur que c'était bien le grand amour, depuis le début.

Il vit Tex entrer par les portes au fond de la salle, ravi qu'il ait pu venir. Annie ne saurait jamais combien de fois Tex et lui se parlaient, particulièrement quand elle était déployée. Tex l'avait plus d'une fois rassuré en disant qu'Annie allait bien. Il ne pouvait pas le remercier assez pour cela.

Frankie n'entendit pas ce qu'il annonça en entrant, mais tout le monde rit. Il adorait que leur cérémonie soit pleine de joie. Quand Joe et Josie s'avancèrent vers l'autel en éparpillant des fleurs et des soldats en plastique, tout le monde rit encore, et il entendit les chuchotements de certaines personnes au courant de l'histoire, l'expliquant sans doute aux autres.

Akilah et Cooper apparurent ensuite. Après plusieurs conversations avec Emily, Annie et lui avaient convaincu sa mère qu'ils n'avaient pas besoin d'avoir un cortège traditionnel. Mais comme Annie et Akilah étaient proches, elle avait voulu inclure son amie d'une façon ou d'une autre. Et Cooper avait littéralement sauvé la vie de Frankie quand il était à l'école élémentaire, et il était une des premières personnes — après le père de Frankie et son institutrice — à lui faire accepter son handicap.

Akilah et Cooper étaient donc les suivants à

s'avancer vers l'autel, derrière les jumeaux de Gillian. Ils marchèrent bras dessus bras dessous, et Frankie sourit en voyant Akilah éloigner les petits soldats en plastique d'un coup de pied afin qu'Annie ne trébuche pas.

Quand la musique changea et devint la marche nuptiale de Mendelssohn, tout le monde dans l'église se leva et se tourna vers les portes. Frankie retint sa respiration en attendant que son Annie apparaisse.

Les portes s'ouvrirent une dernière fois et il inspira brusquement en voyant la femme qu'il aimait. Elle était rayonnante, un bras autour de celui de Fletch. Ils s'avancèrent lentement dans l'allée, et Frankie ne put regarder ailleurs.

Elle était si belle qu'il en avait le cœur serré. Il avait su que sa robe allait être vert sombre, mais il n'avait jamais imaginé qu'elle allait être si belle.

Certaines personnes allaient penser que c'était dommage qu'elle ne s'habille pas aussi bien tous les jours. Mais Frankie aimait Annie, quelle que soit son apparence. Il l'aimait quand ses cheveux étaient emmêlés et son visage couvert de saleté et de sueur. Il l'aimait quand elle était épuisée, avec des cernes sous les yeux. Il l'aimait quand elle portait des pantalons, des shorts, des robes ou rien du tout.

Il aimait Annie pour ce qu'elle était à l'intérieur. Gentille, forte, entêtée, drôle, généreuse et extravertie. La regarder s'avancer vers l'autel était comme voir une princesse royale saluer son peuple, sauf qu'elle connaissait chaque personne à qui elle souriait en continuant à marcher vers lui.

Fletch escorta Annie jusqu'aux marches menant à l'endroit où se tenait Frankie, qui descendit pour les rejoindre. Il tendit la main vers Fletch qui la prit. Il serra inhabituellement les doigts de Frankie et se pencha pour une embrassade sans laisser retomber sa main.

Quand il s'approcha, Fletch souffla :

— Je ne te *donne* pas ma fille. Je te la confie. Il y a une différence. Fais en sorte que je ne le regrette jamais.

Puis il s'écarta et sourit comme s'il ne venait pas tout juste de le menacer subtilement.

— Papa, que viens-tu de dire ? demanda Annie.

— Rien, mon lutin. Je ne faisais qu'accueillir Frankie dans la famille, dit Fletch avec innocence.

Frankie n'était pas contrarié ou surpris par l'avertissement de Fletch. Il était content qu'Annie soit soutenue par une personne de plus qui soit aussi protectrice. Il hocha la tête vers Fletch, montrant qu'il avait compris.

Fletch hésita juste une seconde, puis il plaça la main d'Annie sur celle de Frankie.

Dès qu'il se retourna pour prendre sa place à côté d'Emily et du reste de sa famille, Annie chuchota :

— Qu'a-t-il dit ?

— Rien que je ne dirais pas à la personne qui épouserait ma fille.

Frankie coinça la main d'Annie au creux de son coude et se tourna pour monter vers l'autel.

— Attends, maintenant on va avoir des enfants ? le taquina Annie.

Devant l'autel, Frankie se tourna et regarda Annie. Son cœur battait avec force dans sa poitrine et il ne pouvait s'arrêter de sourire.

Elle lui sourit à son tour et posa une main sur son torse.

— Tu es magnifique, chuchota-t-elle.

Frankie se moquait du fait qu'ils partagent ce moment devant des centaines de personnes. Il se moquait de savoir qu'ils retardaient la cérémonie. Tout ce qui l'intéressait, c'était la femme devant lui.

— Tout comme toi.

— Regarde, dit Annie en remontant le bas de sa robe.

Ses rangers étincelaient, même dans la lumière tamisée de l'église.

— Elles sont parfaites, lui dit Frankie.

Puis il montra ses propres pieds, pour lui faire voir qu'il portait aussi des rangers, même si elles n'étaient pas couvertes de paillettes.

Annie gloussa.

— Je me suis dit que j'allais voir pourquoi vous aimiez tant porter ça, poursuivit Frankie. Je veux dire, tu les aimes et tu les portes tout le temps, alors je me suis dit qu'elles devaient être confortables.

— Le sont-elles ? demanda Annie.

Frankie se pencha en avant et chuchota :

— Non.

Annie rit en rejetant la tête en arrière. Frankie se contenta de la regarder, remerciant sa bonne étoile que ce jour soit enfin arrivé. Quand elle réussit à se maîtriser, elle dit :

— Tu dois les assouplir. Ça ira mieux, je te le promets.

La personne célébrant leur mariage s'éclaircit la gorge et Frankie se souvint soudain de l'endroit où ils se trouvaient.

— Tu veux te marier ?

— Encore ? demanda Annie en souriant.

— Oui.

— D'accord. Je n'ai rien d'autre à faire en ce moment.

Ils se tournèrent vers la célébrante et Frankie hocha la tête pour qu'elle commence.

— Nous sommes rassemblés ici aujourd'hui pour célébrer l'union de cet homme et de cette femme...

Ce fut bien trop vite le moment d'échanger leurs vœux.

— Acceptez-vous de prendre Ann Elizabeth Grant Fletcher pour épouse ? De l'aimer et de la chérir à partir de ce jour pour le meilleur et pour le pire, dans la richesse comme la pauvreté, dans la maladie comme la bonne santé, jusqu'à ce que la mort vous sépare ?

— Oui, répondit Frankie sans hésiter.

— Ann Elizabeth Grant Fletcher, acceptez-vous de

prendre Franklin Sanders pour époux ? De l'aimer et de le chérir à partir de ce jour pour le meilleur et pour le pire, dans la richesse comme la pauvreté, dans la maladie comme la bonne santé, jusqu'à ce que la mort vous sépare ?

— Oui, vraiment, dit Annie avec enthousiasme.

— Vous pouvez maintenant échanger vos propres vœux, dit la femme.

Frankie et Annie en avaient parlé. Ils voulaient s'approprier la cérémonie, mais en ce qui les concernait, ils avaient déjà prononcé leurs véritables vœux sur le navire dans les Caraïbes.

— Aujourd'hui, devant ma famille et mes amis, j'ai la chance de voir mon rêve se réaliser, dit Frankie à Annie. Je ne suis peut-être pas l'homme le plus riche, ou le plus intelligent, ou le plus habile, mais je suis le seul homme au monde qui te fera toujours passer avant moi. Qui déplacera des montagnes pour te donner ce dont tu as besoin et ce dont tu as envie. Je te protégerai de ma vie, je tuerai toutes les araignées qui envahissent notre maison, et je cuisinerai avec plaisir pendant le restant de nos vies.

Frankie attendit que les rires s'estompent pour continuer.

— J'ai tout à fait conscience de la chance que j'ai, dit-il. Chaque jour, je me pince pour croire que tu es vraiment avec moi. Je ne te considérerai jamais comme un dû et je ferai en sorte de te montrer chaque minute combien je t'aime.

Annie lui sourit avant de marmonner :

— Je pensais que nous n'allions pas faire dans le sentimental ?

Frankie haussa les épaules.

— Je ne peux pas m'en empêcher, lui dit-il.

Annie inspira profondément et se mit à parler.

— Ça a toujours été toi, Frankie. Dès le moment que je t'ai vu, quelque chose au fond de moi a dit : c'est l'homme que je vais épouser. Je ne suis pas la personne la plus gracieuse, je suis trop bruyante, trop déterminée, j'ai trop d'idées arrêtées, je suis trop garçon manqué. Mais je t'aime avec tout ce que je suis. Toute ma vie, j'ai eu les meilleurs exemples de ce qu'est l'amour autour de moi. L'amour n'est pas égoïste. L'amour c'est dire « je suis désolée », l'amour c'est d'aller au restaurant de fruits de mer quand on a vraiment envie d'un hamburger. Tu es mon meilleur ami : la dernière personne à laquelle je veux parler le soir et la première que je veux voir le matin. Il me tarde de voir ce que la vie nous apportera.

Frankie serra les mains d'Annie et ils se tournèrent tous les deux vers la célébrante. Ils procédèrent au rite traditionnel de l'échange des alliances et quand ils furent correctement bagués, la célébrante continua :

— Par les pouvoirs qui me sont conférés, je vous prononce maintenant mari et femme. Vous pouvez embrasser la mariée.

Annie demanda :

— Et si c'était moi qui embrassais mon mari, plutôt ?

Puis elle leva le bras, fit passer sa main derrière la nuque de Frankie et l'attira vers lui.

Frankie entendit des rires avant de fermer les yeux et de profiter de leur baiser. Comme ils avaient tous les deux bien conscience d'être observés, ils contrôlèrent leur passion. Quand ils se tournèrent vers tout le monde, Annie leva leurs mains serrées et poussa un cri.

Tout le monde rit et les acclama pendant qu'Annie le tirait presque le long de l'allée en souriant et en saluant toutes les personnes qu'elle n'avait pas pu accueillir avant la cérémonie.

Deux heures plus tard, après avoir salué tout le monde, signé les documents officiels du mariage, pris un million de photos supplémentaires et s'être changée en vêtements plus décontractés pour la réception, Frankie eut enfin une seconde pour s'asseoir avec Annie. Ils étaient dans la même pièce où elle s'était vêtue plus tôt. Ils étaient seuls, la limousine attendant dehors de les conduire jusqu'à la maison des parents d'Annie. Mais d'abord, Frankie voulait un moment avec sa femme.

Il lui tendit un rouleau de papier.

Annie le regarda, perplexe.

— Qu'est-ce ?

— Tex me l'a donné avant de partir, dit Frankie en contournant la question.

— Il sera à la réception, n'est-ce pas ? demanda Annie.

— D'après ce que je sais, oui. Ouvrons et voyons ce que c'est, répondit-il.

— Merde. Ça pourrait être n'importe quoi, dit Annie en fixant le document enroulé de façon serrée. L'acte de propriété d'une nouvelle maison. Des actions en bourse valant cinq millions de dollars. Un document de notaire affirmant que je promets de nommer mon premier enfant comme lui.

Frankie gloussa.

— Vas-y, ouvre-le.

— Tu sais ce que c'est, n'est-ce pas ? l'accusa Annie.

— Peut-être. Tu le saurais aussi, si tu te taisais et l'ouvrais.

Annie leva les yeux au ciel, mais elle retira l'élastique retenant le papier. Elle déplia le document et le fixa pendant un long moment en le lisant.

Enfin, elle le regarda dans les yeux.

— Est-ce bien ce que je crois ?

— Si tu penses que c'est une licence de mariage officielle des Bahamas avec toutes les signatures qu'il faut, rendant la cérémonie que nous avons eue il y a dix mois parfaitement légale ici aux États-Unis, alors oui.

— Merde alors ! Comment l'a-t-il su ?
Frankie éclata de rire.

— Tu viens sérieusement de poser cette question ?

— C'est vrai, c'est une question bête. Mais... nous

n'avons pas fait ce qu'il fallait. Nous devions donner tous les documents avant de nous marier.

Frankie haussa les épaules.

— Je ne sais pas et je m'en moque, mais je suis vraiment très content qu'il l'ait fait.

— Est-ce que ça veut dire que nous sommes bigames ? demanda Annie.

Frankie fronça les sourcils en riant.

— Quoi ?

— Je veux dire, si nous étions déjà mariés, et que nous venons juste de nous marier à nouveau, est-ce légal ?

— On s'en fiche, dit Frankie en haussant les épaules avec un énorme sourire. De plus, nous pouvons maintenant fêter notre anniversaire deux fois par an.

— Et recevoir deux fois plus de cadeaux, dit Annie avec un clin d'œil.

— Prendre deux fois plus de vacances.

— C'est une raison pour avoir deux fois plus de sexe sauvage, répondit Annie avec un sourire.

— Nous avons besoin d'une raison ?

— C'est vrai.

Annie enroula le certificat et le referma soigneusement avec l'élastique.

— Tex devait parler de ça quand il m'a vue avant que j'avance vers l'autel.

Elle posa le document sur le côté et enjamba les genoux de Frankie. Il était assis sur un petit canapé et il posa les mains sur ses hanches pour la maintenir fermement en place.

— Je t'aime, lui dit Annie.

— Pas autant que je t'aime.

— Penses-tu que nous pouvons sauter cette petite fête et rentrer tôt à la maison ? demanda Annie.

Frankie ricana.

— Euh. Non.

— Je demandais juste, dit Annie avec un sourire en coin.

Frankie savait très bien qu'Annie ne voulait pas rater la réception. Il y avait trop de gens qu'elle voulait voir. Il passa une main sur ses cheveux. Ils étaient ébouriffés maintenant et elle portait un tee-shirt noir à col bénitier et un pantalon Chino. Et ses rangers étincelantes. Tout le monde avait reçu l'instruction de se changer en quelque chose de confortable pour la réception, tout comme les parents d'Annie l'avaient fait une vingtaine d'années auparavant.

Annie était tout aussi belle maintenant que deux heures plus tôt, quand il l'avait vue dans sa magnifique robe verte. Il voulait effectivement la ramener chez eux. Lui montrer exactement à quel point il l'aimait. La vénérait. Faire en sorte qu'elle sache comme il appréciait le fait qu'elle l'ait épousé aujourd'hui. Mais il aurait largement le temps de faire l'amour à sa femme. Ils avaient toute leur vie devant eux.

— Quoi ? demanda Annie quand il ne dit rien.

— Rien. J'essaie juste de rassembler l'énergie pour

me lever et aller sourire pendant les six heures qui viennent.

— Quatre, dit Annie d'un ton déterminé.

— Quatre quoi ?

— Heures. Nous allons couper le gâteau. Danser. Parler. Mais à vingt-deux heures, nous sortons de là.

— Marché conclu, dit Frankie.

Ils avaient une réservation dans un Bed & Breakfast à environ quinze minutes de là et ils allaient y passer la nuit. Le lendemain, ils devaient retourner chez les parents d'Annie pour le brunch, puis retourner à Austin afin qu'Annie puisse se préparer pour ses cours de la semaine à venir. Ils n'avaient pas prévu de lune de miel : ils considéraient tous les deux que leur voyage en voilier était leur lune de miel officielle.

— Un de nous doit bouger, dit Annie au bout d'une minute ou deux.

En soupirant, Frankie hocha la tête comme s'il était extrêmement embêté, puis il se leva avec Annie dans ses bras. Elle ne poussa pas de cris et ne s'agrippa pas à lui en craignant qu'il la fasse tomber. Elle se contenta de se blottir contre son torse, entièrement confiante.

— Es-tu prête pour la folie de ce qui va arriver ? demanda Frankie quand ils furent tous les deux installés dans la limousine et en route vers la maison des parents d'Annie.

Annie hocha la tête tout en disant :

— Non.

Frankie l'embrassa doucement et caressa les alliances sur son annulaire gauche.

— Le meilleur jour de ma vie est le jour où je t'ai rencontrée.

— Pareil pour moi, chuchota Annie avant de l'embrasser encore.

Ils passèrent le reste du court trajet jusqu'à la maison des Fletcher à s'embrasser, puis à essayer de remettre leurs cheveux en place et de se rendre plus présentables avant de saluer tous leurs invités.

— Ai-je l'air convenable? demanda Annie en se mordant la lèvre pendant qu'ils attendaient que leur chauffeur fasse le tour de la voiture et ouvre la portière.

Elle avait les joues rouges, ses lèvres étaient un peu gonflées à cause de leur baiser, et son tee-shirt était de travers, mais Frankie put seulement dire :

— Tu es parfaite.

Lorsque la portière s'ouvrit, le bruit de tous ceux qui les accueillaient fut terrible. Frankie se contenta de sourire. Il adorait ça. Tout ça. Annie était aimée par tant de gens, et bien que certains étaient là pour lui, comme son père et Cooper et Kiera, la plupart des invités étaient là pour Annie. Frankie l'embrassa sur la tempe.

— Prête ?

— Prête, dit-elle avec assurance. Ensemble, nous pouvons tout surmonter. Même une fête hallucinante organisée par ma mère et ses amies complètement folles.

Main dans la main, monsieur et madame Sanders descendirent de la limousine et se dirigèrent vers leur réception.

CHAPITRE DIX-SEPT

Annie ne pouvait s'arrêter de sourire. Tout le monde passait un très bon moment. Ils riaient, se donnaient des nouvelles, dansaient. Frankie et elle avaient mangé le dîner, pris la pose pour d'autres photos, coupé le gâteau, fait la première danse obligatoire, et maintenant elle avait enfin le temps de se promener et de parler aux gens qu'elle connaissait depuis qu'elle était toute petite.

De temps en temps, elle cherchait Frankie des yeux et chaque fois, elle le trouvait en train de la regarder. Ils étaient vraiment des âmes sœurs, attirés l'un par l'autre même quand ils n'étaient pas côte à côte. C'était ce qu'elle avait toujours voulu, ce qu'elle avait vu chez ses parents et tous leurs amis en grandissant. Ce lien presque surnaturel était ce dont elle avait terriblement envie et qu'elle avait trouvé auprès de Frankie.

Elle avait déjà remercié Tex pour le certificat de mariage des Bahamas. Elle avait demandé combien de lois il avait rompu pour le récupérer, mais il n'avait rien dit, lui expliquant de ne pas s'inquiéter pour ça.

Son frère Ethan était là avec sa petite amie de la fac, Doug traînait avec deux de ses amis qui avaient été invités, et John jouait aux cartes avec certains des fils d'autres membres de l'équipe Delta dont son père s'était rapproché au cours des années.

Il y avait peu de personnes qu'Annie ne connaissait pas, et elle était même surprise de voir combien d'enfants étaient présents. Elle avait été si occupée à survivre d'une mission à l'autre, qu'elle n'avait pas vraiment pensé au fait d'avoir ses propres enfants un jour. Mais maintenant, elle ne pouvait plus arrêter d'y penser.

Voulait-elle des enfants ? Elle pensait que oui. Un petit garçon tumultueux à qui elle pouvait transmettre son amour pour les courses d'obstacles, que son père pouvait gâter et que tous ses amis pouvaient conditionner pour qu'il rejoigne l'armée. Oui, ça lui disait bien.

En parlant des amis de son père, ses oncles non officiels, Annie se dirigea vers l'homme avec lequel elle n'avait pas encore pu parler : Truck. Il était assis à une table sur le côté, le regard rivé sur sa femme, Mary. Elle riait aux éclats avec Rayne à cause de quelque chose près du bar.

Truck avait un demi-sourire sur le visage et il était facile de voir l'amour dans ses yeux.

— Salut l'étranger, dit Annie en s'approchant.

Truck tourna la tête et son demi-sourire devint entier.

— Annie ! s'exclama-t-il en se levant.

Il la prit dans ses bras et la serra longuement.

— Félicitations, dit-il en la relâchant.

— Merci. Je me sens mal de ne pas avoir eu le temps de venir dire bonjour.

Truck balaya ses excuses de la main.

— Tu as été un peu occupée, dit-il simplement.

— C'est vrai.

Annie tira une chaise et ils s'assirent tous les deux. Elle appuya la tête sur sa main et fixa l'homme qui était presque autant un père pour elle que Fletcher.

— Tu sais, ça me rappelle presque la réception de ton père, dit Truck.

— Sans les armes et le bazar, tu veux dire ? plaisanta Annie.

— Oui, dit-il en riant. Mais sérieusement, avec tout le monde en vêtements décontractés, le bruit des enfants qui rient, toi qui ressembles tant à ta mère... c'est agréable.

C'était effectivement agréable. Annie était d'accord.

— Mary et toi, vous avez l'air en forme. Comment vont vos enfants ?

— Ils étaient désolés de ne pas pouvoir venir. Ford

a un emploi du temps de fou cette année à l'université, avec des cours avancés, et il est bien décidé à être dans les premiers. Je n'arrête pas de lui dire que nous ne nous attendons pas à ce qu'il n'obtienne que des A, mais il est déterminé.

Annie gloussa.

— Et Elizabeth est à un stage cette semaine. Elle se sentait mal de rater ton mariage, mais comme elle est en dernière année et que c'est l'une des commandantes opérationnelles, elle ne pouvait pas vraiment le rater.

— Ce n'est pas grave, dit Annie. Je suis désolée de ne pas les avoir vus, mais je suis certaine que nous les verrons la prochaine fois que nous serons tous en ville.

Truck hocha la tête d'un air absent.

— Depuis quand suis-je devenu si vieux ? marmonna-t-il.

Annie écarquilla les yeux.

— Tu n'es pas vieux.

Truck se contenta de secouer la tête.

— Si. Je me souviens quand nous te laissions nous écraser avec ton tank. Bon sang, je me souviens de ta première rencontre avec Frankie comme si c'était hier. Tu avais vendu tes petits soldats pour lui acheter ce machin pour son iPad afin que vous puissiez vous parler, et Frankie a vendu son iPad pour t'acheter une boîte pour tes soldats.

Truck secoua la tête avant de continuer :

— Vous deux, vous avez toujours été faits l'un pour l'autre.

Annie hocha la tête. Elle était vraiment ravie que sa mère et la marraine de Frankie, Kiera, aient eu la sagesse de ne pas vraiment vendre les objets précieux de leurs enfants. Annie avait donc reçu les boîtes en plastique pour ses soldats, et Frankie avait obtenu la technologie dont ils avaient besoin pour se parler quand il partait chez lui.

— Je me souviens de la première fois que je t'ai rencontré, dit Annie doucement. Tu étais immense et tu étais assis sur une chaise dans le jardin de Fletch. J'avais faim et j'avais peur pour ma mère, et tu faisais tout ce que tu pouvais pour ne pas me faire peur avec ta taille.

— Oui. Et tu es montée directement sur mes genoux, tu as posé la main sur la cicatrice de mon visage et tu as demandé si ça faisait mal. Dès le départ, tu m'as mené par le bout du nez.

— Merci de m'avoir appris ce qu'est vraiment l'amour, lui dit Annie sans lui laisser le temps de répondre avant de continuer. C'est faire passer l'autre avant soi, quoi qu'il arrive. C'est les aimer même quand ils ne sont pas parfaits. C'est les protéger quand ils ne peuvent pas se protéger eux-mêmes, mais surtout, c'est les aimer sans condition. Mary et toi vous êtes mes idoles. Au premier regard, vous ne semblez pas compatibles. Mais de tous les coéquipiers de papa, vous deux êtes sans doute les plus liés.

— Elle est tout pour moi, dit Truck simplement.

Puis il fixa Annie avec son regard intense.

— Je suis fier de toi.

Il suffit de cinq mots pour qu'Annie ait les larmes aux yeux. Elle respectait tant cet homme et elle ne se souvenait pas qu'il lui ait déjà dit cela.

— Tu étais une soldate d'enfer et une agente des Forces Spéciales encore meilleure. Notre pays a perdu un de ses meilleurs Bérets Verts quand tu ne t'es pas réengagée, mais je ne doute pas que tu aies pris la bonne décision. Chaque fois que je devais laisser Mary et les enfants en partant en mission, je m'inquiétais de ce qui risquait de leur arriver si je ne rentrais pas à la maison. Nous savons tous les deux que les chances pour que nous survivions tous à nos missions sont ténues. J'ai toujours pensé que Mary méritait mieux que ça, particulièrement après tout ce qu'elle a traversé et ce à quoi elle a survécu. Parfois, la décision facile est de continuer à faire ce que l'on connaît, et dans ton cas, c'était être dans l'armée et être un Béret Vert. Mais la décision la plus difficile est de franchir le pas et de faire quelque chose de nouveau. Tu vas être un médecin incroyable, Annie, et Frankie dormira mieux en sachant que tu ne mets plus ta vie en jeu.

Annie pinça les lèvres et hocha la tête.

— Je me suis inquiétée pour vous, et pour mon père, mais je ne comprenais pas vraiment ce que vous deviez affronter jusqu'à ce que je me retrouve à votre place.

Truck hocha la tête.

— Tu ne peux pas regarder en arrière, lutin, dit-il en utilisant son surnom. Tu peux seulement avancer. Frankie et toi avez ce lien spécial. Cette étincelle. Cette connexion. Vous survivrez à tout ce que la vie vous réserve. J'en suis certain.

— Je l'espère.

— Je le sais, affirma Truck.

Puis il haussa le menton vers quelqu'un derrière elle.

Annie se retourna, s'attendant à voir son père ou un de ses nombreux oncles, mais à la place, c'était Frankie.

— Ça va ? demanda-t-il d'un ton un peu bourru.

Perplexe, Annie hocha la tête.

— Je t'ai vue pleurer, expliqua-t-il. Je voulais vérifier que tout allait bien.

Le cœur d'Annie se mit à fondre. Elle se leva et se colla contre son mari.

— Truck était sentimental, expliqua-t-elle.

Frankie leva un sourcil sceptique et Annie entendit Truck glousser derrière elle en le voyant.

— Je sais, je sais, c'est une anomalie, mais c'est arrivé.

— D'accord. Puis-je aller te chercher quelque chose ? Veux-tu un autre verre de champagne ?

— Ça va. Merci.

— D'accord. Et juste pour te prévenir... ton père se

sent nostalgique et il est parti au garage pour déterrer ce foutu tank, dit Frankie.

Annie leva les yeux au ciel, mais secrètement, elle était excitée. Elle adorait cette chose, avait roulé avec jusqu'à la fin de son adolescence. Elle était ravie d'avoir une autre chance de faire un tour dans le jardin.

— Et ta mère a dit qu'elle avait un cadeau pour nous, continua Frankie.

— Encore ? demanda Annie.

Sa mère avait déjà été trop généreuse. Il fallait qu'elle lui dise deux mots pour qu'elle arrête.

— Apparemment.

— Vas-y, dit Truck en se levant. Je dois aller voir comment va Mary, de toute façon.

Il se leva, embrassa le sommet de la tête d'Annie, hocha encore une fois la tête vers Frankie et se tourna pour partir. Quand il se trouva à un mètre ou deux, il s'arrêta et se retourna.

— Tu as bien veillé sur ta femme, bravo.

Puis il s'éloigna une fois de plus.

Frankie se contenta de secouer la tête.

— Les amis de ton père me font parfois peur, mais ce sont des hommes bien.

— C'est vrai, acquiesça Annie. Veux-tu que nous allions trouver ma mère et voir ce qu'elle a pour nous cette fois ? Il nous reste... dit-elle en levant le bras gauche et en vérifiant l'heure d'un air exagéré. Une heure et vingt-trois minutes avant de partir.

Frankie lui prit le poignet et retourna sa main pour en embrasser l'intérieur avant d'entrecroiser leurs doigts.

— Oui.

Ils traversèrent le jardin, s'arrêtant plusieurs fois pour parler à d'autres personnes, avant de trouver la mère d'Annie.

— Hé, maman, Frankie a dit que tu voulais me voir ?

— Oui. Venez à l'intérieur. Tous les deux, dit Emily.

Frankie et Annie suivirent sa mère dans la maison et en haut des escaliers jusqu'à sa chambre. Sur le lit étaient assis deux des biens les plus précieux d'Annie. Sauf qu'ils étaient très différents de la dernière fois qu'elle les avait vus.

Annie regarda sa mère, les larmes remplissant déjà ses yeux.

— Maman ?

— Ce sont tes soldats. Ceux que Fletch t'a donnés quand il nous a rencontrées pour la première fois. Et oui, ce sont les mêmes boîtes en plastique que Frankie t'a données, mais j'ai pris la liberté de les apporter à une boutique de jouets de collection et de leur demander de faire leur possible pour les remettre en état. Comme tu le sais, elles étaient assez abîmées.

Annie marcha jusqu'au lit et souleva une des boîtes. Elle avait laissé les poupées chez ses parents quand elle était partie à l'université. Elle n'avait pas voulu que l'on se moque d'elle et après son diplôme, elle n'avait pas souhaité prendre le risque de les perdre en déménageant d'un poste à l'autre. Elle avait voulu demander plusieurs fois à sa mère où elles étaient, mais ça lui était sorti de la tête parce qu'elle avait été trop occupée.

Même si elle n'avait pas vu les poupées depuis dix ans, les souvenirs de ce qu'elles avaient représenté pour elle étaient presque trop émouvants.

Frankie s'approcha d'elle et souleva la deuxième poupée. Il en avait ramené une avec lui en Californie après leur rencontre, ils avaient passé de nombreuses heures à jouer avec les poupées — toujours dans leurs contenants en plastique, bien sûr — par internet. Il avait ramené la sienne à Annie quand elle avait fini le lycée, afin que les deux puissent être stockées ensemble dans la maison de ses parents.

— Elles ont toujours l'air toutes neuves, commenta-t-il.

— N'est-ce pas ? dit Emily. Et je vous signale que le type du magasin bavait dessus. Il a dit que si jamais tu voulais les vendre, il était prêt à payer le prix fort.

— Les vendre ? Aucune chance, lâcha Annie. Tu ne voulais pas les vendre alors que nous n'avions rien à manger, il est hors de question que je m'en sépare maintenant.

Fletch entra dans la pièce, les ayant manifestement vus se faufiler dans la maison. Il fit passer un bras autour de la taille d'Emily, posant doucement le menton sur le haut de sa tête.

— Je me souviens du jour où je te les ai données comme si c'était hier, dit-il. Tu étais si excitée et fière d'avoir un nouveau jouet que ça m'a brisé le cœur.

— Et le mien, ajouta Emily.

— Ce n'était pas seulement ça, insista Annie en reposant la boîte en plastique sur le lit et en s'approchant de ses parents. Oui, la nouveauté était sympa, mais c'était parce que *Fletch* me les avait données. Je me souviens avoir eu un peu peur des hommes. Beaucoup avaient été méchants avec moi, mais pas toi. Tu répondais à mes questions et tu me traitais comme si j'étais importante. C'était parce qu'il s'agissait du cadeau d'un homme que j'en étais venue à admirer. Et parce que ce n'étaient pas des jouets pour les filles. Tu me comprenais. Même alors. C'est en partie la raison pour laquelle elles étaient si importantes.

— Ah, mon lutin, dit Fletch avant de pincer les lèvres sans rien dire de plus.

Il était évident qu'il essayait de rester impassible.

— Eh bien, maintenant tu peux les ramener à la maison. Et peut-être que quand tu auras des enfants à toi, tu pourras enfin les sortir de leurs prisons en plastique et les libérer, dit la mère d'Annie avec une lueur dans les yeux.

— Maman ! Sérieusement ? Nous sommes mariés depuis deux secondes et tu cherches déjà à avoir des petits-enfants ?

— Oui, répondit Emily sans le moindre remords.

Tes frères sont trop jeunes. Et toi, tu l'es de moins en moins.

— Bon sang, ce n'est pas comme si j'avais les cheveux gris ou quoi, se plaignit Annie.

— Ta mère a la fièvre des bébés, dit Fletch. John atteint l'âge où il pense que ses parents sont stupides et où il aimerait mieux traîner avec ses copains tout le temps. Et aucune de ses amies n'a plus de jeunes enfants. Joe et Josie peuvent faire l'affaire si nécessaire, mais elle ne voit pas assez souvent Gillian et Trigger. Alors...

Annie leva les yeux au ciel.

— Je dois faire l'École de Médecine avant de penser à avoir des enfants, dit-elle fermement.

— Je peux attendre un an ou deux, dit Emily d'un air satisfait.

Annie ne voulut pas révéler à sa mère que l'École de Médecine durait bien plus longtemps qu'un an. Sans parler des années d'internat et des stages éventuels.

— Fletch ! Tu es là-haut ? Allez viens ! Nous avons fait démarrer le tank ! cria Coach au rez-de-chaussée.

Annie rit.

— Sérieusement, papa ?

Fletch ricana.

— Tu sais que tu as envie de faire un tour.

— Faire un tour ? demanda Annie. C'est mon tank, c'est moi qui ferai le *premier* tour !

Puis elle courut en bas des marches, riant en

essayant de rester devant son père qui la suivait de près.

* * *

Emily secoua la tête en observant le mari de sa fille. Frankie fixait la porte par laquelle Annie avait disparu, un petit sourire sur le visage.

— Merci de la rendre aussi heureuse, dit Emily doucement.

— Merci à vous d'avoir éduqué une femme si merveilleuse, rétorqua Frankie.

Ils échangèrent alors un sourire avant que Frankie ne se retourne vers le lit pour examiner les poupées.

— Je n'arrive pas à croire que les boîtes aient pu être si bien nettoyées.

— Le type qui a travaillé dessus dit qu'une des poupées n'était pas aussi immaculée que l'autre, dit-elle avec un sourire.

Frankie haussa les épaules, imperturbable.

— Oui, j'ai sorti celle que j'avais de son emballage, mais seulement quand je n'étais pas à l'ordinateur avec Annie. Je jouais tout le temps avec. Mon père m'a acheté des vêtements supplémentaires pour la poupée, parce que je savais que si j'endommageais l'uniforme d'origine, Annie allait être furieuse.

Emily rit. Il n'avait pas tort.

— Tu es quelqu'un de bien parce que tu ne lui tiens pas rigueur de ses... excentricités, dit-elle.

— Ce sont les bizarreries d'Annie qui la rendent si incroyable, rétorqua Frankie en haussant les épaules.

— Ton secret est entre de bonnes mains, le rassura Emily. Il a également trouvé un mot coincé dans la boîte, dit-elle en marchant vers la commode avant de lui tendre un petit bout de papier plié.

Frankie le lui prit en souriant.

— L'avez-vous lu ?

— Aurais-tu une mauvaise opinion de ta belle-mère si j'avouais que oui ? demanda Emily.

Frankie sourit et secoua la tête.

— Non.

— Alors oui, je l'ai bien lu.

— Moi, Frankie Sanders, déclare que je vais épouser Annie Fletcher un jour, récita Frankie sans ouvrir le petit bout de papier. Je l'aime plus que le beurre de cacahuètes et la gelée et je ferai le nécessaire pour qu'elle m'aime de la même façon.

Il savait exactement ce qui était écrit, puisqu'il en était l'auteur.

— J'étais vraiment ringard, dit-il simplement.

— Je pense que c'est ce que j'ai vu de plus romantique, le contredit Emily.

— Je l'ai écrit quand j'avais environ huit ans. Annie me parlait sur mon iPad depuis un an. Elle m'a donné la confiance dont j'avais besoin pour être plus extraverti, le courage d'accepter l'implant cochléaire. Je l'aime depuis toujours et je promets de la protéger et de l'aimer pendant le restant de ma vie.

Emily sourit.

— Je le sais.

Frankie tritura le petit mot, puis le rangea dans sa poche arrière.

— Je suis sûre que quand Annie aura fini de terroriser tout le monde avec ses compétences en conduite, elle voudra que les poupées reviennent à la maison avec nous.

— Je vais trouver un sac et les poser avec vos autres cadeaux de mariage, dit Emily. Demain, quand vous viendrez pour le brunch, nous chargerons tout dans votre SUV.

— Merci beaucoup.

Ils entendirent de forts éclats de rire dans le jardin et Emily poussa un soupir.

— Vas-y, tu ferais mieux d'aller surveiller ta femme. Elle a tendance à être un peu trop compétitive, particulièrement avec les amis de Fletch.

Frankie s'avança vers elle et la serra dans ses bras avant de quitter la pièce. Emily resta sur place un instant. La vie d'Annie et elle avait été dure quand elle était mère célibataire, mais elle avait toujours fait ce qu'elle pensait être le mieux pour sa fille. Elle se pinçait encore en pensant à la chance qu'elle avait d'avoir rencontré l'homme de ses rêves. Fletch lui avait montré ce que l'amour était vraiment, et il avait pris Annie sous son aile comme si c'était sa propre fille.

Parfois il était dur de croire que sa petite fille était devenue une adulte et une véritable agente dangereuse des Forces Spéciales. Mais tant qu'Annie était heureuse, Emily était satisfaite.

Quand elle entendit un autre cri et beaucoup de rires, elle se tourna vers la porte. Elle ne voulait pas rater une seconde de plus du chaos dans le jardin. Vérifiant qu'elle avait le téléphone dans sa poche pour enregistrer toutes ces folies, Emily sourit pendant tout le trajet jusqu'à la porte de la maison.

ÉPILOGUE

Dix ans plus tard

— Non ! cria la petite fille en tapant des pieds. Je veux porter ma robe de princesse ! Et ma couronne. Et mes bijoux.

Annie soupira et s'accroupit. Elle était au milieu de la chambre de sa fille, essayant de l'habiller afin qu'ils puissent tous partir pour la maison de ses parents. Ils avaient déjà trente minutes de retard parce qu'avant ça, Melanie ne voulait pas sortir de la baignoire.

— Melanie Emily Sanders, viens ici tout de suite, ordonna Annie avec sa voix de « maman ».

Du haut de ses trois ans, Melanie fit la moue, mais elle avança vers sa mère en traînant les pieds.

— Nous allons voir mamie et papy. Il fait froid

dehors. Tes jambes vont geler si tu portes une robe, expliqua Annie.

Mais son petit monstre entêté secoua la tête et sa lèvre se mit à trembler.

Annie sentit la main de Frankie sur son épaule pendant une fraction de seconde avant qu'il ne parle.

— Que dirais-tu qu'au lieu de la robe de princesse, tu portes ton tutu rose, celui avec les paillettes ? Et le legging rose tout doux ? Tu l'aimes parce qu'il ne gratte pas, hein ? Et il sera bien assorti au tutu.

— Oui ! cria joyeusement Melanie en courant tout droit vers son placard, qui était rempli de plus de rose et de paillettes qu'Annie en avait vu de toute sa vie.

En se levant, Annie s'appuya contre Frankie et posa le front contre le sien.

— Si je ne lui avais pas donné naissance, je me demanderais si elle est ma fille biologique, songea Annie.

Frankie gloussa et passa une main sur ses cheveux. Il embrassa sa joue avant de s'écarter.

— Pourquoi n'irais-tu pas vérifier que nous avons suffisamment de choses à grignoter pour le trajet jusqu'à tes parents ? Nous savons tous les deux que cinq minutes après avoir quitté la maison, notre fille aura faim.

— C'est vrai. Oh, et elle veut prendre son sac à main violet aujourd'hui. Tu sais, celui que maman lui a donné pour Noël. Et n'oublie pas de mettre au moins deux baumes à lèvres différents.

— Tu sais qu'elle voudra porter du maquillage avant d'avoir dix ans, hein ? demanda Frankie avec un grand sourire.

— Sérieusement, comment deux personnes peuvent-elles être aussi différentes ? demanda Annie. Elle a refusé de sortir de la baignoire parce qu'elle disait qu'elle était encore sale. Quand j'avais son âge, je piquais une crise quand il fallait que j'entre dans la baignoire. Je préférais être sale plutôt que de me laver le visage ou me brosser les cheveux. Et elle met constamment du baume à lèvres en faisant semblant que c'est du rouge à lèvres. Qu'ai-je fait de mal ? râla-t-elle.

Frankie rit encore, puis il accompagna Annie jusqu'à la porte de la chambre de leur fille. Après avoir jeté un coup d'œil à Melanie — qui était préoccupée par ses vêtements et ne faisait pas attention à ses parents — Frankie se pencha et l'embrassa. Et ce ne fut pas un de ces baisers courts et rapides.

Annie fondit contre son mari. Il était le seul qui parvienne à la calmer aussi facilement. Il était toujours son point d'ancrage. Son supporter, son partenaire d'études, et son meilleur ami. L'École de Médecine avait été ce qu'Annie avait fait de plus difficile. Encore plus difficile que de devenir Béret Vert. Parfois elle avait cru ne pas pouvoir réussir, mais Frankie lui faisait un discours encourageant, lui rappelait tout ce qu'elle avait déjà accompli et jusqu'où elle était arrivée, et elle était prête à repartir.

Elle travaillait maintenant dans un des services d'urgences les plus bondés d'Austin. Chaque jour était une aventure, apportant de nouveaux cas et faisant en sorte qu'elle ne s'ennuie jamais et qu'elle ne se repose pas sur ses lauriers. Annie avait de longues heures de travail irrégulières, mais elle était sûre que son mari et sa fille étaient en sécurité et heureux.

Frankie travaillait moins, ne faisant plus qu'un mi-temps à l'hôpital des vétérans. Il rencontrait toujours des vétérans handicapés et les aidait à s'habituer au monde des entendants après qu'ils aient perdu leur propre audition, mais sa plus grande joie dans la vie était de rester à la maison avec Melanie.

Annie n'avait jamais vu deux personnes s'entendre aussi bien. Melanie aimait sa maman, mais elle *adorait* son papa. Mel parlait à peu près couramment la langue des signes vers l'âge de deux ans et elle était fascinée par l'appareil auditif de Frankie. Elle avait fait un caprice quelques mois auparavant parce qu'elle en voulait un aussi, et quand son père lui avait expliqué qu'elle n'en avait pas besoin parce que ses oreilles fonctionnaient très bien, Melanie avait fait la tête pendant des semaines.

Annie fixa Frankie et se lécha les lèvres. Elle aimait tant cet homme. Quand ils avaient pris la décision d'essayer d'avoir un enfant, elle ne savait pas s'ils allaient y arriver. Annie n'était plus vraiment jeune, et elle prenait la pilule depuis des années. Mais à sa grande surprise, elle était tombée enceinte quelques mois plus tard.

Tout le monde avait été ravi quand elle avait eu la petite fille. Annie s'était imaginée lui apprendre à faire la course d'obstacles qu'elle aimait tant étant enfant, jouer dans la boue, et avoir une mini Annie. Mais ce n'était pas ce qu'elle avait eu. Elle avait eu une petite fille qui piquait une crise quand elle devait porter un jean parce que ça « grattait ». Quand elle avait eu un autocollant bleu à la crèche, elle avait pleuré parce que c'était une couleur de « garçon ».

Melanie aimait les poupées et les peluches et neuf fois sur dix, elle préférait porter des robes. Elle détestait aussi être sale. Quand elle avait eu un an et qu'ils avaient posé un gâteau d'anniversaire géant devant elle, Melanie avait pleuré parce qu'elle s'était mis du glaçage sur la main et qu'elle n'avait pas réussi à l'enlever.

Les parents d'Annie n'aidaient pas non plus. Ils achetaient constamment des jupes bouffantes à leur petite-fille, des tee-shirts à paillettes, et des loisirs créatifs avec beaucoup de paillettes. Annie n'arrivait jamais à s'en débarrasser dans ses tapis et ses planchers. Juste au moment où elle pensait avoir aspiré le pire, les paillettes ressortaient de nulle part.

— Celui-là, papa ! s'exclama Melanie derrière eux.

Frankie et Annie se tournèrent pour la voir brandir un petit haut violet à paillettes qu'elle avait porté cet été-là pour son gala de danse des tous petits.

Annie poussa un grognement.

Frankie rit.

— Vas-y, je vais lui faire mettre quelque chose de plus adapté, dit-il.

Ensuite, il se lécha les lèvres et demanda doucement :

— Penses-tu que ça gênera Fletch et ta mère si nous la déposons et que nous partons tout de suite à ce Bed & Breakfast ?

Annie vit le désir dans les yeux de son mari et son estomac se serra. Même après toutes les années qu'ils avaient passées ensemble, leur vie sexuelle n'avait pas diminué.

— Ils seront ravis, lui dit Annie.

— Bien.

Frankie l'embrassa rapidement, puis il la poussa dans le couloir.

— Vas-y. Nous descendons bientôt.

— Bonne chance, dit Annie en descendant les escaliers.

Elle entendit Frankie parler à leur fille. C'était un père incroyable. Aimant mais pas trop laxiste. Strict, mais sans avoir peur de faire l'andouille avec Melanie. Il avait transmis l'amour des livres à leur fille et chaque soir, il s'allongeait dans le lit et lisait pour elle.

Melanie était peut-être très différente d'elle, mais Annie ne l'aurait changée pour rien au monde. Même si elle ne comprenait pas toujours ses bizarreries et qu'il était difficile de comprendre son côté très « fille », elle avait l'impression d'avoir de la chance. Melanie était en bonne santé, intelligente, sociable, et elle n'avait jamais rencontré quelqu'un qu'elle n'aimait pas. L'autre jour, quand Annie était rentrée à la maison après une longue journée, sa fille avait parlé d'un garçon dans sa classe de maternelle qui était en fauteuil roulant. Mason avait été le sujet de conversation toute la soirée, et quand Frankie avait levé un sourcil au-dessus de la tête de leur fille, Annie n'avait pu s'empêcher de rire.

Elle n'allait pas du tout être surprise si Melanie et ce Mason finissaient ensemble un jour. Tout comme elle et Frankie.

Annie avait toujours respecté et aimé sa mère, mais maintenant qu'elle était mère elle-même, elle comprenait vraiment les sacrifices d'Emily dans leur passé. Annie aurait fait n'importe quoi pour sa fille. Elle était certainement prête à s'affamer si cela permettait de nourrir Melanie. Elle pouvait protéger sa fille de sa vie. Certains de ses meilleurs moments étaient de jouer à la dînette avec Melanie, ses animaux en peluche et ses poupées, ou se blottir contre elle en regardant un film de princesse pour la millionième fois.

Annie attrapa des bâtonnets de fromage au frigo et elle pela rapidement une orange pour la mettre dans un sac plastique. Elle ajouta une petite brique de jus de fruits et des crackers en forme de poisson, et après avoir tout emballé, avec beaucoup de serviettes et de lingettes pour que Melanie puisse se nettoyer après avoir mangé, Annie s'arrêta en regardant par la fenêtre au-dessus de l'évier de la cuisine.

Elle devait parfois se pincer pour croire que ceci était bien sa vie. Elle avait un mari qui l'aimait follement et qu'elle aimait en retour. Elle avait une fille précoce qui l'obligeait à rester sur le qui-vive. Elle avait une belle maison et un travail qu'elle adorait. Elle faisait une différence dans sa communauté, aidant à sauver les vies de patients qui arrivaient avec des traumatismes sévères. Ses parents étaient en bonne santé et appréciaient de garder leur petite-fille quand Annie et Frankie avaient besoin d'une petite pause.

Elle tourna la tête et sourit aux deux poupées de soldats dans leurs boîtes. Elles étaient posées sur une étagère que Frankie avait fabriquée lui-même et installée à une place d'honneur de leur salon. Elle avait vraiment de la chance et elle était si reconnaissante que ses parents aient encouragé son amitié avec le petit garçon sourd qu'elle avait rencontré à l'âge de sept ans. Sans leur soutien, où aurait-elle été aujourd'hui ? Certainement pas aussi heureuse. Annie en était certaine.

— Maman ! cria Melanie en descendant bruyamment les marches. Je suis prête !

Annie se tourna pour voir sa fille descendre la dernière marche du salon. Elle portait des chaussettes pelucheuses et des chaussures à talons en plastique d'un des costumes que Fletch lui avait offert pour son anniversaire cette année-là. Un tutu rose, un legging rose, et le petit haut violet par-dessus un tee-shirt rose à manches longues. Elle avait son petit sac à main sur une épaule et tenait une énorme plume de paon qu'elle avait reçue la dernière fois qu'elle avait visité le zoo.

Elle avait l'air ridicule… et si mignonne. Annie secoua la tête.

Frankie haussa les épaules et communiqua en langue des signes au-dessus de la tête de sa fille. *Elle ne voulait pas céder pour le haut. J'ai réussi à la convaincre de porter le tee-shirt au-dessous pour qu'elle ne gèle pas.*

Il y avait deux valises à l'arrière de leur SUV, alors Papy et Mamie allaient avoir beaucoup de choix pour les vêtements. Une fois que Melanie avait décidé ce qu'elle voulait porter, c'était fini. Souvent, il valait mieux jouer le jeu plutôt que d'essayer de la convaincre du contraire.

Et secrètement, Annie aimait que sa fille ait des opinions aussi marquées. Elle espérait qu'elle ne perde jamais ce trait en grandissant.

— Tu es prête à partir, mon bébé ? demanda Annie.

— Oui ! C'est l'heure de Papy et Mamie ! cria Melanie avant d'avancer aussi vite qu'elle le pouvait avec ses chaussures en plastique, ce qui n'était pas très rapide, vers le garage.

Frankie gloussa et prit le sac de goûters des mains d'Annie en l'embrassant sur la tempe.

— Je t'aime.

— Je t'aime aussi, dit Annie.

— La meilleure chose qui me soit jamais arrivée, marmonna Frankie, plus pour lui-même que pour Annie, et il se pressa de rejoindre Melanie afin de l'aider à monter dans la voiture et sur son siège arrière.

Annie prit son temps pour vérifier que toutes les lumières étaient éteintes avant de se diriger lentement vers le garage à son tour. La maison était en bazar, elle n'avait pas rangé la vaisselle et elle était à peu près certaine qu'il restait encore du linge dans le sèche-linge. Mais tout ça n'était pas important. L'amour était important. Être avec la famille. Faire en sorte que son mari sache combien elle l'appréciait. Faire rire sa fille. Dire à sa mère et son père qu'elle leur était très reconnaissante pour tout ce qu'ils avaient fait pour elle.

La vie était belle. Très belle. Et tout avait commencé en rencontrant un petit garçon qui s'appelait Frankie quand elle avait sept ans.

Elle entendit Melanie rire dans le garage et cela fit sourire Annie. Sa fille n'était peut-être pas l'enfant à laquelle elle s'était attendue, mais elle était absolument parfaite.

Avec un énorme sourire sur le visage, Annie partit rejoindre son mari et sa fille.

* * *

Nouvelle série !
Un refuge pour Gillian

DU MÊME AUTEUR

<u>Autres livres de Susan Stoker</u>

<u>Delta Force Heroes Series</u>

Un héros pour Rayne

Un héros pour Emily

Un héros pour Harley

Un mari pour Emily

Un héros pour Kassie

Un héros pour Bryn

Un héros pour Casey

Un héros pour Wendy

Un héros pour Mary

Un héros pour Macie

Un héros pour Sadie

Un héros pour Annie

<u>Delta Force Deux</u>

Un refuge pour Gillian

Un refuge pour Kinley

Un refuge pour Aspen

Un refuge pour Jayme

Un refuge pour Riley

Un refuge pour Devyn

Un refuge pour Ember

Un refuge pour Sierra

<u>Sauvetage à Eagle Point</u>

Un sauveteur pour Lilly (29 Mars 2022)

Un sauveteur pour Elsie (28 Juin 2022)

Un sauveteur pour Bristol

Un sauveteur pour Caryn

Un sauveteur pour Finley

Un sauveteur pour Heather

Un sauveteur pour Khloe

<u>Hawaï : Soldats d'élite</u>

Un paradis pour Élodie

Un paradis pour Lexie

Un paradis pour Kenna

Un paradis pour Monica (10 May 2022)

Un paradis pour Carly

Un paradis pour Ashlyn

Un paradis pour Jodelle

<u>Forces Très Spéciales Series</u>

Un Protecteur Pour Caroline

Un Protecteur Pour Alabama

Un Protecteur Pour Fiona

Un Mari Pour Caroline

Un Protecteur Pour Summer

Un Protecteur Pour Cheyenne

Un Protecteur Pour Jessyka

Un Protecteur Pour Julie

Un Protecteur Pour Melody

Un Protecteur pour l'avenir

Un Protecteur Pour Les Enfants de Alabama

Un Protecteur Pour Kiera

Un Protecteur Pour Dakota

Forces Très Spéciales : L'Héritage

Un Sanctuaire pour Caite

Un Sanctuaire pour Brenae

Un Sanctuaire pour Sidney

Un Sanctuaire pour Piper

Un Sanctuaire pour Zoey

Un Sanctuaire pour Avery

Un Sanctuaire pour Kalee

Un Sanctuaire pour Jane

Mercenaires Rebelles

Un Défenseur pour Allye

Un Défenseur pour Chloé

Un Défenseur pour Morgan

Un Défenseur pour Harlow

Un Défenseur pour Everly

Un Défenseur pour Zara

Un Défenseur pour Raven

Ace Sécurité

Au Secours de Grace

Au Secours d'Alexis

Au Secours de Bailey

Au Secours de Felicity

Au Secours de Sarah

Autre

Un moment suspendu : Recueil de nouvelles

AUDIO

Un paradis pour Élodie

À PROPOS DE L'AUTEUR

Susan Stoker est une auteure de best-sellers aux classements du New York Times, de USA Today et du Wall Street Journal. Elle a notamment écrit les séries Badge of Honor: Texas Heroes, SEAL of Protection et Delta Force Heroes. Mariée à un sous-officier de l'armée américaine à la retraite, Susan a vécu dans tous les États-Unis, du Missouri jusqu'en Californie en passant par le Colorado, et elle habite actuellement sous le vaste ciel du Tennessee. Fervente adepte des fins heureuses, Susan aime écrire des romans où les sentiments laissent place au grand amour.

http://www.StokerAces.com

facebook.com/authorsusanstoker

twitter.com/Susan_Stoker

instagram.com/authorsusanstoker

goodreads.com/SusanStoker